崇丽書坊
CHONGLI SHUFANG

蜀都竹枝

竹枝词中的民俗万象

谢天开 [著]

西南交通大学出版社
·成都·

图书在版编目（ＣＩＰ）数据

蜀都竹枝：竹枝词中的民俗万象 / 谢天开著. —
成都：西南交通大学出版社，2019.1
（崇丽书坊）
ISBN 978-7-5643-6540-0

Ⅰ.①蜀… Ⅱ.①谢… Ⅲ.①竹枝词 – 诗歌研究 – 成
都 – 近现代 Ⅳ.①I207.2

中国版本图书馆 CIP 数据核字（2018）第 247359 号

崇丽书坊

蜀都竹枝
——竹枝词中的民俗万象

SHUDU ZHUZHI
——ZHUZHICHI ZHONG DE MINSU WANXIANG

谢天开　著

出 版 人	阳　晓
责 任 编 辑	罗小红
助 理 编 辑	何　俊
封 面 设 计	曹天擎
	西南交通大学出版社
出 版 发 行	（四川省成都市二环路北一段 111 号 西南交通大学创新大厦 21 楼）
发行部电话	028-87600564　028-87600533
邮 政 编 码	610031
网　　　址	http://www.xnjdcbs.com
印　　　刷	四川煤田地质制图印刷厂
成 品 尺 寸	165 mm × 230 mm
印　　　张	16
字　　　数	216 千
版　　　次	2019 年 1 月第 1 版
印　　　次	2019 年 1 月第 1 次
书　　　号	ISBN 978-7-5643-6540-0
定　　　价	36.00 元

目　录

引　子

　　竹枝词，又称竹枝、竹枝歌、衢歌、棹歌、杂事诗、纪事诗、杂诗、杂咏、杂兴等。

　　竹枝词，最初广泛流传于四川东部及湖北西部沿江一带，古称"竹枝""竹枝子""竹枝歌""竹枝曲"和"巴渝曲"，是一种为下层民众所喜爱的歌曲形式。作为民歌的竹枝，最初可能是手执竹枝而歌舞，以足踏地为节拍。因其始或持竹枝以舞，故名。

　　竹枝这种民歌诗体在盛唐已经产生，中唐诗人刘禹锡在朗州（今湖南常德）任司马时，追慕屈原《九章》之作，醉心民间歌舞，采其声容，广其情志，汲取民歌元素，创作了文人《竹枝》九章，对后世"竹枝词"的创作产生了深远的影响。

　　竹枝词"发于楚，盛于蜀"。本书所采用的成都竹枝词，在时间跨度上，起于清代中叶而止于民国，时段 200 余年。具体以清代六对山人杨燮《锦城竹枝词》、定晋岩樵叟《成都竹枝词》为开端，以今人何韫若《锦城旧事竹枝词》为结束。

　　从民俗视域考察，"志土风而详习尚"是为竹枝词之特征。成都竹枝词所记述的都市民俗，由于具有传统性、地方性，可视为"Folklore"。"'Folklore'"是民众的知识（the lore of the people）"；其"'俗'是群体共同的传统"①。成都竹枝词所记叙的多为地方风物、

---

①高丙中. 民俗文化与民俗生活 ［M］. 北京：中国社会科学出版社，1994：47 -
　64.

民间民俗、世态人情，以及成都民众所创造、享用和传承的日常生活文化。而这些都市的风土、风物、风俗、风情、风尚，今天有的仍在传承，有的业已消失，有的又重新再现，有的旧俗抵抗新俗，有的又渐趋为新的习尚。

从文化共同体的角度考察，成都竹枝词是四川移民的共同诗歌语言符号，是文化共同体自我认同的符号载体，具有集体性、类型性，并为世代相继承的和传布的。由于"城市为文化的容器"，在诸种文化的相互作用下，又时时呈现出文化的"当代性"——城市生活和思想的新模式，从而有别于乡村文化。①

从文化层分析，成都竹枝词作为成都近现代都市文化，涵盖文化的多个层面：物态文化层、制度文化层、行为文化层和心态文化层——包括价值观念、审美情趣、思维方式等。

从文化圈分析，成都竹枝词主要是受荆楚文化圈、秦陇文化圈和岭南文化圈影响而形成的具有巴蜀文化特色的流行诗体，可视为主要由黄河流域文化与长江流域文化共同哺养的结晶。它承袭《楚辞》与《诗经》两大传统，通过眼睛向下的诗体革命，形成一种专门重视民风、民情、民怨、民俗的"四民"流行诗体。这样的诗体"革命"上承中唐刘禹锡《竹枝九章》之余绪，旁注清季与民国的小说与散文白话之流风，交错相杂而终于汇聚为具有成都地方文化特质之文学样式。

成都竹枝词所唱咏的清代至民国两百年余间的这座历史文化名城——成都，虽位于中国西南一隅，却处于古代与近现代文化、东方与西方文化的巨变与激荡风云之中。成都竹枝词作为一种文学样式，因其自有的层累性与所属文化圈，于民俗事象研究与民俗整体研究而言，可谓一部成都的"诗体民俗志"。

---

①刘易斯·芒福德. 城市文化［M］. 宋俊岭，等，译. 北京：中国建筑工业出版社，2009：339.

民俗学为本书主要视域，同时适当援引社会学、都市文化研究的相关理论与方法，以兹拼读还原成都竹枝词的日常生活情境与语境。本书在体例上，以成都竹枝词为点、为经，以相关历史文化与社会背景为面、为纬，从而在时间与空间上形成类似于中国园林风景的对景与借景式的互文性解读。

一、成都城区竹枝词：一扬二益古名都

本篇专述竹枝词中成都人文地理

（一）"一扬二益"

一扬二益古名都，禁得车尘半点无。

四十里城花作郭，芙蓉围绕几千株。

〔清〕六对山人①《锦城竹枝词》（百首）②

"扬一益二"之最早说法，出自唐代政治家兼经济地理学家李吉甫。李吉甫在《元和郡县图志》中叙述道：扬州与成都，"号为天下繁侈，故称扬、益"。即是说在中晚唐时期，全国城市中扬州为第一，而成都为第二。

成都的历史鼎盛于唐代。在行政级别上，唐肃宗至德二年（757年）：升蜀郡为成都府，并号"南京"。府辖成都、华阳、新都、新繁、犀浦、双流、广都、郫、温江、灵池十县。③ 当时太子李亨已在灵武自取帝位号唐肃宗，而尚在成都的唐玄宗被尊为"上皇"，成都

①六对山人：清代成都诗人杨燮的号。杨燮为嘉庆时举人，曾为成都知县，作《锦城竹枝词》（百首）。

②林孔翼. 成都竹枝词 ［M］. 增订本. 成都：四川人民出版社，1986：42.

③谢元鲁. 成都通史. 两晋南北隋唐时期 ［M］. 成都：四川人民出版社，2011：385.

成为实际上的唐朝陪都。诗仙李白有《上皇西巡南京》（十首）专门记述此段历史。其中有"九天开出一成都，万户千门入画图"的名句。

现代成都作家李劫人在《成都历史沿革》中说：

成都在唐、宋二朝都是中国西南部一个大都会。当时全国最富庶繁荣的，一是扬州，一是成都。尤其在唐玄宗李隆基时代（公元七一三年到公元七五五年），所谓天下四大名城（长安、成都、扬州、敦煌），成都便居第二。成都恰又处在当时首都长安之南，故在李隆基逃避安禄山之乱，迁居在成都时，还一度将成都改称为南京。①

在农耕社会，一座城市繁荣的最重要标志是人口。唐代的成都城究竟有多少户人家？诗史杜甫在比较城区与所居草堂时对此有所记述：

城中十万户，此地二三家。

[唐] 杜甫《水槛遣心二首（其一）》

中唐女诗人薛涛于元和十三年（818年）向新任成都尹、领剑南西川节度使王播赠送的"上帅"诗中也说：

手持云篆题新榜，十万人家春日长。

[唐] 薛涛《上王尚书》

杜甫与薛涛都一致将当时成都的城市人口户数记为"十万人家"，可作为推测唐时成都人口的依据。当代学者谢元鲁在《成都通史·大

---

①曾智中，尤德彦．李劫人说成都 [M]．成都：四川文艺出版社，2012：6.

事记》中记述：唐贞观十三年（639 年）成都人口达 11. 7 万户，74 万余口，仅次于国都长安，成为全国人口居第二位的城市。①

到了清代，依然有竹枝词沿用"十万人家"的旧说：

　　十万人家午爨忙，桄柴石炭总烟光。
　　清风白粥茅檐下，釜底红花印块香。
　　　　　　　　　　　　［清］六对山人《锦城竹枝词》（百首）②

清末周询的《芙蓉话旧录》记载了光绪年间成都的户数与人口：

　　清季调查户口，全城及四门外附郭人家，正号共六万户有奇，连附号九万余户，人口共三十万之谱，然因广狭繁简之调剂，两县城市户口数，大致相等。③

光绪年间的成都竹枝词亦印证道：

　　名都真个极繁华，不仅炊烟廿万家。
　　四百余条街整饬，吹弹夜夜乱如麻。
　　　　　　　　　　　　［清］吴好山《成都竹枝辞》（九十五首）④

据一九四九年十二月的《中共中央西北局社会部关于成都政治经济情况的综合调查》记述：

①谢元鲁. 成都通史·两晋南北隋唐时期［M］. 成都：四川人民出版社，2011：381.
②林孔翼. 成都竹枝词［M］. 增订本. 成都：四川人民出版社，1986：43.
③周询. 芙蓉话旧录［M］. 成都：四川人民出版社，1987：5. 周询：清末民初人，在四川曾任知县、知州，著有《蜀海丛谈》《芙蓉话旧录》等.
④林孔翼. 成都竹枝词［M］. 增订本. 成都：四川人民出版社，1986：69.

全市人口据 1938 年一材料谓六九万人，据 1943 年一材料谓四五万人，又据 1946 年一材料谓六十万人，居民绝大多数为汉人。[1]

（二）蓉城

对于清代的成都城市风貌与面积，杨燮在《锦城竹枝词》（百首）中说道："四十里城花作郭。"注者三峨樵子记述道："前人诗多用四十城语。按《通志》省城周二十二里三分，东西相距九里三分，南北相距七里七分。康熙初张巡抚重修，雍正五年（1727 年）宪巡抚继修，又乾隆四十八年（1783 年）李总督增修，同时查藩台创修城中石街，禁车入城，城工完后，制台令郭外重栽芙蓉。"

杨燮的竹枝词继续写道："芙蓉围绕几千株。"这里的芙蓉指成都的木芙蓉。木芙蓉，《辞海》释为：

木芙蓉，俗称芙蓉花。锦葵科。落叶灌木，被毛。叶掌状 5～7 裂。秋季开花，花腋生，至枝梢簇一处，花冠白或淡红色。原产中国。叶多作消肿解毒外敷药，性平，主治疮痛、乳痈、烫伤等，花多作凉血止血药用。

成都花农说，木芙蓉花贱得很，生命力旺盛。每年清明前后，折上三五寸枝条，插入泥土即活，不出二三年，就二三丈高、蔚然成林。

成都芙蓉树花也有倾国倾城的光景。那是在距今一千多年的五代十国的孟昶后蜀时期。孟昶为了自己的爱妃花蕊夫人颁发诏令：在成都"城头尽种芙蓉，秋间盛开，蔚若锦绣。帝语'群臣曰自古以蜀为

---

①成都档案馆. 成都解放 1949·12·27 ［M］. 北京：中国档案出版社，2009：3.

锦城，今日观之，真锦城也'"。

于是，成都在那个动荡不安岁月里，成了天下幽静的花城，以致千年以后的今日成都，也没有超过当时的城市绿化景观：灿若云阵姹紫嫣红的芙蓉树高列城墙之上，所形成的空间序列与丰富的景观层次，生动形态、斑斓的色彩和蓬勃生机极都具审美价值。

成都别号蓉城自此而始。"芙蓉城"自五代之后，成为历代成都人的一个"想象的共同体"，在表面上说是对于历史的重现，是对于过去的传递，而实际上恰恰是成都人的一种自我身份认同方式，一种对于自身城市的守望，彰显着一种认同的重量。

清末民初文人傅崇矩①在《成都通览》中记述了清代遍种芙蓉，以复五代"芙蓉城"之旧的事：

乾隆四十九年、五十年，总督福康安、李世杰二公重修之，令遍种芙蓉，以复五代之旧，符锦城之名，有种芙蓉碑记。②

时任四川总督的李世杰在《种芙蓉碑记》的最后表述了对芙蓉成为全城之"屏藩"的美好愿景：

然则芙蓉桃柳之种，虽若循乎其名，而衡以十年树木之计，则此时弱质柔条，敷荣竞秀，异日葱葱郁郁，蔚为茂林，匪惟春秋佳日，望若画图，而风雨之飘摇，冰霜之剥蚀，举斯城之所不能自庇者，得此千章围绕，如屏如藩，则斯城全川之保障，而芙蓉桃柳又斯城之保障也夫？是为记。乾隆五十四年五月立。③

---

①傅崇矩：字樵村，简阳石盘乡人，著有《成都通览》。《成都通览》所记包括山川气候、风土人情、农工商业、饮食乡言等清末社会百态，是一部清末社会的百科全书。

②傅崇矩. 成都通览（上）［M］. 成都：巴蜀书社，1987：16.

③曾智中，尤德彦. 李劼人说成都［M］. 成都：四川文艺出版社，2012：29.

后代沿袭前代历史，这便为文化的传承。然而，到了一百多年后的清光绪年间，成都城墙头的芙蓉树又荡然无存了。吴好山竹枝词云：

"芙蓉城"上缺芙蓉，城外犹留古柏踪。
竟许园中花卉好，如何不见"老梅龙"。

[清] 吴好山《成都竹枝辞》（九十五首）①

周询《芙蓉话旧录》也记述道：

先是五代末蜀主孟昶于城上遍种木芙蓉，秋时璀璨如锦，昶谓左右曰："真锦城也。"遂沿称锦城，又曰"芙蓉城"。今花已无存者。②

对于象征着成都城市风貌的木芙蓉树，在不断的毁与种之间，在城市文化的断与续之间，彰显着成都人对于自己城市文化名片的确定与认同。

"城市不单单是物质或生活空间，还是想象和再现的空间。"③ 成都自后蜀孟昶在城墙上头广植木芙蓉树，并成为城市的文字记忆的后，就为成都的景观建构出一种绮丽的想象。这样的记忆塑造了成都，成都因此有了一个美名"蓉城"。

清初重建成都大城时，这样的记忆与想象又被重新激活，于是新成都人又重新将孟昶时代的空间记忆变为现实的景观。然而，光绪年

---

①林孔翼. 成都竹枝词 [M]. 增订本. 成都：四川人民出版社，1986：71.
②周询. 芙蓉话旧录 [M]. 成都：四川人民出版社，1987：1.
③加里·布里奇，索菲·沃森. 城市概论 [M]. 陈剑峰、袁胜育等，译. 桂林：
  漓江出版社，2015：7.

间时，成都城墙上的芙蓉花又茫然无存，这是历史的轮回，还是历史的流逝？

二十世纪八十年代，成都又将芙蓉花命名为市花，并在街头巷尾普遍种植，举城尽是，灿烂金秋。成都作为蓉城，似乎又复活了，现实的"蓉城"与记忆的"蓉城"，还有想象的"蓉城"，让成都人萦绕心怀，成为一种身份文化。

（三）三座城成一座城

本是"芙蓉城"一座，"蓉城"以内请分明。

"满城"又共"皇城"在，三座城成一座城。

[清] 吴好山《成都竹枝辞》（九十五首）①

清代成都城区空间地理一分为三：成都大城；大城中心环抱"皇城"——明代蜀王城；其西边为少城——满城。清代的成都借用大城西边城墙，并另沿西大街、东城根街、半边桥街，君平街、小南街一线筑其北、东、南三方城墙，形成了"三座城成一座城"的大格局。

东西南北一城环，四大条街对四关。

十字分开详细算，东华门是最中间。

[清] 吴好山《成都竹枝辞》（九十五首）②

成都旧称"龟城"，其形式呈椭圆形，东西南北四大街贯通四门。城中心为皇城。倘若用"十字"划分，东华门正好在城中心。

"龟城"源于张仪筑成都城的传说，据说张仪筑城之初，屡颓不

---

①林孔翼. 成都竹枝词 [M]. 增订本. 成都：四川人民出版社，1986：75.
②林孔翼. 成都竹枝词 [M]. 增订本. 成都：四川人民出版社，1986：74.

立，有大龟从江中出，周行旋步，仪循其迹，城乃得坚。① 因此，成都有"龟城"之名，亦称"张仪城"。

> 蓉城自古仿龟修，濯锦江边锦水流。
> 首要缩藏才镇静，何须玄武强伸头。
>
> ［清］冯家吉《锦城竹枝词百咏》②

四川学者刘琳认为：张仪筑城说为附会，主持筑成都城者应为张若，成都秦城分为太城与少城。关于成都城池的规划建设，常璩《华阳国志·蜀志》有如下记述：

> 周慎王五年秋，秦大夫张仪、司马错、都尉墨等从石牛道伐蜀，蜀王自于葭萌拒之，败绩。……惠王二十七年，仪与若城成都，周回十二里，高七丈。③

周询《芙蓉话旧录》中则详尽记述了成都城池的历史、重建情况：

> 秦惠王二十七年，遣张仪、司马错伐蜀，灭开明氏，筑成都城，是为成都有城之始。其城周十二里，高七丈，又于大城西筑子城，《蜀都赋》所谓少城也。历汉、晋、唐、宋，虽屡经修葺，然旧规未改，至明崇祯末而全圮。清康熙初，巡抚张德地始兴修，周二十二里三分。乾隆四十八年，总督福安康复请币六十万两，彻底重修，周二十二里八分，

---

①常璩. 华阳国志校注［M］. 修订版. 刘琳，校注. 成都：时代出版社，2007：558.
②林孔翼. 成都竹枝词［M］. 增订本. 成都：四川人民出版社，1986：94.
③刘琳注：周慎王五年，当秦惠王后元九年，亦即公元前三一六年。秦惠王二十七年（亦即后元十四年），当周郝王四年。

一、成都城区竹枝词：一扬二益古名都

共四千一百二十二丈六尺，高三丈，厚一丈八尺，垛口八千一百二十二，城根石条三层，砖八十一层，即今日之城垣也。门旧为四，东曰"迎晖"、南曰"江桥"、西曰"清远"、北曰"大安"。①

在城市的规划建设上，春秋战国时期的成都城池，可以视为秦陇文化圈与巴蜀文化圈相互影响交流的结果。清代的成都城池，又在此基础上完成了北方文化圈与巴蜀文化圈的交流与融合。

（四）望重"满城"

成都城区在清代主要划分为"满城"与"省城"。周询《芙蓉话旧录》记述道：

满城者，就大城西门内，范以垣，其他当是张仪所筑之旧址，特垣则非耳。垣筑于康熙五十七年，周四里三分，计八百一十一丈七尺三寸，高一丈三尺八寸。垣间开门四：曰"迎祥"；俗呼"大东门"；曰"受福"；俗呼"小东门"；曰"延康"；俗呼"小北门"；曰"全阜"；俗呼"小南门"；连大城之西门而五。②

修筑"满城"的功能明确，即作为城中城：

清时专以此城处成都驻防之旗兵，每旗官街一条，共八条。每官街一条内，又分披甲兵丁所驻小胡同三条，共三十三条。③

---

①周询．芙蓉话旧录［M］．成都：四川人民出版社，1987：1.
②周询．芙蓉话旧录［M］．成都：四川人民出版社，1987：2.
③周询．芙蓉话旧录［M］．成都：四川人民出版社，1987：2.

傅崇矩在《成都通览》中也写道：

省城

因明城之旧，重修于皇朝康熙初年，高三丈，厚一丈八尺，周二十二里三分，四千一十四丈，女墙五千五百三十八，东南相距九里三分，南北相距七里七分。

满城

满城一名内城，在府城西，康熙五十七年所筑，周四里五分八百一十一丈七尺三寸，高一丈三尺八寸，有五门：大东门、小东门、北门、南门、大城西门。城楼四，共一十二间。尽住旗人，每旗官街一条，披甲兵丁小胡同三条，八旗官街共八条，兵丁胡同共三十三条。以形势观之有如蜈蚣形状：将军帅府，居蜈蚣之头；大街一条直达北门，如蜈蚣之身；各胡同左右排比，如蜈蚣之足。城内景物清幽，花木甚多，空气清洁。街道通旷，鸠声树影，令人神畅。①

清康熙五十七年（1718 年），清政府从荆州调旗兵进驻成都，为实行满汉分治，于成都大城西垣内新筑少城，作为将军治所及旗兵营地，俗称满城。满城中街道称为官街，小道称为胡同。考古学家说，胡同是一个在元代出现的名称，它的原意是"帐篷与帐篷之间的通道"。当年忽必烈建造元大都时，胡同一词被广泛使用。

成都现代作家李劼人在《成都历史沿革》中叙述道：

满城。在清代恢复成都大城墙时，仍照明时的规模，在原有基础上修建的一个完整的城。公元一七一八年，因由荆州调来之满洲蒙古兵丁及其家属要长住成都，以防御和镇压汉人和边疆少数民族，便在

---

① 傅崇矩. 成都通览（上）[M]. 成都：巴蜀书社，1987：15 - 16.

大城西部修了一道较为低薄的砖墙，一般称为满城。①

满城内以将军衙门最为威武壮观。大门、大堂、东西辕门，上有"帅府""控驭岩疆""望重西南""声扬中外"等匾额。因实行满汉分治，满城由成都将军管辖，四川总督无权过问，为成都城中城的独立王国。满城作为在清代成都最为独特的社区，居住着游牧民族的满人，相对封闭，与农耕民族的汉人居住的省城以城墙为区隔。

> "满城"城在府西头，特为旗人发帑修。
>
> 仿佛营规何日起？康熙五十七年秋。
>
> ［清］吴好山《成都竹枝辞》（九十五首）②

"满城"内环境幽深，在民俗文化上自成体系。

> 满洲城静不繁华，种树栽花各有涯。
>
> 好景一年看不尽，炎天"武庙"赏荷花。
>
> ［清］定晋岩樵叟《成都竹枝词》③

李劼人在《死水微澜》里描述道："一进满城，只见到处是树木，有参天的大树，有一丛一丛密得看不透的灌木，左右前后，全是一片绿。绿荫当中，长伸着一条很宽的土道，两畔全是矮矮的黄土墙，墙内全是花树，掩映着矮矮几间屋；并且陂塘很多，而塘里多种有荷花。"④

①曾智中，尤德彦．李劼人说成都［M］．成都：四川文艺出版社，2012：16.
②林孔翼．成都竹枝词［M］．增订本．成都：四川人民出版社，1986：76.
③林孔翼．成都竹枝词［M］．增订本．成都：四川人民出版社，1986：67.
④曾智中，尤德彦．李劼人说成都［M］．成都：四川文艺出版社，2012：61.

康熙移驻旗人来，嘉庆八年旗学开。

《满汉四书》念时艺，蓝衫骑马泮游回。

　　　　　　　　［清］六对山人《锦城竹枝词》（百首）①

　　三峨樵子注：康熙五十七年（1718年），以分防披甲兵丁散住不齐，始于成都之西角筑为"满城"，今"支机石庙"碑有云："我旗人自康熙六十年间，由楚移蜀"云云，是又由湖北荆州移来者也。嘉庆八年（1803年）始立旗学，钱宗师考取得二名。

　　今天的宽窄巷子一带，就是当年"满城"的中心居住地。

清末少城内景

①林孔翼．成都竹枝词［M］．增订本．成都：四川人民出版社，1986：52.

（五）壮丽皇城

皇城，明洪武十一年（1378 年），朱元璋第十一子朱椿被封为蜀王。洪武十八年（1385 年），于大城中筑蜀王府为朱椿就藩成都驻所。府城砖筑，正南北向，居大城中，城周五里，高三丈九尺。城下蓄水为濠，外设萧墙。城内设庑殿、正宫等，殿宇五重，俨若皇城，意为系"羌戎所瞻仰，非壮丽无以示威"。明崇祯十七年（1644 年），张献忠入成都，以蜀王府为宫。清顺治三年（1646 年），张献忠离去时毁城，仅存城门洞及门前三座石拱桥与石狮子。①

周询在《芙蓉话旧录》中记述：

皇城在大城之中心，即明初蜀王藩府之宫墙，俗称呼曰"皇城"。城形正方，周约二里许，相传即蜀汉宫，史谓先主即位于武担山之南，地当在是。②

清代在皇城旧地修建"为国求贤"的考试院明远楼，不过成都老百姓仍旧称之为"皇城"。清代四川总督为了缓和民族矛盾，特在此处建立了回族聚居地，还允许回族在此修建清真寺。让"皇城"边成为一处"民族嵌入式"社区。

---

①成都市建筑志编纂委员会．成都建筑志［M］．北京：中国建筑工业出版社，1994：12.
②周询．芙蓉话旧录［M］．成都：四川人民出版社，1987：3.

（六）鼓楼望点

"鼓楼"西望"满城"宽，"鼓楼"南望"王城"蟠。
"鼓楼"东望人烟密，"鼓楼"北望号营盘。

[清] 六对山人《锦城竹枝词》（百首）①

鼓楼，老成都市中心的一个望点，民间称为钟鼓楼。成都的鼓楼建于明万历四十五年（1617年），后于清代重建，其楼下的砖砌拱门如同城门的门洞，名为韵远楼。最后于1953年被拆除。原鼓楼上一口铸于唐代贞观四年（630年）的大铜钟，重达3.5吨，现亦不存。

由于清代成都的范围仅包括府河和南河的环抱区域，因此鼓楼所处的位置为城市的中

成都市区鼓楼北街了望台

心，具体位置在今天成都的鼓楼洞街。

以鼓楼为成都望点，西望为成都八旗的满城，南望为成都贡院所在的"皇城"，东望为人流稠密的东大街，北望为营盘街，今称康庄街。不过对照成都地图，诗人杨燮所望的方位，仅为一个大致的方向。

在清代，鼓楼也是成都全城的报警与消防中心。

①林孔翼．成都竹枝词［M］．增订本．成都：四川人民出版社，1986：42.

"鼓楼"两爆火声传，夜望红光昼望烟。

此地从来防备水，麻钧林立万家连。

［清］六对山人《锦城竹枝词》（百首）①

关于成都火灾，注者三峨樵子记录道："乾隆四十九年（1784）四月初一日，城中失火，延烧至大半城，说者谓作城时，将有三点水的匾额取下，即遭此厄，理或然也，居城中者自宜防备，又呼失火为备水，意亦讳言火也。"

"三莲池"判上中下，"三较场"分西北东。

"玉带桥"名人易忽，"铁圈井"酒味难同。

［清］六对山人《锦城竹枝词》（百首）②

对于成都的街道布局与命名的特征，这首竹枝词把握得很是真切。"三莲池"，即上莲池、中莲池和下莲池。这三处均为原来内江故道的遗存。上莲池又名江渎池，是由于邻近有祭祀江神的江渎庙而得名。这里在宋代便为成都市区的一处名胜，宋代诗人田况有《伏日会江渎池》诗曰："江渎池前有流水，灌溉蓄泄为池塘。沉沉降夏压平岸，好树荫亚芙蕖香。"

到了清代，杨燮也描述了上莲池的风光：

城南人户绿杨株，"江渎祠"前风景殊。

几处潆溏一堤转，"上莲池"作小西湖。

［清］六对山人《锦城竹枝词》（百首）③

①林孔翼．成都竹枝词［M］．增订本．成都：四川人民出版社，1986：47.
②林孔翼．成都竹枝词［M］．增订本．成都：四川人民出版社，1986：47.
③林孔翼．成都竹枝词［M］．增订本．成都：四川人民出版社，1986：48.

其实，成都还有许多街道如"三莲池"一样，围绕一条主街名而滋生出一串街名，如"鼓楼洞街""鼓楼北一街""鼓楼北二街""鼓楼北三街""鼓楼北四街"；又如"上草市街""下草市街"；等等。

（七）满汉区隔

右"半边桥"作妾观，左"半边桥"当郎看。

筑城桥上水流下，同一桥身见面难。

〔清〕六对山人《锦城竹枝词》（百首）①

三峨樵子注："半边桥"在"陕西街"后，"满城"墙骑桥而筑，一桥中分，半在"满城"，半在汉城，桥下水迤逦出城，达于"锦江"。

"城根"内外"半边"存，满汉分开莫乱论。

铁板作桥真个好，"小东门"又"水东门"。

〔清〕吴好山《成都竹枝辞》（九十五首）②

半边桥街，桥跨金水河，满城建水栅于上，桥之东边属大城，西边属少城，一分为二，各占一半，故名半边桥。此地当为少城公园后门。在清代杨燮、吴好山的竹枝词里，满汉分隔，有如男女分界。如果放大到历史文化角度来看，这实际上关乎北方游牧民族与西南农耕民族习俗的区隔与融合。

到了晚清，满汉的分隔分界有所突破，出现了文化的融合。当然，这样的文化变迁首先发生在经济商业的互动合作上。半边桥南多

---

①林孔翼. 成都竹枝词［M］. 增订本. 成都：四川人民出版社，1986：57.
②林孔翼. 成都竹枝词［M］. 增订本. 成都：四川人民出版社，1986：73.

· 19 ·

为经营布鞋的店家，金水河自此东流。

> 半是少城半大城，铁栅跨河满汉分。
> 流向三桥输炭米，蜿蜒直到水东门。
>
> 何韫若《锦城旧事竹枝词》①

三桥当时位于城中心，为米、炭、柴、盐等船运货物的集散停泊码头。金水河经此再东流至锦江桥，复经卧龙桥、龟化桥（今青石桥）、余庆桥、拱背桥，至水东门穿铁栅流入城外的府河，再汇到锦江。金水河的商业经济，软化了旧时政治伦理的民族区隔，日常生活的物质供应使旗人与汉人不断融合。

辛亥革命改变了政治，封建王朝换成了共和国体。1913 年，拆除"满城"，与大城并而为一。轰轰烈烈的革命也改变了幽幽静静的文化，在激荡的社会变迁中，成都城市的空间也被改变，"满城"的城墙拆除了，胡同的名称也改成了街巷命名。

周询《芙蓉话旧录》记述：

> 旗丁素无恒业，坐食饷额，中叶以后，生齿日增，饷额如旧，有数家人共食一饷者。……民国后，满城城垣全拆，地与大城混而为一，廛市民居，较前繁密矣。②

成都现代作家李劼人亦记述：

> 在今天成都街道图上，还可明显看出长顺街是一条主要大街，俨然如鱼的脊背，几十条胡同分列东西，俨然若鱼刺。在公元一九一二

---

① 何韫若. 锦城旧事竹枝词［M］. 北京：中国山峡出版社，2000.
② 周询. 芙蓉话旧录［M］. 成都：四川人民出版社，1987：2－3.

年革命后，打破满汉界限，改称满城为少城，改胡同为街巷以来已经变了，变得顶厉害的是把一个近二百年的极为幽静的绿荫地区变为个极不整齐、杂乱而不好整理和改建的住宅区。①

　　帝制瓦解，"满城"拆毁，原有旗人所居之地渐有汉人迁入，满汉畛域逐渐消失，相互融合。原"满城"内的长顺街，自将军衙门至老西门，南北横贯，分为上中下三段，旧有各胡同分列左右，原来"如蜈蚣形状"隐然可见。据考，少城（"满城"）旧址系由现西较城向东，过金河（人民公园后门半边桥），到西御街口，向北经羊市街口，至八宝街折而向西，过宁夏街口，继至老西门大城垣。②

　　"满城"与大城的差异，最早是由王朝划分出来的。这是族群与阶层、身份与生活的差异。大清王朝为了巩固西南统治，为约三千人的满蒙军士以及家属构筑了"满城"。最初建筑的"满城"，代表了一个精心选择的强大空间，八旗子弟的身份在这里被构建或得到彰显。然而，在相比于成都大城，这一个小众群体集中于某一个地方在某种程度上也体现了文化的对立。

　　百年前的荣耀，百年前的扬威；百年后的衰落，百年后的埋没。

　　成都的城市空间分合，可以视作游牧民族与农耕民族冲突与融合的过程。始为旧政治，继而是经济，最终为革命。旧政治分裂了城市的空间，新的经济与革命又弥合了城市的空间。辛亥革命的主张从最初的"驱逐鞑虏，恢复中华"，到后来的"五族共和，建立民国"，让成都从大清王朝和平过渡到民国时期。

　　满汉的区隔被打破了，成都的城区微地理发生了变化。经济与革命改变了城市，或为疾风暴雨，或为春风细雨。

---

①曾智中，尤德彦. 李劼人说成都［M］. 成都：四川文艺出版社，2012：17.
②成都市建筑志编纂委员会. 成都建筑志［M］. 北京：中国建筑工业出版社，1994：12.

（八）"成都走华阳，县过县"

周询《芙蓉话旧录》记述：

成都之名，始于周末。至唐贞观十年，分成都县之东南境置蜀县，明皇幸蜀，改蜀县为华阳。其初，县署在城外十数里，清初移住城内。故城与成都分治，其界线由南较场，经包家巷、君平街、三桥南街、西丁字街、青石桥，再北上经南、中、北暑袜街、迄北门喇嘛寺为止，东南属华阳，西北属成都。就城内面积论，成都居三分之二弱，华阳居三分之一强。①

在清末，除了成都大城、"满城"和皇城外，成都在行政上还划分为成都县与华阳县。这说明，在辛亥革命后，虽然"满城"与省城的界线消失了，但成都县与华阳县的分界依旧清晰。成都城区即以暑袜街南北分界，街之东南部分，属华阳县；街之西北部分属成都县。横穿此街，即越过两县，故当时民间对买卖行为中的现金交易有歇后语云："成都走华阳——县（现）过县（现）。"
这样的成都微地理分界，一直到民国还是如此：

一线南北分大城，旧传九里又三分。
胡同两翼中长顺，将军府到老西门。

何韫若《锦城旧事竹枝词》②

---

①周询．芙蓉话旧录［M］．成都：四川人民出版社，1987：4－5.
②何韫若．锦城旧事竹枝词［M］．北京：中国三峡出版社，2000：191.

二、成都移民竹枝词：现无十世老成都

本篇专述竹枝词中成都移民与会馆

（一）"初逢问原籍"

大姨嫁陕二姨苏，大嫂江西二嫂湖。

戚友初逢问原籍，现无十世老成都。

[清] 六对山人《锦城竹枝词》（百首）①

这是生活在乾嘉时期的成都文人杨燮关于移民的竹枝词，作于"癸亥之年"，即嘉庆八年（1803 年），距离大移民之始的康熙二十年（1681 年）已经 120 余年了。此时成都移民婚姻已无省籍障碍，通婚不论家族籍贯。"大姨嫁陕二姨苏，大嫂江西二嫂湖"，诗中所记述的家庭的两个女儿分别嫁给了陕西和江苏人家，两个儿子分别娶了江西和湖广媳妇。而且在当时已经找不到维系十世以上的原籍的成都人了，也就是说嘉庆年间的成都人都是移民的后代，不再是明代成都人的十世后裔。

这首竹枝词既反映了移民对原籍身份的维持，又反映出不同移民群体逐渐融合的"一体化"的状况。"现无十世老成都"，言下之意即是大量移民后裔在那一时期已经被视为"成都人"。在此语境中，

---

① 林孔翼. 成都竹枝词 [M]. 增订本. 成都：四川人民出版社，1986：44.

陕、苏、赣、湖这样的"原籍"标记实际上已主要成为不同移民群体在"新家乡"的身份标志，而与真正的"故乡"倒无多少联系了。这表明在日益频繁的社会交往中，不同的族群区别仍可继续维持。然而这并不妨碍族群的融合。

百年的移民，百年的融合。"初逢问原籍"，已成为成都社会人们彼此初识，相互询问寒暄的过场话语了。

"现无十世老成都"，也隐含着清季成都的都市民俗是以移民迁徙的民俗为标志。这也符合"我国都市民的成分有较大比重来源于村落，其中除历史悠久的古都市十代以上祖居老户较多外，所有城市以一、二、三代外来户村民为多"的规律①，明证了成都城市发展史上出现的社会大变动时期的"断裂性"。四川曾遭遇过三次浩劫，每次浩劫后都发生了空前的大移民运动，而成都作为省城自然更是如此。第一次为迁出式移民，西晋六十年的大乱，巴蜀土著东徙荆湘，南入七郡，川中城邑皆空，野无烟火。第二次为填入式移民，是由于宋元间五十年的大乱。第三次亦为填入式移民，是由于明末三十年的大乱。因此现在绝大多数的成都人，乃是经过三次浩劫以后，在康熙初年，从两湖、三江、陕、甘、闽、广等外省迁徙而来的。

（二）"湖广填四川"

四川在明末清初，遭受了数十年战乱破坏，人口凋零，田亩抛荒。清廷制定并实施了南北各省移民入川垦殖的政策，这即为"湖广填四川"。清人魏源在《湖广水利论》中概括道："当明之际，张贼屠蜀，民殆尽；楚次之，而江西少受其害。事定之后，江西人入楚，楚人入蜀，由此才有'江西填湖广，湖广填四川'之说。"②

①乌丙安. 中国民俗学［M］. 新版. 沈阳：辽宁大学出版社，2002：202.
②魏源. 魏源集·湖广水利论［M］. 北京：中华书局，2009：388.

四川之所以要"填"，是因为人口极度稀少，需要充实。明末清初三十年战乱，四川被祸最惨。1644年，张献忠率领农民起义军入川，12月称帝建立政权，国号"大西"，定成都为"西京"。四川成了四战之地：明军滥杀，清军滥杀，地方豪强滥杀，乡村无赖滥杀邀功，张献忠也有滥杀之嫌。继而是南明与清军的战争；还有吴三桂反清后与清军的战争。一次次的兵革之灾，再加之"瘟疫大，人皆徙散，数百里无烟"，使成都的城市文化历史产生了"断裂"。为了弥合这种社会大变动时期的"断裂"，清季初叶，声势壮观的移民大潮以湖广籍移民为主体。他们"奉旨填川"，主要从东、南、北三个方向涌入四川定居，前后绵延长达百年。

　　东路来的移民，主要以湖北宜昌为集散地，分水旱两路入川；南路来的移民，主要以贵州铜仁、思南和湄潭三地为集散地入川；北路来的移民，主要以陕西汉中、紫阳两处为集散地入川。

　　"湖广"，指湖广行中书省，为直属元朝的一级行政区，全国的10个行中书省之一，简称"湖广"或"湖广省"，在当时民间多简称为鄂州行省、潭州行省、湖广行省。辖境包括今长江以南、湖南大部、湖北部分，广西、海南全省及贵州大部、广东雷州半岛，下辖武昌、岳州、常德、澧州、辰州、沅州、兴国等三十路。今湖北、湖南西部、陕西南部地区则属于四川行省管辖。

　　据《光绪广安州新志》提供的数据，湖北黄、麻籍移民占移入广安州总人数的26.64%，湖北、湖南的移民合计约占60%。"湖广填四川"的移民运动，对中国社会的发展起到了积极的推动作用。其中麻城移民入川占有重要地位。麻城移民条件有三：一是麻城离重庆不远；二是麻城移民历史悠久，在元代、明代初年就有大量的麻城移民入川；三是与张献忠农民起义有关。张献忠在鄂屯兵时间长，后又转战湖广、江西，特别是在麻城，有许多农民入伍。故张献忠部下不少是麻城人。张献忠失败后，有一部分人隐姓埋名留在四川。

　　傅崇矩在《成都通览》中记述道：

成都之地，古曰梁州，历代皆蛮夷杂处，故外省人呼四川人为川蛮子，也不知现在之成都人，皆非原有之成都人，明末张献忠入川，已屠戮殆尽。国初乱平，各省客民相率入川，插占地土，故现今之成都人，原籍皆外省也。外省人以湖广占其多数，陕西人次之，余皆从军入川，及游幕、游宦入川，置田宅为土著者。

（三）五方杂处

　　不管是东路、南路还是北路的移民；不管是因为政治还是其他原因入川的移民，对于自家的入川的时间都是记忆清晰的，充满了"原乡意识"（strong sense of place of origin）。于是形成了"川省五方杂处，各从其乡之俗"① 的独特文化，而在清季成都，就有了"以移民迁徙的习俗为标志"而"往往在都市内形成了地区民俗差异，甚至邻里区域和职业集团区域的多重民俗结构"。②

> 湖北"荆州"拨火烟，成都旗众胜于前。
>
> 康熙六十升平日，自楚移来在是年。
>
> 　　　　　　　[清] 吴好山《成都竹枝辞》（九十五首）③

> 多半祠堂是粤东，周钟邱叶白刘冯。
>
> 杨曾廖赖家家有，冬至齐来拜祖公。
>
> 　　　　　　　[清] 六对山人《锦城竹枝词》（百首）④

---

①同治《嘉定府志》卷六《风俗》，第3页.

②乌丙安. 中国民俗学［M］. 新版. 沈阳：辽宁大学出版社，2002：201.

③林孔翼. 成都竹枝词［M］. 增订本. 成都：四川人民出版社，1986：76.

④林孔翼. 成都竹枝词［M］. 增订本. 成都：四川人民出版社，1986：56.

移民社会形成了按籍贯、族群分类的经济行当的市商民俗，这一点在成都市的商业业态的分界中得到了体现。

> 磁器店皆湖州老，银钱铺尽江西人。
> 本城只织天孙锦，老陕亏他旧改新。
>
> 　　　　　　　［清］定晋岩樵叟《成都竹枝词》①

各地的移民也将"原乡"的戏曲艺术与民间艺术带入了"新乡"的游艺民俗。

> 过罢元宵尚唱灯，胡琴拉得是淫声。
> 《回门》《送妹》皆堪赏，一折《广东人上京》。
>
> 　　　　　　　［清］定晋岩樵叟《成都竹枝词》②

灯调，又叫花灯戏、花鼓戏、堂灯戏、车灯戏。从传统四川民间花灯舞、民歌、曲艺发展而来，在川剧中运用很广泛，可以说是四川的土产，当然也吸收了外省类似的民歌、曲艺精华。灯调有五个特点：一是情节简单，活泼短小。二是题材的生活气息和乡土风味很浓，多为小型喜剧。三是伴奏的胡琴声音粗壮，旋律明快。四是表演形式多样，简单随和，不需要多大的装饰排场，如灯调中的地灯，在露天坝竖根杆子，挂个红灯就演开了；有的只在室内围上一圈或有个临时舞台即可演出；又如牛灯、跑马灯等，只需一二人装扮牛、马或演员拿着各型兽灯就可表演。五是配以优美舞蹈，使戏中人物更加活泼光彩。灯调的上述特点使它在四川、贵州等地十分流行，深受广大民众的喜爱。

然而，如此浓烈的"原乡意识"在客观上却不利于移民群体的融

---

① 林孔翼．成都竹枝词［M］．增订本．成都：四川人民出版社，1986：60.
② 林孔翼．成都竹枝词［M］．增订本．成都：四川人民出版社，1986：62.

合。身在异乡为异客，不论是宦游还是移居，都不免孤零之感，于是会馆成为人们的跨地区流动的驿站，无疑为移民们提供了一种归属感。同时，清代四川移民会馆在地方公共管理方面的作用，特别是对不同原籍的民众关系的协调，促进了移居地的社会融合，让移民们从"五方杂处"，完成了对于"我们的四川"的体认，最终弥合了成都城历史的"断裂性"。①

（四）会馆乡情

会馆是明清时代常见的同乡组织，遍布通都大邑，是移民社会形成的公共空间。周询《芙蓉话旧录》记述：

> 省城为官商云集之地，昔时异籍而仕，凡宦川者，皆为外省人士，又萃居于省城，故各省会馆皆备，藉以联乡情也。②

在清代四川，湖广会馆多称禹王宫，主祀大禹。广东会馆称南华宫，主祀六祖慧能。陕西会馆多称武圣宫，主祀关羽。福建会馆通称天后宫或天上宫，主祀天后（妈祖）。江西会馆或称许真君庙，主祀许逊（许真君）；或称萧公祠，主祀萧公等。固奉其原籍地方通祀之神，或名曰庙，或名曰宫，或名曰祠，但通称会馆。

> 会馆虽多数陕西，秦腔梆子响高低。
> 观场人多坐板凳，炮响酬神散一齐。
> [清] 定晋岩樵叟《成都竹枝词》③

---

①王东杰."乡神"的建构与重构：方志所见清代四川地区移民会馆崇祀中的地域认同 [J]. 历史研究, 2008 (4)：15.
②周询. 芙蓉话旧录 [M]. 成都：四川人民出版社, 1987：15.
③林孔翼. 成都竹枝词 [M]. 增订本. 成都：四川人民出版社, 1986：60.

会馆内多有戏台，会馆与移民文化是联系的。含酬神与娱人为一体。这首竹枝词说的便是陕西移民会馆演出地方戏的情景，其中的移民怀乡之情尽现。

> 争修会馆斗奢华，不惜金银亿万花。
> 新样翻来嫌旧样，落成时节付僧家。
>
> ［清］吴好山《成都竹枝辞》（九十五首）①

社会的人口流动，亦为社会文化的传播。从上面这首竹枝词可看出，各地移民会馆争奇斗奢，华丽的会馆被视为族群的荣光。

清嘉庆伊始，外省各地同四川的商业往来日趋频繁，外地商贾纷纷在成都设立或充实本省同乡会馆，开展各种乡土文化活动。其中，观演戏剧则为一项重要内容。周询《芙蓉话旧录》记述：

> 各会馆公所，以福建为最壮阔，以河南会馆为最狭小。基金以福建、山西、浙江、陕西为最富，其余规模亦多宽广美备者。凡由商建者，会戏特多，如福建、湖广、山西、陕西等馆，在太平全盛时，无日不演剧，且有一馆数台同日皆演者。由官建者，则只每年春初，同乡之宦川者团拜演剧一次而已。②

吴好山的竹枝词也印证了周询所述：

> 秦人会馆铁桅竿，福建山西少者般。
> 更有堂哉难及处，千余戏台一年看。
>
> ［清］吴好山《成都竹枝辞》（九十五首）③

---

①林孔翼. 成都竹枝词［M］. 增订本. 成都：四川人民出版社，1986：76.
②周询. 芙蓉话旧录［M］. 成都：四川人民出版社，1987：16.
③林孔翼. 成都竹枝词［M］. 增订本. 成都：四川人民出版社，1986：70.

（五）陕西会馆

戏班最怕"陕西馆"，纸爆三声要出台。
算学京都戏园子，迎台吹罢两通来。

[清] 六对山人《锦城竹枝词》（百首）①

在成都众多的移民会馆中，陕西会馆可谓财大气粗，从会馆的建筑大门外的铁桅杆到演戏放炮仗，都是其他各省会馆不能比的。

陕西会馆位于成都陕西街，始建于清康熙二年（1663年），为陕人共建，并扩建药王庙，以祀陕人孙思邈，后毁于战火。清光绪十一年（1885年）由陕籍川省布政使程预倡议，成都"度益""寿益"等33家陕籍商号集资重建。现仅存会馆大殿。大殿坐北向南，建筑面积805.2平方米，面阔7间（33.6米），进深3架（22米），通高18.49米，木结构，重檐歇山式屋顶，覆黛色筒瓦，两层翘檐。正脊两端各有1.5米高的龙形兽吻。底楼擎柱为石柱，四角石柱到顶。余为楠木与底层石柱接榫而直上檩梁。大殿木质窗棂，雕镂精细，斗方云饰，彩绘飘逸。整个大殿建筑，装饰华丽，体现了北方建筑的浑厚风格。②

（六）会馆：凝聚乡愁的精神寓所

成都最多的会馆是移民会馆，这种会馆也叫同乡会馆，大多以庙、寺、宫、观命名。会馆建立的主要目的是为祀奉祖宗先贤、联谊同乡、互通信息、救济贫病、进行工商和文化活动提供场所。

---

①林孔翼．成都竹枝词［M］．增订本．成都：四川人民出版社，1986：57.
②成都市建筑志编纂委员会．成都建筑志［M］．北京：中国建筑工业出版社，1994：31.

成都移民会馆多建于清代，其数量之多、地域之广、建筑之华丽，居全国之首。成都洛带广东会馆（又称南华宫）、湖广会馆（又称禹王宫），以及金堂土桥镇会馆都为现存的清代移民会馆。

离乡背井的移民们心头始终都有一轮家乡明月。洛带的广东会馆大殿石柱楹联："云水苍茫，异地久栖巴子国；乡关迢递，归舟欲上粤王台。"读着这对仗工整的文字，回望当初移民们在迢迢关山道间留下的零乱足迹与梦痕，再低头细察自己作为移民后裔手腕上所特有的绳印纹迹，仿佛身临其境，耳畔响起乡音，那明暗闪烁的寻根情结悄然而降。

现成都洛带湖广会馆（禹王宫）

除移民会馆外，会馆的种类还有官绅会馆、试子会馆、工商会馆。试子会馆是作为安顿联络赴京应试之子弟的场所，工商会馆则是在血缘、地缘、乡缘三缘之上产生的具有一种称为"业缘"的新型社会关系的会馆。华构崇丽，极尽富贵，是工商会馆给人的深刻印象。四川自贡西秦会馆便为经典，那高大的门楼近察为檐牙高啄，钩心斗角；远观则灿若彩云，烂漫如锦。

新儒家梁漱溟先生说:"离开家族的人们没有公共观念、纪律习惯、组织能力和法治精神,他们仍然需要家族的拟制形态。"会馆就是一种既以家族为摹本但又超越家族的社会组织,标志着这个传统社会的社会管理体制的进一步完善。它要求众会员在变迁的社会中既能发扬传统,又能适应社会变迁,为众会员提供各种可能的便利,它既能满足同乡人在外籍寻求乡情依托的需要,又能使同乡人走向仕途走向商场时不仅凭个人奋斗,还能依靠团体的资源,提高取得成功的可能性。

会馆当年的热闹,主要体现在它的戏台之上。各类会馆主要活动就是庙会活动以及其间的大型灯会、戏剧演出。"每遇节日,演戏酬神习以为常",实际上,酬神即为娱人。每当会期,各会馆为壮自己的声势,纷纷暗中攀比,各自自带乡班或尽量聘请名角、名班演出。清末成都的福建、山西、陕西等会馆,在太平全盛时,几乎无日不演戏,且有一馆数台同日皆演者……正因为如此,一般会馆都修有戏台,即所谓"每一庙、馆大殿对面必皆有戏楼,还有外台,内台之分"。

因此,各类会馆的大量建立,不仅繁荣了工商,活跃了戏剧,还发展了建筑艺术与雕刻绘画艺术,又促进了不同文化与风俗的融合,起到了载体或平台的作用。

会馆是明清政治、经济、文化变迁的特定产物,它不仅是明清时期商品经济蓬勃发展的缩影,亦与明清科举制度、人口流动相伴随。移民会馆、官绅会馆、试子会馆、工商会馆之间互相促进,形成了明清会馆大发展的景象。

锣鼓喧天,锦旆张扬,生旦净丑末,各类会馆戏台上人晃马动,将陈年旧岁的光影映照得如此的簇新而斑驳……

三、成都岁时竹枝词：为游百病走周遭

本篇专述竹枝词中成都岁时节庆民俗

成都为四川省会，位于川西平原腹地，水利发达，土地肥沃，物产丰富，气候适宜。故《通典》中说："巴蜀之人少愁苦，而轻于荡佚。"成都的岁时节令风俗，与国内其他各地相比较，异点甚多。

（一）说春打春

> 乞儿得意做官时，袍带乌纱手内持。
> 说过千门恒炫耀，春官常挂嘴唇皮。
>
> ［清］筱廷《成都年景竹枝词·说春》①

春官说春，为农村民间生产民俗。相传远古时期，人们不知道按气候节令来种庄稼，常常有种无收，"三皇""五帝"十分着急，便常骑一头耕牛四处漫游，向种田者宣传气象知识和种田的技术，年年如此，便形成了后来的"春官说春"民俗。旧时，岁逢冬至季节，便有头戴乌纱官帽，身穿长衫，背着布褡裢的人，入门送春，一张红纸上有木刻印的来年日历，上角处刻有"牧牛图"（亦称"春牛图"），此谓"送春"，伴以说唱等形式，取材多样，富有趣味。

---

①林孔翼.成都竹枝词［M］.增订本.成都：四川人民出版社，1986：80.

成都农村的"春官说春",充满了喜剧性,成为乞讨求财艺术。过年了,丐帮扮演春官,穿上滑稽的戏装官服,挨家挨户地送上一些以"春"为内容吉祥词语:"新年新年,人人有钱!新年,新年,家家买田!"各家各户也愿意施点小钱,以讨吉利。

> 春鞭文彩甚迷离,竹作筋骨纸作皮。
> 一自春官携在手,任他人物两相宜。
> [清] 筱廷《成都年景竹枝词·春鞭》①

汉晋时无打春之事。《隋书·礼仪》始有"彩仗击牛"之文。宋孟元老《东京梦华录》云:"立春前一日,开封府进春牛入禁中鞭春。县府置春牛于府前,至日绝早,府僚打春,府前百姓卖小春牛。"②

春官打春,为成都平原乡坝民间生产民俗。其俗应由中原传入。《华阳县志》(四十四卷,清嘉庆二十一年刻本)记载:"'立春'前一日,府尹率县令、僚属迎春于东郊,仪仗甚盛,鼓乐喧阗,芒神土牛导其前,并演春台,又名高妆社伙(火)。士女骈集,谓之'看春'。次日,鞭土牛于府署,谓之'打春'。"③ 可见,最初"看春"与"打春"最初是由官家引导的,而到了清末成都乡坝"打春",已经消解为由乞丐扮春官,手中挥舞的牛鞭多用甘蔗上包裹金银纸做成。此俗凸显蜀民的幽默滑稽性格,是民俗变异性的事例。

①林孔翼. 成都竹枝词 [M]. 增订本. 成都:四川人民出版社,1986:81.
②顾张思撰,曾昭聪、刘玉红点校. 土风录 [M]. 上海:上海古籍出版社,2015:1.
③丁世良、赵放. 中国地方志民俗汇编(西南卷. 上)[M]. 北京:书目文献出版社,1991:4.

（二）春联

贱卖斯文说效劳，春联代写快挥毫。

不言润笔些须本，只说今年纸价高。

［清］筱廷《成都年景竹枝词·写春联》①

"新年纳馀庆，佳节号长春"，中国第一幅春联产生在成都，是五代后蜀主孟昶创制的。而在之前已有"贴宜春"之俗了。"新年门首贴'宜春'字，见宗懔《荆楚岁时记》。盖六朝时已然，但在立春日。"② 写春联贴春联大约是"贴宜春"风俗的传承与变异，都是赞时嘉祉祈求。

（三）民间送穷

牛日拾来鹅卵石，富贫都作送穷言。

富家未必藏穷鬼，莫把钱神送出门。

［清］六对山人《锦城竹枝词》（百首)③

正月初六"送穷"，是中国古代民间一种很有特色的岁时风俗。其意就是祭送穷鬼（穷神）。穷鬼，又称"穷子"。

唐代文学家李邕在《金谷园记》中讲述了穷鬼日的由来："高阳氏子瘦约，好衣敝食糜。人作新衣与之，即裂破，以火烧穿着之，宫

---

① 林孔翼. 成都竹枝词 ［M］. 增订本. 成都：四川人民出版社，1986：7.

② 顾张思撰，曾昭聪、刘玉红点校. 土风录 ［M］. 上海：上海古籍出版社，2015：1.

③ 林孔翼. 成都竹枝词 ［M］. 增订本. 成都：四川人民出版社，1986：44.

中号曰穷子。正月晦日巷死。今人作糜，弃破衣，是日祀于巷，曰送穷鬼。"

民间后来又把"送穷"叫做"赶五穷"，即赶走"智穷""学穷""文穷""命穷""交穷"表达了汉族民众一种辟邪除灾、迎祥纳福的美好愿望。

民间的送穷民俗，也影响着文人的创作。唐代韩愈有《送穷文》，姚合有《晦日送穷》；宋代巴淡有一首《送穷鬼》，写道："正月月尽夕，芭蕉船一只，灯盏两只明辉辉，内里更有筵席。奉劝郎君小娘子，空去送穷鬼，

唐代送穷图

空去送穷鬼"；清学者林祖焘《闽中岁时杂咏》诗云："相传拗九届芳辰，各煮饴糜杂枣榛。扫尽尘封投尽秽，送他穷鬼迓钱神"；俞曲园《茶香室三钞·送穷鬼》录前朝人的词云："奉劝郎君小娘子，空去送穷鬼。"

送穷风俗的具体仪式因地域而各有不同。据《岁时杂记》记载："人日前一日扫聚粪帚，人未行时，以煎饼七枚覆其上，弃之通衢，以送穷。"韩愈《送穷文》中，提到要为穷鬼"结柳作车，引帆上墙"。这就是说，送穷时既要为"穷鬼"准备具有象征性的车船，还要给"穷鬼"带上干粮。有的地方还有"以芭蕉船送穷"的做法。有的地方，在这一天各家用纸造妇人，称为"扫晴娘""五穷妇""五穷娘"，身背纸袋，将屋内秽土扫到袋内，送门外燃炮炸之，这一民俗又称为"送穷土""送穷媳妇出门"。还有的地方，习惯在初五日早上，取炉灰少许于筐，并剪五个纸人，送到门外，焚香、放花炮

而还，称之为"扫五鬼"。

成都有正月牛日（即初五）"送穷"的民俗，有其独特之处。这一天一方面要将"穷神"扫地出门；另一方面或去府河、南河、锦江等河滩处拾鹅卵石，象征捡拾金银元宝，不空手回家。

六对山人的这首竹枝词，通过描述成都市民送穷民俗，讽喻了那些都市富家豪门欲壑难填、肥上添膘、财迷心窍。

（四）游百病

为游百病走周遭，约束簪裙总取牢。

偏有凤鞋端瘦极，不扶也上女墙高。

[清] 六对山人《锦城竹枝词》（百首）①

三峨樵子注：正月十六，城上城下妇女遍游，谓可除一年疾病，号曰游百病。

清代成都有正月十六出行"游百病"的民俗，全市市民在四门墙上游览。中国各地民众多有新春出行的民俗，但与其他地方相比，成都的"游百病"出行自有独特之处。其一是日子独特，它不在春节大年初一到十五的任何一天，而是在过了大年的第二天——正月十六。其二是郊游的地方特别，专门登上成都城墙游走。其三是名称独特，不叫"游春""踏春"，而叫"游百病"。相传唐朝时任剑南西川节度使的高骈为了抵御南诏外侮，在原秦城外围新筑防御工程罗城，守城军丁百姓一起将城墙土踩得牢牢实实，打退了敌兵。与此同时患病之人皆不治而愈，于是有了走上城墙以祛病消灾的风俗。

对于"游百病"，成都有俗语云："火烧门前纸，大人做大事，娃娃捡狗屎。"意思为各人做好自己的事，以求全年福安。

---

①林孔翼．成都竹枝词［M］．增订本．成都：四川人民出版社，1986：44.

在每年的正月十六那一天，成都官家均要破例开放平时只准巡防兵丁驻扎与瞭望的城墙。天刚麻麻亮，城墙四门洞开，市民们扶老携幼，尤其妇女成群结队，从四面八方涌向离家最近的城墙，众声喧哗，大声武气地拾阶而上，争先恐后地登上周长四十八里的城墙上四下张望，四处走动。抖掉冬日的霉气，沐浴春日的光辉，登高远眺，神清气爽，连身上的病痛也忘记了。

"游百病"民俗，在民国时被戏称为"过厚脸年"，这是因为十五天年期刚完，而成都人又假此名目再续一天。

今人何韫若说"游百病"的"百"与"北"谐音，故独上北城。此俗有登高避灾的"痕迹"遗意。是日小商小贩也多去城头赶热闹，摆摊设点如庙会。

> 兴犹未尽续一天，取笑人称"厚脸年"。
>
> 相约携手北城上，归为灯火已阑珊。
>
> 何韫若《游百病》①

（五）端午

> 龙舟锦水说端阳，艾叶菖蒲烧酒香。
>
> 杂佩丛簪小儿女，都教耳鼻抹雄黄。
>
> ［清］六对山人《锦城竹枝词》（百首）②

这首竹枝词除了勾勒出一幅成都锦江畔民间欢度端午节划龙船的图画，还描述了成都民间端午节饮菖蒲酒、家家打扮小女孩戴上石榴花、在小孩儿耳鼻上涂抹雄黄酒避毒的民俗。这说明成都的端午节在

①何韫若．锦城旧事竹枝词［M］．北京：中国三峡出版社，2000：11.

②林孔翼．成都竹枝词［M］．增订本．成都：四川人民出版社，1986：49.

清代依然保持了古代民俗两大传统避毒保健与竞渡嬉戏。

成都有端午节划龙船抢鸭子的风俗，具体地点在锦江九眼桥一带。这是因为锦江两岸从秦汉起便是成都的繁华地段，景观宜人，历代多有吟咏。有一首竹枝词写道：

> 绿波如镜欲浮天，端午人游锦水边。
> 画桨红桡齐拍水，万头争看划龙船。
>
> ［清］方于彬《江楼竹枝词》①

端午节的龙舟竞渡，观者如云，比赛获胜叫做"夺龙标"。还有一首《成都月市竹枝词》这样咏叹道：

> 端阳会过夺龙标，心字香儿约半烧。
> 一步朝天须一拜，恨郎腰瘦太苗条。
>
> 庆余《成都月市竹枝词》（二十四首）②

端午划龙舟抢鸭子

---

①林孔翼. 成都竹枝词［M］. 增订本. 成都：四川人民出版社，1986：157.
②林孔翼. 成都竹枝词［M］. 增订本. 成都：四川人民出版社，1986：182.

清末民初，四川各地都由袍哥、行帮等出面组织龙舟竞赛，较有名的为乐山、新津、泸州、忠县、万县等地，主要有两种方式：夺标（又名抢兆）和抢鸭子。龙舟多为小船，船头扎糊龙头，船尾扎有龙尾；每只龙船上，前有指挥1人，中有击鼓1人，尾有舵手1人，舱中两侧为桡手10余人。夺标时，参赛龙舟于河中一字排开，远处立一红旗为标。一声炮响，群舟竞发，指挥执小旗领喊号子，鼓手击鼓，桡手随着号子和鼓声的节奏奋力而划，河边观众密集，呐喊助阵。至领先的龙舟夺标为止。抢鸭子则是随着一阵鞭炮声响，彩船上抛下数十只鸭子于河中，各龙舟赶到，争抢水中游弋的鸭子，岸边观众欢笑不绝。有些地方抢吹胀了的猪尿泡，以抢的多为胜而获奖。①

民国时期的端午节，依旧沿袭清季旧俗：

"洗澡药"卖叫声声，端午令节重早晨。
艾束蒲剑当门挂，小儿食粽笑颜生。

何韫若《端午节》②

1945年5月，华西协和大学文学院社会学系学生陈慧权，在其毕业论文《成都节令风俗之研究》中记述了民国时期成都端午节百姓家的仪式：

成都人家，于端午清晨起床绝早，出门购菖蒲、艾叶，分悬于门旁，谓可以驱邪于门外，然后焚香秉烛，以粽子、皮蛋、盐蛋祀祖。祀毕，聚家人老小早餐，所供之肴，必有苋菜一碗，以大蒜捣泥加盐醋为调和，谓食之可以解毒，并能化除一年食肉吞下之毛，更饮雄黄

①孙旭军，等．四川民俗大观［M］．四川人民出版社，1999：307.
②何韫若．锦城旧事竹枝词［M］．北京：中国三峡出版社，2000：26.

伴和之酒，饮余之酒，再加大蒜，以指蘸"王"字于童孩之面额，并滴少许于两耳，即可避虫蛇毒螫，又其余，匀和以水，用柏枝蘸洒于屋之周遭，更倾其余沥于阴沟，谓如是则虫蛇走避，不扰于人。小儿女则着新衣，襟悬所缠之水粽，及绫绸所制之艾虎、小猴、香囊等以为点缀，蓉俗端午聚餐在晨，中秋餐在晚，故有"早端午，晚中秋"之说。午间，必以"洗澡药"煎汤沐浴，所谓"洗澡药"者，乃乡里小儿所采之药草，如泥鳅串、千里光、菖蒲、蒲公英、野菊花、陈艾、八角枫等，捆载背负，售之于市，谓以浴身可免疮毒疾患。药店则于此日，捕蟾蜍，取其眉林之酥，贮以待售，外科及针灸医师，则取艾制药，谓今日所作之药，特著灵效，并以此日午时新汲之水有毒，不可饮，饮之发疮，凡此种种虽不免于迷信，然亦吾国之最早卫生运动也。[①]

划龙舟、挂菖蒲、洗草药澡、饮雄黄酒、吃棕子，这些端午节的诸种民俗文化"痕迹"，流传至今所承载的主要意义为：

——端午节是一个全民参与的卫生和体育节日；

——端午节是一个中华民族龙文化的纪念节日；

——端午节是一个表达传统伦理增进交往节日；

——端午节又是一个纪念中国诗人屈原的节日。

总之，端午节首先表达了民众驱除鬼邪、祈福纳祥的民间民俗心理意愿；其二，划龙船夺标的竞赛，表达了民众"适者生存"的进化意识；其三，作为民族共同图腾意义，增强了民族共同体的自我认同与凝聚力；其四，作为男女交往，民众在卫生与体育角度的假面化妆娱乐与角逐竞标狂欢节日，也有宣泄与平衡社会心理的效能；甚至，作为民族共同体的端午节纪念仪式，对于参与民众而言，实际上为提

①何一民，姚乐野，袁学良，等. 民国时期社会调查丛编 [M]. 四川大学卷下. 厦门：福建教育出版社，2014：147-148.

升、成长、治疗、融合、超越的诸般综合仪式。

对于民间端午节纪念屈原的意义，闻一多先生曾在《端午节的历史教育》一文结尾感叹道：

但为这意义着想，哪有比屈原的死更适当的象征？是谁首先撒的谎，说端午节起于纪念屈原，我佩服他那无上的智慧！端午，以求生始，以争取生得光荣的死终，这谎中有无限的真！

我国已于公元2008年将端午节定为国家法定假日。

（六）双十节

双十节逢九九期，武昌起义此其时。
造成民国休忘却，庆祝家家要扯旗。

大家邀约看提灯，男女一层又一层。
烛影电光如白昼，人言黑暗究何曾。

处处男宾与女宾，一般装束讲时新。
要从闹热求原理，多是贪图人挤人。

无数老年与少年，逗留"昌福馆"门前。
灯笼随念随声道，师亮诙谐好对联。

[民国] 杨星南《双十节竹枝词》①

---

① 林孔翼. 成都竹枝词 [M]. 增订本. 成都：四川人民出版社，1986 年：203 -
204.

武昌城头响炮声，帝厦一朝化烟尘。

举国欢呼"双十"夜，万人空巷看提灯。

何韫若《提灯会》①

1911 年（清宣统三年）秋，革命党人发动武昌起义，辛亥革命成功，中华民国成立，实行共和。国民政府遂以每年十月十日为国庆日，民间称为"双十节"。

20 世纪二十年代末至三十年代末，大致为民国的"黄金十年"（1927—1937），成都时兴于每年"双十节"夜举办庆祝活动。届时全城工、商、政、学各界，皆提自制各式小灯笼成群结队地参加游行，称为"提灯会"。

今人何韫若对民国"双十节"追忆道：

是夜自傍晚开始至初更前，长街灯火荧荧，首尾相接，蔚为壮观。当时城内繁华路段之东大街、春熙路、总府街与提督街一带商家，多在门前檐口彩扎各种传统戏剧、神话场景，诸如白娘子盗仙草、孙悟空闹天宫、刘关张三战吕布及民间传说刘海砍樵、董永卖身葬父等，皆争奇斗妍，务求新巧。此种场景，经五色灯光之闪耀，其神秘生动之气氛，尤令观者驻足，凝目仰视，恋恋不去。当时出而游观者，以城中老幼居民及乡间男女为多，盛会一年一度，实难得也。自民国二十六年（1937 年）以后，抗战军兴，此会遂以国难当头停办。②

---

①何韫若. 锦城旧事竹枝词［M］. 北京：中国三峡出版社，2000：243.
②何韫若. 锦城旧事竹枝词［M］. 北京：中国三峡出版社，2000：243.

四、成都商业竹枝词：商业场中结队游

本篇专述竹枝词中成都近代商俗

（一）行业记街

老成都商业多以街道分类，即以行业记街。如最早的金融中心在成都东大街与新街，那里有许多银号，此外如纱帽街多成衣店，科甲巷多刺绣，盐道街多招牌刻字，祠堂街多书店等。

周询《芙蓉话旧录》记述：

成都工商业多群分类聚于一、二街内。如银号多在东大街、新街。绸缎铺多在总府街、东大街。金铺多在打金街。衣铺多在鼓楼南街。帽铺多在福兴街。靴鞋铺多在王道正直街。戏剧行头铺多在纱帽街。弓箭鞍鞯铺多在提督街。鱼肉菜蔬多在湖广馆街及棉花街。玉器翎顶铺及纸扎铺多在科甲巷。又招牌上，则多就所售物品刻形于牌者。如金铺则作金叶形数方，贴金其上。帽铺则刻帽形，刀剪铺则刻刀剪形，戏剧行头铺则刻纱帽形，皆是。各业除工匠外，皆有学徒。初进名"参师"，三年期满日"出师"。出师后，尚须帮工两年或三年，照工匠给值，过此始就自由。工匠每岁工资皆不过钱数十千文，以技艺高下为轩轾。岁终有盈，仍酌给红奖，然资本方面，率占多数矣。①

---

①周询. 芙蓉话旧录［M］. 成都：四川人民出版社，1987：8.

1. 科甲绣品

正科甲巷与九龙巷的刺绣业为手工作坊，传承百年。成都的蜀绣与吴中的苏绣齐名，却借"顾绣"为招牌。明代嘉靖间进士顾名世筑露香园于上海，其子顾会海之妾绣艺特精，享誉江南，人称"顾绣"。

> 新岁买灯科甲巷，近添顾绣似三江。
> 丝丝绣出多花样，谁嚼残绒唾北窗。
> [清] 定晋岩樵叟《成都竹枝词》①

> 描龙绘凤巧飞针，绣得梅鹤有精神。
> 艺苑名葩称"四美"，西蜀也占一枝春。
> 何韫若《锦城旧事竹枝词》②

蜀绣、杭绣、苏绣、湘绣"四美"并列。科甲巷的绣品有"松鹤遐龄""鹿鹤同春""百鸟朝凤""喜鹊闹梅"等，民间寓意皆为吉祥如意。

周询《芙蓉话旧录》记述：

蜀有蚕丝最早。光绪二十三、四年后，嘉定陈君宛溪姑仿用铁机缫丝，出口远销欧、美。以前则纯用木机缫制，就本省织成绸缎，故省城半边街、机房街一带，皆为织绸缎者工作之地，俗呼"机房"。朝夕机声轧轧，织者终日唱不绝口，俨成定习。缎分素缎、花缎两种，花缎俗呼"摹本"。绸亦分花绸、素绸，花绸曰"湖绉"。素绸

---

①林孔翼. 成都竹枝词 [M]. 增订本. 成都：四川人民出版社，1986：68.
②何韫若. 锦城旧事竹枝词 [M]. 北京：中国三峡出版社，2000：43.

以嘉定所织大绸为最坚韧，省城所出不能及也。省城所织绸缎，除供本地服用外，且销至陕、甘、云、贵等省及西藏、暹罗、安南等地。光绪中年以前，摹本每尺最高不过值银四钱，素缎则三钱零；湖绉每尺最高一钱四分，素绸一钱有奇，惟大绸差贵。彼时不特外国绸缎未有来者，即江、浙绸缎来者亦不甚多，盖非豪华之家不肯购也。江浙出品俗呼曰"下路货"，价比本地所出者约加倍。惟纱罗则皆来江浙，本省无织造者。缎宽二尺许，绸宽一尺数寸。布则光绪中年以前，洋纱入川者尚少，布皆乡间自纺之纱织成，宽仅尺许。洋布皆来自下游，宽二尺许，然不及土布之耐久，每尺价约钱百文，土布则二、三十文耳。呢绒、哔叽、羽毛等类，则皆来自下游，已历多年，其价亦不昂。呢绒多有用以制衣者，绒多黑色，呢则各色留备。哔叽、羽毛则旨作帷幕、坐垫之用，故以红色者居多。①

在光绪年间，成都布料皆多为本地出产。这是因为蜀省本为丝绸出口大省，又因为成都为内陆省会，故洋布进入较晚。

2. 纱帽戏装

纱帽街，是名副其实的以行业为记的街名，到了民国时期也以经营戏装为主。

> 纱帽街中做戏衣，梨园子弟喜追随。
> 夏天纨扇无多值，都是荣昌半画师。
> ［清］定晋岩樵叟《成都竹枝词》②

> 蟒袍玉带帽乌纱，锁子黄金亮铠甲。

---

①周询. 芙蓉话旧录［M］. 成都：四川人民出版社，1987：25－26.
②林孔翼. 成都竹枝词［M］. 增订本. 成都：四川人民出版社，1986：67.

出将入相寻常事，行当穿戴细分家。

何韫若《锦城旧事竹枝词》①

3. 学道书肆

"学道街"前书肆多，全无苏版费搜罗。

儿童买得《四书》读，小注删除字又讹。

［清］定晋岩樵叟《成都竹枝词》②

成都学道街，历来为成都官方教育机构所在地。清代提学使衙门，民国时川省教育厅均在此。此街百年书香飘溢，历来多有售线装木刻古籍，其中志古堂和存古堂最为有名。街西右拐为青石桥北街，民国时有锦章书局；过街口西行有古卧龙桥，中华书局于此设有分店。

通省司文此衙门，线装古籍映朝暾。

店东拱手延客坐，不厌翻脸态和平。

"志古""存古"誉锦江，千年人记蜀刻香。

宋椠元镂俱难见，幸有"尊经"旧版藏。

何韫若《锦城旧事竹枝词》③

这首竹枝词中"蜀刻"即蜀刻本书籍，因其字体比一般书稍大，又称蜀大字本，为四川所刻印的版，在宋时就闻名天下，享誉士林。但自明清以来，屡遭兵燹，宋、元善本极为罕见。清同治年间，张之洞为四川学政，创四川尊经书院，设尊经书局刊行经、史、小学诸

---

①何韫若．锦城旧事竹枝词［M］．北京：中国三峡出版社，2000：46.
②林孔翼．成都竹枝词［M］．增订本．成都：四川人民出版社，1986：66.
③何韫若．锦城旧事竹枝词［M］．北京：中国三峡出版社，2000：40.

书，精镂精校，刊刻质量上乘，人称"尊经本"。

4. 新街银行

新街是老成都的金融中心，这样的行业记街从清代一直延续到民国抗战时期。

> 银行银号集资财，鳞次栉比设新街。
>
> 名公钜子长舞袖，操纵金纱有后台。
>
> 何韫若《锦城旧事竹枝词》①

抗战时期，成都物价暴涨。南、北、中的新街银行、银号和钱庄，多有军政背景，因而大搞黄金、美钞、棉纱、西药等投机生意，从中牟取暴利。如此景象在李劼人的长篇小说《天魔舞》中亦有描写。

（二）行业民俗

行业民俗，即某一行业群体所共同传承的，或习以为常的一些行为方式。然而，在清季民初随着近现代工业的兴起，古代的行业的行规与仪式也在发生变化或者消失了。

> 休依古法饲蚕桑，试验于今尽改良。
>
> 墙下绿荫筐内叶，何须神祀马头娘。
>
> ［近代］冯家吉《锦城竹枝词百咏》②

作为移民大城，成都的行业也烙印着移民的地域特点。

---

①何韫若. 锦城旧事竹枝词 ［M］. 北京：中国三峡出版社，2000：49.

②林孔翼. 成都竹枝词 ［M］. 增订本. 成都：四川人民出版社，1986：92.

瓷器店皆湖州老，银钱铺尽江西人。

本城只织天孙锦，老陕亏他旧改新。

［清］定晋岩樵叟《成都竹枝词》①

坐商经营，讲究匾牌。老字号的店铺匾牌一画二写，都很漂亮，显得买卖兴隆。坐商历来还有起好字号的传统，字号即商号店铺的名称，好字号是吸引顾客的重要手段。中原与北方的字号选字，多用"祥""福""泰""昌"之类的，并延请名家书写，以壮声威。成都却有"烂招牌"的刀剪著名商号，显示出蜀人的诙谐与机智。

安排针线绣弓鞋，花样翻新配色佳。

试问谁家金剪好，无人不道烂招牌。

［清］吴好山《成都竹枝词》②

成都的店招也是大雅大俗的，雅得讲出处，俗得很现实，雅俗之间都显示出成都的商俗文化。

小小商招趣有加，味腴菜馆浣秋茶。

临时生活维持处，不醉无归小酒家。

［近代］黄炎培《蜀游百绝句》③

注：味腴、浣秋、临时生活维持处、不醉无归小酒家，皆成都商店招牌。

世界最早的纸币"交子"诞生于成都。成都金融行业的钱币交

①林孔翼．成都竹枝词［M］．增订本．成都：四川人民出版社，1986：60.
②林孔翼．成都竹枝词［M］．增订本．成都：四川人民出版社，1986：72.
③林孔翼．成都竹枝词［M］．增订本．成都：四川人民出版社，1986：178.

· 49 ·

换，可以追溯到宋代，此是民间久已存在的行业。

> 金融源涸闹钱荒，纸币纷纷尽出场。
> 纵逊银圆交易好，暂通财政尚无妨。
>
> ［近代］冯家吉《锦城竹枝词百咏》①

对于欧美各国外侨使用的旅行支票，成都人亦是学习接受很快的。

> 西邦兑券浅深红，一纸千金递旅中。
> 黑店绿林都不怕，行人今学信天翁。
>
> ［近代］冯家吉②

（三）百年成都劝业场

民国初年，在成都读书的乐山天才少年郭沫若，曾为成都商业场的琳琅所吸引，一连写了三首竹枝词《商业场竹枝词》③：

> 蝉鬓轻松刻意修，商业场中结队游。
> 无怪蜂狂蝶更浪，牡丹开到美人头。
>
> 楼前梭线路难通，龙马高车走不穷。
> 铁笛一声飞过来，大家争看电灯红。

---

①林孔翼．成都竹枝词［M］．增订本．成都：四川人民出版社，1986：90.
②冯广宏，肖炬．成都诗览［M］．北京：华夏出版社，2008：430.
③郭沫若．郭沫若少年诗稿［M］．成都：四川人民出版社，1982：28.

新藤小轿碧纱纬，坦道行来快如飞。

里面看人明了否，何缘花貌总依稀。

　　词中的商业场，即为成都劝业场。那是一座中西合璧的建筑群，一楼一底的走马转角楼，笔直高大的罗马柱，顶着无数的小青瓦。百年前的成都劝业场，对今人而言，如同一个曾经的灿烂梦华，于想象中花貌依稀香馥。一个内陆盆地，一座封闭的城池，西风东渐的时光，在大清的末代竟然独秀西南，领先神州而进行了一场翻天覆地的城市商界革命。

1. 成都劝业场的开办

成都劝业场外景

　　宣统元年（1909 年）成都，春风和煦，杨柳新芽，成都劝业场正式开场。在今天的总府街一段，龙旗飘飘、锣鼓喧天，商民、绅耆、平民、官员，花翎补子长衫短衣，摩肩擦踵，人头攒动，济济一堂。劝业场门楼张贴了许多彩色广告，英美烟草公司的巨幅招贴画、巴黎香水的广告画……入口处还散发戒烟丸、补脑汁、疗痔药水的传单、说明书和保证书，惠赠顾客。

劝业场，为成都市最早的商业大卖场。清光绪三十三年（1907年），由四川省劝业道周善培倡导、成都商务总会樊起鸿负责筹办、成都著名营造商江建廷设计施工。1908年7月破土，次年3月建成。通街式建筑的劝业场长近百丈，有店铺一百五十余家，为当时成都最大的新式商场。分前场、后场。前场口南向总府街，后场口北向华兴街，中设东西支路。场口辟有车马场。场内店房为一楼一底通廊式建筑，砖木结构，前后设走廊，俗称"走马转角楼"。高敞的建筑风格，系仿西洋风格，拱券大门，罗马柱式，精致美观，整个建筑空间高大宽敞，也为招引大型商家的进驻提供了便利。

成都劝业场开业时的热闹场景

前后场口辟有舆马场地，专备游人停驻车马，并规定"舆马不能入场"。场口设有栅栏，早晚启闭。

署理四川通省劝业道，曾考察过日本，名声赫赫的朝廷新政能吏周善培（孝怀），快步登上临时高台，满脸兴奋发表开场辞时说道：

中国自古而还，自古重农不重商，认为农者生活之本源，商者无聊之末路，故秦汉之制，商贾不得衣文绣，盖贱之也，致使国贫民瘠！近观东洋之振兴，实为发展工商至之。愿诸君共振实业，裕国裕民！

周善培的语境虽说以东洋日本为视野，却有相当的穿透力与煽情作用，春雷炸响，让在场的成都商民无不感觉从传统的"士、农、工、商"四民之末，一下子跃进为四民之首，满脸兴奋地从农耕时代走进了商品时代。

2. 成都劝业场的商业设施

近代城市新兴，不仅要有商业性，也要具备娱乐性与技术性的市政设施。作为繁荣商业的配套设施，劝业场也在创造了近代成都水电两项市政建设第一。

自来水。清末的成都民众饮水，主要为井水，河水则要雇人从城外挑来，费用既贵，又不方便。宣统元年（1909 年），在劝业道周孝怀倡导下，设立了官商合办的利民自来水公司，从万里桥下取水，专用管道输送至城内的蓄水池中，再用人力到蓄水池挑水使用，俗称"人挑自来水"。劝业场特别在华兴街修建了一个蓄水池，专人挑水，供给全场的餐饮店与茶楼，费用另计。成都河水泡茶，素来胜过井水，劝业场的茶楼也享有"水好"的美名。劝业场如此创造了成都商业用水的先例。

电灯。晚清，时如上海、汉口、重庆，深溉长江水运便利，均先后有了供电设备。成都的夜晚，还依旧朦胧在传统的菜油灯与蜡烛灯的昏暗中。周孝怀与樊孔周商量后，决定先从劝业场引进电灯，为省城示范，以吸引顾客，昌盛市场。樊孔周即在建筑公司内增设电灯部，另筹股金白银二万两，作为采购发电机及厂房之专用。随后从上海购置 40 千瓦发电机一台，在场内西北角建厂发电，只供全场照明。

四、成都商业竹枝词：商业场中结队游

为了扩展影响，又在前后场口高悬一只圆形电灯，每日黄昏发电时，挤满民众，观看电球来电。每当"铁笛"一响，瞬间华光四射，欢呼雀跃，笑声雷动。不仅轰动全城，还勾引了川西各县，时有四乡农民不惜赶上数十里路进城，专门为看电灯。劝业场场口与总府街的茶楼，在每日下午四时后，就客满了，专候看燃电灯，即所谓的"大家争看电灯红"。

"劝业场电灯部"，也成为四川电力工业史上第一家公用电力企业。

3. 成都劝业场的商业盛况

除了促办新事业以外，周善培还创建了劝业场的近代商业伦理文化模式。一改成都商家买卖喊价还价的旧习，劝业场实行每家店铺悬挂出价目牌的做法，统一定价，形成了明码实价的近代商业营销模式，因此不管是本地，还是外县顾客都愿意光顾劝业场。相邻的东大街、走马街、暑袜街的商家也受影响，悬牌标价。

劝业场共有一百五十余家店铺，皆本地与外埠商界精英。因为劝业场有规定，凡有官办的局厂和在劝业会（花会）比赛得过奖的私家工商户都必须入场设售货处所，于是劝业场事务所对接纳商家承租，要择优选取，在各行各帮中没有名气的店家是别想租得一间铺房的，对优异者则十分善待。味虞轩本为新繁县城的京果铺，因生产的桃片品质优良，在劝业会上得过奖。按理应在场内设售货处，可偏有人反对，认为是外县的小京果铺，没有资格入场。后为周善培知晓，让其租得一间小门面，又因作坊远在新繁，供货不方便，劝业道特拨快马一匹，每天飞马运送出炉的新鲜桃片。还有个担担水饺，因周善培无意间发现其皮子硬、有嚼口、馅子饱、调味好，就执意允许其挑担子进场。这个担担水饺没有招牌，因其常在望江楼做生意，就呼为"江楼水饺"，开设在劝业场前场口。

川省产品最引人注目的有：何鹿蒿办的鹿蒿玻璃厂的五彩描金玻

璃器皿、大大小小玲珑剔透的银玻镜，樊起鸿办的因利利织布厂的各色新式机织花花布，马正泰和马天裕的水丝浣花巴缎与百子图被面，裕国春的宫粉香胰，松竹轩的刺绣绢扇，荣久身的新衣皮袍，鼎升荣的官帽，熙德隆的靴鞋，月成新的泡套，桂昌祥的须绦，陶长兴的毛巾，仁义和的梳篦，醉墨山房的刻磁，三都重的书画，谦益祥的玉器……官办局所有的制革厂的牛皮鞍鞯，竹簧科的多宝架，乞丐工厂的卤漆，习艺所的印刷，茶务所的红绿二茶，图书局的成都街道图和劝业场全图，等等，林林总总、美不胜收。更有京广货铺、苏广货铺所陈设的五光十色、耀眼炫目的商品，如巴黎香水、泰西纱缎、法兰西绢绸、英国自行车、台湾番席、西洋栽绒、八音钟表、金丝眼镜、广东糖食、福建丝烟、京戏戏匣、北京丸药、广铜烟袋等。

餐饮服务也很有特色。楼外楼的中西大菜，有二百多种菜品；一家春、聚堂园，既是"南堂"，又兼小吃；悦来浴室，清洁卫生；宜春楼、第一楼、怀园等几家茶馆，座次分为雅座和普通座，凡携女眷者均入雅座，屏障隔离，香片茶每碗三十二文、白毫六文、春茶六文、芽茶四文。劝业场里的茶馆都具有茶香、水好、楼高、座雅的特色。

当时有竹枝词描述：

藤舆轻小样翻新，尺幅玻窗白幔横。
更静月明人散后，声声轿子唤先生。

绚璨宫罗晓色开，时新花样费心裁。
阿侬莫负翩翩好，记否曾经走马来。

菜根滋味竟芳菲，不醉无归醉莫归。
此日黄花人更瘦，江南新到鲍鱼肥。

宜风宜雅更宜春，酒后茶余一样情。

座上莫谈天宝事，往还都是过来人。

商业场竹枝词①

都市女性是商场的天然顾客。劝业场的开办让成都妇女出游成风，闺阁少女也联袂伴行，成为近代成都街市的一道亮丽风景。当时成都佚名竹枝词，有如下唱咏：

姊妹偕游劝业场，翠鬐低衬海棠香。

东楼观置西楼去，软语微闻说改装。

蓉城新竹枝词②

劝业场的开设让成都时尚风气为之渐变，润物细无声，香风熏得游人醉，如此逆传统的异质摩登现象，让当年的周善培、樊起鸿们始料未及。这真可谓：

马骤车驰"商业场"，无人不为看花忙。

层层软绣花成界，菊影排空柏作坊。

癸丑（1913）国庆竹枝词十二首③

①林孔翼．成都竹枝词［M］．增订本．成都：四川人民出版社，1986：262.

②林孔翼．成都竹枝词［M］．增订本．成都：四川人民出版社，1986：253.

③林孔翼．成都竹枝词［M］．增订本．成都：四川人民出版社，1986：253.

五、成都服饰竹枝词：款款西装蹬蹬鞋

本篇专述竹枝词中成都服饰习俗

春罗衫子凤头鞋，借踏青名一遣怀。

惹得菜花裙脚满，阴将绣帕背人揩。

[清] 吴好山《成都竹枝辞》（九十五首）①

夹纱马褂扇频挥，半臂珠皮所见稀。

莫怪天时太寒暑，本来二四乱穿衣。

觚斋《成都花会竹枝词》②

上面这首竹枝词中提到的"女子春装罗衫子凤头鞋，男子春装夹纱马褂扇子"，俱为清代男女时髦服饰的标配。然而，从清中晚期至民国，不过百年间，中国服饰发生了急剧变化。

（一）旗袍

服长偏又着旗袍，服短何曾盖裤腰。

长则极长短极短，不长不短不时髦。

前人《续青羊宫花市竹枝词》七十首，民国十七年春日作。③

---

① 林孔翼. 成都竹枝词 [M]. 增订本. 成都：四川人民出版社，1986：73.
② 林孔翼. 成都竹枝词 [M]. 增订本. 成都：四川人民出版社，1986：188.
③ 林孔翼. 成都竹枝词 [M]. 增订本. 成都：四川人民出版社，1986：104.

服短居然不掩裆，服长偏又着旗装。

而今女界真开脱，不管旁人说短长。

前人《成都竹枝词》①

旗袍本为满族妇女专利。民国改元，五族共和，旗袍也成为中华女装之一。民国伊始，许多北方女子也穿起了旗袍。然而，旧式旗袍，服体宽大，卡腰很小，下摆很大，大襟开到底，穿起来既不随体，也不舒服。旧式旗袍甚至成为落后歹毒女人的象征：

除了生儿总不劳，懒穿裙子惯穿袍。

赤金碧玉双条脱，虐婢堪怜户户逃。

［清］六对山人《锦城竹枝词》（百首）②

然而，经过改良的短衣短袖的旗袍，极大地影响了成都女性着装，成为时髦的风尚。从 20 世纪 20 年代开始，随着旗袍的流行，旗袍的领、袖、边、长、宽、衩开始悄然发生变化，并持续花样翻新。最初的旗袍称为旗袍马甲，套穿时要衬穿一件短袄。到了 1926 年，短袄和旗袍马甲合二为一，为了避免"老派人士"攻击，尝鲜的新潮女性不得不在旗袍的边、袖等处镶上"蝴蝶褶"。1927 年 1 月的上海《妇女杂志》刊登逍遥生《妇女服装谈》认为：旗袍最符合新女性所追求的简单、坚固、雅致、宽窄适度、长短合宜的基本美学原则。③1928 年，旗袍式样渐趋成熟，长度适中，便于行走，袖口大多仍然保持旧式短袄的宽大风格，领口则花样繁多，各具情趣。

---

①林孔翼. 成都竹枝词［M］. 增订本. 成都：四川人民出版社，1986：108.
②林孔翼. 成都竹枝词［M］. 增订本. 成都：四川人民出版社：1982：50.
③逍遥生. 妇女服装谈［J］. 妇女杂志，1927，13（1）：99.

穿旗袍的女大学生

改良旗袍出现之后，女学生装的式样亦受到影响，有些学校甚至采取旗袍做女生校服。20世纪30年代，旗袍开始被部分中学、大学采用为校服，于是衣长相对短一寸，袖子则完全采用西式，以便着装时跑跳自如。1932年，新派女性竞相穿着"花边旗袍"，这种款式采用"小元宝领"，领口、袖口、襟边镶有花边。1933年后，大衩旗袍开始成为时尚，甚至由衩高过膝滑向衩高及臀。同时，为了更好衬托女性曲线，旗袍的腰身亦变得极窄，旗袍的长度发展到极致，甚至着装时袍底落地，完全遮掩住了双足，从而在掩饰与开放之间，将东方女性的芬芳韵味尽情散发。时人将这种奇巧的款式称之为"扫地旗袍"。

在抗战时期，旗袍的长短、开衩、领、袖比较适中，相对定型。并在宋氏三姐妹的领引下，成为中国女性的国服。

> 汉族衣裙一起抛，金闺都喜衣旗袍。
>
> 阿侬出众无他巧，花样翻新好社交。
>
> 　　　　　　　　杜仲良《社会怪象竹枝词》①

"改良旗袍"实属中西方文化在心态层面的物态表现，也是中西方审美观念的综合产物，突破了传统女服上衫下裙的规制，在领、袖、边、长、宽、衩以及面料上产生了诸多丰富变化，可以适合于大

---

①林孔翼. 成都竹枝词［M］. 增订本. 成都：四川人民出版社，1986：195.

多数中国女性的身材，因人而宜的合体裁剪更能够衬托出女性身材的窈窕，突现女性步态的优美。因此，旗袍最终成为世界公认的中国女性服饰的典范。

> 挽就巫山一段云，旗袍短短更香薰。
>
> 行来步步娇痴惯，减却桃花色几分。
>
> 余怜菊《青羊宫花市竹枝词》①

（二）西装

> 款款西装蹬蹬鞋，昂头独步走花街。
>
> 戏场观罢难消遣，还要搓圈麻将牌。
>
> 王晋麻《新女界竹枝词》②

西装是舶来品，麻将是本土产物，二者和而不同，正是那个时代"中体西用"维新改良的写照，中西文化尖锐对立又相互渗透的结果。然而，风起于青萍之末——剪发易服成为从古代中国走向近代中国的一场标志性潮流。戊戌变法时期，维新派志士曾公开提出剪发易服。康有为在1898年向光绪皇帝上《请断发易服改元》折，提议改行西式服制，认为西服"衣制严肃，领袖白洁"，改穿西服短衣可以"发尚武之风，趋尚同之俗"③。终因变法失败而未及实施。1900年后，清廷效行西法，实行新政。社会舆论鼓吹变法维新，提倡剪辫易服。

中国留学生是剪辫易服的第一社会群体，他们视此为改良风俗、

---

① 林孔翼. 成都竹枝词［M］. 增订本. 成都：四川人民出版社：1982：187.
② 林孔翼. 成都竹枝词［M］. 增订本. 成都：四川人民出版社，1986：244.
③ 中国史学会主编. 戊戌变法（中国近代史资料丛刊）［M］第2册. 上海：上海人民出版社，上海书店出版社，2000：264.

文明进步、变法自强的象征。1903年湖北留日学生在东京创办的刊物《湖北学生界》上刊登了《剪辫易服说》一文，提出："今日之中国，诚欲变法自强，其必自剪辫易服始。"并指出剪辫易服的八个优点：

一、向国民宣示朝廷革故鼎新的决心，因而可以"借以变法"；

二、简化章服衣饰之繁，减少费用，化奢为俭，因而可以"借以养廉"；

三、使兵士装束轻便，利于活动，因而"可以强兵"；

四、减少衣冠重累，便于活动健体，因而"可以强种"；

五、减少旅行衣物载运，因而"可便行役"；

六、短衣无辫便于操作机器，因而"可振工艺"；

七、国人与西人装饰相同，能减少隔膜，因而"可善外交"；

八、衣饰同于西人，可去除国人仇洋心理，因而"可弭教案"。①

民国时期穿西服的
成都青年

革命为文化的加速器。1911年辛亥革命推翻清廷后，江山换代，改易服饰又摆上了新政府的议事日程。1912年10月，民国政府正式颁布礼服标准，男子分大礼服和常礼服。大礼服为西式，常服分中西两式，中式为传统的长袍马褂，可自由择用。女子礼服为长与膝齐的对襟长衫，下身着裙，是传统服装的改良样式。

①剪辫易服说［J］. 湖北学生界，1903（3）//张枬，王忍之. 辛亥革命前十年间时论选集（第一卷上）［M］. 上海：三联书店，1960：472—473.

男着西装女剪头，妆成时髦逞风流。

连肩也学欧西样，故惹人看假带羞。

[近代] 张理中《花市竹枝词》①

民国的服制将西服确定为正式礼服，使自戊戌变法以来酝酿了十多年的改易西式服装的主张终于得以实现。西服被定为官方服式，得到官方的正式认可，成为民国政府告别旧时代、面向新时代的一个重要标志。

趋时衣服总西装，奇怪偏偏说改良。

袖短手长真耐冷，如斯穿戴甚明堂。

张绍先《成都竹枝词》②

（三）中山装

男子无须扮女郎，女郎不必扮男装。

只消两色中山服，男女临时任主张。

前人《成都竹枝词》③

服饰是人体的建筑，服饰亦为人体的雕塑，而建筑与雕塑终将呈现出民族的特色。西装的洋化特征自然使民族自尊心有所压抑，民众希望出现一种既不同于清代的旧式装，又有别于西装的民国独特的服装样式，以显示民国国民独立自强的精神风貌。孙中山在辛亥革命

---

①林孔翼．成都竹枝词［M］．增订本．成都：四川人民出版社，1986：214.

②林孔翼．成都竹枝词［M］．成都：四川人民出版社：1982：173.

③林孔翼．成都竹枝词［M］．增订本．成都：四川人民出版社，1986：111。

后，从欧洲返回上海，在上海一家西服店设计了一种以日本陆军官服为基样的改良西式制服，直立领，有四个贴袋，袋盖呈倒山形笔盖式，五粒纽扣，象征五权宪法。这种制服与传统的宽袍大袖风格不同，如西装那样贴身、干练，同时又体现了中国自己的文化特色，如直立领、四个贴袋和五粒纽扣的设计，以及在整体上具有的对称、庄重风格，与中国传统建筑美学有着异曲同工之妙。这种服装还改变了西服领带的装饰性与臃肿，增加了实用性、简洁性；体现了既融合中西，又自创一格的精神，彰显了新时期的服饰风范。这种服装样式因创自孙中山，故称"中山装"。孙中山最早穿戴，后经提倡国民政府公务员也开始穿着"中山装"。20 世纪 20 年代末，国民政府重新颁布《民国服制条例》时，确定中山装为礼服之一，此后又成为国民政府官员的国服。因此，中山装变得更加流行，成为民国时期一种最具代表性的正式服装。

> 长袍一领平时穿，单夹换季着皮棉。
> 崛起"中山"称国服，西装工料大翻番。
>
> 何韫若《穿戴四题》之一①

（四）学生装

民国二十四年（1935 年）初，蒋介石派贺国光率"国民政府军事委员会委员长行营参谋团"入川，为中央势力进入四川奠定基础。参谋团政训处处长康泽，四川安岳人，黄埔军校第三期毕业，又经蒋介石选送苏俄留学，毕业于莫斯科中山大学。回国后，一直为蒋介石侍从室机要秘书，并为"复兴社"领导成员之一，又被任命为军事委员会别动总队总队长。除政训处的工作之外，康泽还被任命为四川省

---

① 何韫若. 锦城旧事竹枝词 ［M］. 北京：中国三峡出版社，2000：245.

国民军训处长，向中学以上学校派出军训教官。规定成都所有高中学生一律接受军训，初中生皆须参加童子军组织，接受童军训练。当时学生着装，均有统一规定，男高中学生皆着黑白相间细点之"麻麻布"制服，腰间系有小方铜饰的皮带，足缠黑色绑腿，着青布操鞋或黑色皮鞋；女高中学生则一律穿蓝布上衣，下着黑裙。初中男女童子军着装服色黄绿均可，女生下装为黑色齐膝裙，其制服式样及随身配备亦皆有统一规定。这体现出试图将国家的威权树立在个人的身体之上，显示出国家高于个人，个人的身体必须与国体结合为一的意识。

那一时期的格式化身体规训——学生装，在竹枝词中亦有记录：

> 三峡开厂织布忙，麻点黑白统一装。
> 归来绕膝呼阿爸，列身"童子"太莫详。

> 注："莫详"，方言调侃语，意思是"没意思"。

何韫若《学生服》①

> 呢子衣帽一色新，皮靴橐橐挂刀绳。
> 堂堂外表堪仪仗，知是荫唐童子军。

何韫若《学堂忆语·私立荫唐中学》②

---

①何韫若. 锦城旧事竹枝词［M］. 北京：中国三峡出版社，2000：248.
②何韫若. 锦城旧事竹枝词［M］. 北京：中国三峡出版社，2000：323.

六、成都饮食竹枝词：麻婆陈氏尚传名

本篇专述竹枝词中成都饮食习俗

（一）成都燃料

> 十万人家午爨忙，桤木石炭总烟光。
>
> 清风白粥茅檐下，釜底红花印块香。
>
> [清]六对山人《锦城竹枝词》（百首）①

三峨樵子略注：杜诗："桤木碍日吟风叶。"荆公诗："濯锦江边木有桤。"坡诗："三年桤木行可樵。"又："桤阴三年成。"又："桤木三年已足烧。"皆指成都等处也。省城红房取红花色，后以其渣印作饼块，贫者买烧，较柴炭价值贱。

> 风雪萧萧三九天，重裘犹自拥青毡。
>
> 最怜人静黄昏后，听卖一声红炭圆。
>
> [清]六对山人《锦城竹枝词》（百首）②

周询《芙蓉话旧录》对薪炭有如下记述：

---

① 林孔翼．成都竹枝词 [M]．增订本．成都：四川人民出版社，1986：43.
② 林孔翼．成都竹枝词 [M]．增订本．成都：四川人民出版社，1986：67.

省城外附近百余里皆无柴炭可采。柴悉来自彭山、眉州一带，皆楠、栎之材，不能作房屋器具者。最粗不过如臂，锯作尺许长，束作圆捆，每捆重百斤有奇。以舟运至省后，又由转售之铺，劈开束作小捆，仅重二十斤内外。重斤者，捆值钱百余文，小捆则三、四十文。炭有两种：一曰"煤炭"；一曰"岚炭"。煤炭即厂内挖出之生煤，岚炭则以煤渣煅作巨块，皆来自彭县等处。煤炭有烟，岚炭无烟，暗灶则烧煤炭，明灶则烧岚炭。售者皆以巨筐盛之，煤炭每筐重二百斤有奇，值银八、九钱，岚炭重百数十斤，值银一两有奇。大抵贫家人少者皆烧柴，人多而稍有力者则烧炭。又有枫炭，则以青枫树煅成，专以御寒。稍有力者，冬来以铜、铁为盆，支以木架，热之于室。贫苦者则皆用烘笼，编篾作小篮形，中置瓦缶，专热桴炭。桴炭为杂木细枝所煅成，俗呼"桴糟"。枫炭、桴炭，每斤皆值钱十文上下，桴炭质轻，所得者多，故较贱也。枫炭亦来自外县，桴炭则附城各地，多有设窑以煅者。①

傅崇矩《成都通览》记述：清末至民国，成都居民的燃料，柴类多为木柴，分为火把柴、围柴二种。火把柴销路甚多，即松柴也；围柴系青枫成捆者。炭类有黑炭、岚炭、枫炭，还有炭元、夫炭、银炭等。前载六对山人的竹枝词里，就记述了桤木和石炭。另外，城里的贫民小户还买红房榨取红花色后以渣滓所压成的饼块，作为燃料，较木柴价便宜。

（二）成都食材

积月心肠盼到秋，刀磨霍霍解穷愁。

回家活计原屠割，不杀耕牛杀菜牛。

［清］吴好山《灌县竹枝词》七首（1）戊辰（1868）②

---

①周询. 芙蓉话旧录［M］. 成都：四川人民出版社，1987：23.
②林孔翼，沙铭璞. 四川竹枝词［M］. 成都：四川人民出版社，1989：38.

在食材上，成都人有不食耕牛的民俗。李劼人在民国历史小说《天魔舞》第十四章中有关于"牛肉"的母女间对话：

"姑奶奶，做啥子这们横豪！"老太婆在别的人跟前从没有这样和蔼过，依然满脸笑容说："我告诉你，牛是多们可怜的畜生，替你们耕田种地，多苦啦！自家只是吃一把草。我们靠牛为生，还忍心去吃它的肉吗？所以佛爷说，吃牛肉的人要打下阿鼻地狱的。"①

……

唐淑贞的理由更正大了，攻势也更猛烈了："你这更不对！我们吃的是黄牛肉，黄牛只是喂来吃的，就像喂猪似的，它并不耕田种地呀！耕田种地是水牛，水牛肉并不好吃，我在牛华溪吃伤了的。"

这说明在成都人这里，"菜牛"即黄牛，是可以作为食材的。

> 夏天瓜果爱新鲜，雪藕胡桃细细飡。
> 十月寒天卖冬枣，辛酸嚼得齿牙寒。
> 　　　　　　[清] 定晋岩樵叟《成都竹枝词》②

成都平原气候温润，一年四季瓜果菜蔬不断。雪藕生吃，核桃锤食，唯有"冬冬枣"奇特，俗称"鼻涕枣"，学名南酸枣，别名五眼果、四眼果、酸枣树、货郎果、连麻树、山枣树、鼻涕果。果核与果皮间有较薄白色果肉可食用，果肉酸带甜，靠果核处酸，口感黏滑粘稠。用做酸枣糕乃为极品。

---

①李劼人．天魔舞［M］．成都：四川文艺出版社，2012：152.
②林孔翼．成都竹枝词［M］．增订本．成都：四川人民出版社，1986：67.

· 67 ·

"眉州"南望辟川原，笼竹狞桑处处村。

香芋落花蚕豆荚，水乡春赛足鸡豚。

[清] 顾印愚《府江櫂歌》十二首①

成都为天府之国、鱼米之乡，菜蔬鸡豚，食材极为丰富。

民生日用有谁知，泉味含盐蔗作饴。

客自内江趋"贡井"，地中有火得《明夷》。

黄炎培《蜀游百绝句》（录八十二首）②

注："自流井"产盐，取地中之火，煮地中之泉而成。种蔗作糖，为内江特产。

这是民国黄炎培所记述的自贡井盐，内江蔗糖，皆为供应成都饮食的主要调味品。

（三）成都菜肴

自清代中叶至民国，百年的成都肴馔，显现出"五方杂居"、城市文化的包容性及非凡创造力。"尚滋味，喜游乐"的成都地方习尚，让成都人以食为天，以食为乐。大大小小的、俗俗雅雅的、各式各样的餐饮遍地开花，使川菜得到进一步发展。

成都竹枝词中，所记叙的成都餐饮，从文化上可以分类为地方风俗型与古雅文化型，从经济上可以分类为廉价平民型与豪华贵族型，从场所上可以分类为有名固定型与无名流动型。然而，不管何种形态，成都肴馔都呈现出各自的精美与特色。

---

① 林孔翼，沙铭璞．四川竹枝词［M］．成都：四川人民出版社，1989：283.
② 林孔翼，沙铭璞．四川竹枝词［M］．成都：四川人民出版社，1989：298.

1. 地方风俗型

秦椒泡菜果然香，美味由来肉爨汤。

延客官家嫌味劣，庖厨不及"大生堂"。

［清］定晋岩樵叟《成都竹枝词》①

苏州馆卖好馄饨，各样点心供晚飧。

烧鸭烧鹅烧鸽子，"兴龙庵"左如云屯。

［清］定晋岩樵叟《成都竹枝词》②

北人馆异南人馆，黄酒坊殊老酒坊。

仿绍不真真绍有，芙蓉豆腐是名汤。

［清］六对山人《锦城竹枝词》（百首）③

三峨樵子略注：蓉花可食，相传大宪请客，厨役误污一碗，忙中以芙蓉花并各鲜味和豆腐改充之，名曰芙蓉豆腐汤，各宪以为新美，上下并传，人争效之，特著其名云。

从秦椒泡菜到总府街的苏州馆子，再到兴龙庵福建会馆门的小食摊的荞面、油茶、馓子……成都街坊南北饭馆并峙，花雕绍兴酒、仿绍酒与蜀地老酒同售。川菜川味的多民族口味融合，集天南海北各家之长，善于化用创新的特色尽显其中。

巢菜肥田兼爽口，青裙采得卖来频。

说餐此味堪辞酒，纵假能瞒劝饮人。

［清］六对山人《锦城竹枝词》（百首）④

---

①林孔翼. 成都竹枝词［M］. 增订本. 成都：四川人民出版社，1986：60.

②林孔翼. 成都竹枝词［M］. 增订本. 成都：四川人民出版社，1986：67.

③林孔翼. 成都竹枝词［M］. 增订本. 成都：四川人民出版社，1986：53.

④林孔翼. 成都竹枝词［M］. 增订本. 成都：四川人民出版社，1986：45.

三峡樵子略注：菜以宋巢元脩得名。坡诗云："是时青裙女，采撷何匆匆？"又云："力与粪壤同。"唯吃此菜后，或误饮酒，腹即鼓胀痛楚，必嚼谷草，水咽之方解。席间每有假此语以辞酒者，主人亦不敢过劝也。

苕菜，又称"巢菜"，为豆科草本植物硬毛果野豌豆的嫩叶或茎叶。多年生草本。野生，亦可栽培。我国多数地区均有分布。

四川以之入馔，已有近千年的历史。苕菜富含蛋白质。鲜品作蔬，清香细嫩；干品入羹、粥，甘滑清香。亦可入药，有清热利湿、和血散淤之功。但实际上，苕菜更是一种特别的鲜食蔬菜，因为它的纤维较粗，入口并不细腻。四川等地常见食用方法是用米汤煮食，加上芋头增加爽滑的口感，是一道别有风味的菜肴。然而，巢菜不与酒同饮食，以其"激酒"致人烂酒伤身，为川人食忌，故拒饮推杯者常以"吃过苕菜"为禁酒托词，主人家闻后亦不劝酒。

"西较场"兵旗下家，一心崇俭黜浮华。

马肠零截小猪肉，难等关钱贱卖花。

[清] 六对山人《锦城竹枝词》（百首）①

三峡樵子略注：旗人喜务花，关钱后故昂其值，惟未关钱时，要零星买食物乏用，则贱卖之。小猪肉馆，汉城并无，惟"满城"有。

自康熙五十七年（1718年），从荆州调来驻成都满兵常保持在2000至3000人之间，视情况需要酌有增减。② 这首记述旗兵生活的竹枝词，反映了清嘉庆年间成都生活还不太富裕，在饮食方面尚有些捉襟见肘的情况。

---

①林孔翼. 成都竹枝词 [M]. 增订本. 成都：四川人民出版社，1986：47.
②吴康零，主编. 四川通史·清 [M]. 成都：四川人民出版社，2010：48.

2. 古雅文化型

"四春"雅座善温存，赛过同行"五柳村"。

填鸭最肥油最大，南堂要数"聚丰源"。

陈宽《辛亥（1911年）花市竹枝词》①

"聚丰"餐馆设中西，布置精良食品齐。

偷向玻璃窗内望，何人倚倬醉如泥。

刘师亮《成都青羊宫花市竹枝词》三十首（民国十二年春日作）②

3. 廉价平民型

麻婆陈氏尚传名，豆腐烘来味最精。

"万福桥"边帘影动，合沽春酒醉先生。

冯家吉《锦城竹枝词百咏》甲子（1924年）成都研精馆刊③

释担腹饥暂歇身，陈家烹腐美味成。

名传三字"麻辣烫"，老外迷糊假当真。

何韫若《万福桥"陈麻婆"豆腐》④

　　清同治年间，在成都北门万福桥侧有一家"陈兴盛饭铺"。店主之妻陈氏经常代过往客商加工豆腐，并且悉心烹调，经年累月便成了陈氏的当家招牌菜。其色泽红亮，牛肉臊子香酥，味道又麻、又辣、又烫，极富川味特色，名号"陈麻婆豆腐"。周询对此作了记述：

　　又北门外有陈麻婆者，善治豆腐，连调和物料及烹饪工资一并加

---

①林孔翼. 成都竹枝词［M］. 增订本. 成都：四川人民出版社，1986：151.

②林孔翼. 成都竹枝词［M］. 增订本. 成都：四川人民出版社，1986：98.

③林孔翼. 成都竹枝词［M］. 增订本. 成都：四川人民出版社，1986：94.

④何韫若. 锦城旧事竹枝词［M］. 北京：中国三峡出版社，2000：87.

入豆腐价内，每碗售钱八文，兼售酒饭，若须加猪、牛肉，则或食客自携以往；或代客往割，均可。其牌号人多不知，但言陈麻婆，则无不知者。其地距城四五里，往食者均不惮远，与王包子同以业致富。①

正宗"陈麻婆豆腐"选料精细，烹制讲究。豆腐选用细嫩清香的石膏豆腐，黄牛肉选用去筋的净瘦肉，辣椒粉用"成都牧马山二荆条"辣椒炒香、焙干、舂细；花椒则选用汉源出产的"清溪花椒"，菜油取澄缸的二层油。在豆腐的烹制过程中也有讲究：将牛肉细细剁碎后，经过旺火热油炒香成酥；豆腐改刀成四楞见方加精盐鲜汤煨三次保鲜；豆瓣、辣椒粉、豆豉、蒜茸炒香后做成油汤，豆腐丁就放进油汤内烧，最后加青蒜苗节勾芡成菜。上桌时，则撒上喷香扑鼻的花椒末，即成为美味可口的"陈麻婆豆腐"。

百年前，成都北门府河的万福桥，亦为一座风雨廊桥，南来北往的各等赶脚多在此桥畔歇脚。诞生于此间的陈麻婆豆腐，不但味美、色美、价钱便宜，而且体现着人情美美和和，浸透飘散着旧年的风俗、风情、风尚、风味。

4. 豪华贵族型

寻常宴客总西餐，特别嘉肴点数盘。
食毕堂倌来算帐，银元当作铜元看。

张绍先《成都竹枝词》（附补佚）②

大餐馆里客常盈，终日筵前笑语声。
一箸万钱何足惜？可怜四野尚呼庚。

［近代］佚名《蓉城新竹枝词》③

注："呼庚"乞粮之隐语。

---

①周询．芙蓉话旧录［M］．成都：四川人民出版社，1987：69.
②林孔翼．成都竹枝词［M］．增订本．成都：四川人民出版社，1986：202.
③林孔翼．成都竹枝词［M］．增订本．成都：四川人民出版社，1986：252.

5. 有名固定型

烧烤犹然古味存，烹龙炮凤总虚言。

挂炉各诩商标美，独数南门"鸭子温"。

冯家吉《锦城竹枝词百咏》甲子（1924 年）成都研精馆刊印①

6. 无名流动型

底事轻身出广寒，供人饕餮劝加餐。

姮娥何日重相会？玉体横陈月样盘。

冯家吉《锦城竹枝词百咏·兔肉摊》甲子（1924 年）成都研精馆刊印②

丘田顷刻变繁华，开出商场几百家。

酒肆茶寮陈列处，大家棚搭篾笆笆。

前人《续青羊宫花市竹枝词》七十首（3），民国 17 年（1928 年）春日作③

周询《芙蓉话旧录》对成都的肴馔有如下详细记述：

省会冠裳所聚，宴会较繁，肴馔之精实甲通省。然光绪三十年以前，风俗为朴，生活亦低，鱼翅席之最精美者，每席不过值八两，然用此等席者已不免相惊为侈，加烧猪则十两，加燕窝则十二两，用者更寥寥矣。翅席之次者仅六两或五两。海参席高者四两，次则三两或二两余。通城包席馆约有三、四十家，当时宴客者无不设筵家中，且以此示敬重，故包席馆只到人家出席，元一卖堂菜者。卖堂菜之最高者名曰"南馆"，全城仅十余家，其品味不及包席馆之美备，遇仓卒

---

①林孔翼．成都竹枝词［M］．增订本．成都：四川人民出版社，1986：94.

②林孔翼．成都竹枝词［M］．增订本．成都：四川人民出版社，1986：95.

③林孔翼．成都竹枝词［M］．增订本．成都：四川人民出版社，1986：99.

客，亦可籍以应急。然其时风尚俭朴，鲜有虚掷数金，作无端之餍饫者，故南馆不甚发达。其次则饭馆，仅有家常肉蔬之品，以白片肉为最普通，皆以分计，每分八文。每人二分或四分，即足裹腹，其价特廉，盖以卖饭为主体，劳工多资以饕餐，官商中无入此馆者。售生肉者，以猪为最多，各街皆有。惟牛、羊肉则萃于皇城坝，以其地为回教中人所聚居也。鱼虾尤美，江水清平，取鱼最易，卖鱼之家以巨石缸养之，缸历多年，荇藻葱茏，鱼可久饲，虾则以塘篅养。业此者恒居距城数十里，天未明即送虾入城，虾既鲜活匀洁，塘内亦取之不竭。席内亦无不用虾者，除虾仁外，且以葱酒醯醋浸生虾其中，上覆以碗，启之，虾多跃出盘外，客争攫拿，名曰"醉虾"，尤为省门特色，他处不易得也。当时猪肉每斤值钱百文，牛肉过五、六十文，羊肉又略贵，鱼虾又较猪肉略贵，鸡、鸭生者与猪肉同。①

民国时期成都街边饮食摊

　　周询的记述，可与李劼人小说《旧账》相映成趣，而呈现出互文性。

①周询．芙蓉话旧录［M］．成都：四川人民出版社，1987：34.

清光绪三十年以前，经济生产人口虽已恢复，但成都生活仍尚俭朴。"南馆""南货"为当时时髦，但是消费者较少。反而家常肉蔬之类，消费群体众多。猪肉贵于牛、羊肉，鱼虾又贵于猪肉，说明了当时成都市民的肉食结构，以消费猪肉为主。

（四）"邹鲇鱼"逸闻

成都三洞桥"邹鲇鱼"（俗误作"鲢"，应作"鲇"，即成都民间所称的"连巴郎"。鲢鱼乃别是一种），然而以讹传讹，人称"邹鲢鱼"。1937年，在老西门外三洞桥侧（旧名南巷子，今名西安路），在桥头有一间竹席棚搭建军的茅屋野店，店主邹瑞麟，以善烹大蒜烧鲢鱼而扬名，人称"邹鲢鱼"。时值抗战时期，城里人跑警报，邹氏的茅屋野店也成为临时避难客居地，一时热闹之极，茅屋野店也更名为"三江茶园"。后来，"邹鲢鱼"业务扩展，增设吊脚楼（木柱基立在河中的房屋）、小间雅座、花园、草亭，遍植花木，店堂焕然一新，清新雅致。顾客中一位名叫陈践石的雅士，触景生情，便借用杜甫诗句"每日江头带醉归"之意，摘"带江"二字赠与邹瑞麟，于是"三江茶园"遂改名为"带江草堂"。

> "西安路"外店临江，"三洞桥"边立"草堂"。
> 大蒜烹鱼多豆瓣，芳名独响"连巴郎"。
>
> 何韫若《三洞桥"邹鲇鱼"》①

"带江草堂"出品的鱼鲜类菜品，计有"清蒸青鳝""红烧足鱼""奶汤鲫鱼""太白鱼头""砂锅中段"等，色、形、味别具一格。尤其是"大蒜烧鲢鱼"，烹制时善用郫县豆瓣与大蒜，火候掌握得当，鲢鱼肉质细嫩鲜滑，味咸鲜，微辣，略带甜酸，自二十世纪四十年代

---

① 何韫若. 锦城旧事竹枝词［M］. 北京：中国三峡出版社，2000：87.

就被食客们誉为川中名肴。

1959 年，郭沫若来成都，专程到"带江草堂"品尝"大蒜烧鲢鱼"后赞口不绝。餐后品茗时，郭沫若为"带江草堂"赋诗一首：

> 三洞桥边春水深，带江草堂万花明。
> 烹鱼斟满延龄酒，共祝东风万里程。

此后，海内外名流也接踵而来，"带江草堂"门庭若市。文化名人李劼人、巴金、沙汀、欧阳予倩、王朝闻、华君武、关山月等人都先后做客"带江草堂"。

（五）成都小吃

成都小吃闻名天下，以小为特质，与成都肴馔，时有区分，时有混同，又独立成为系统。具有临时性、补充性、解馋性、快餐性的特点，这是成都饮食品类极为丰富，成都食客极尽口味的表现。还有一个重要特色为，成都小吃广受成都女性青睐，称为香香嘴，或五香嘴。民国文化人周芷颖在《新成都》中介绍："四川饮食，虽不及广东富丽堂皇，但小吃一事，广东则不能比美于前。四川饮食，只限成都，他如渝万等处，远不及蓉垣多矣。故小吃首推成都者，当之无愧。"①

1. 米酥

> 卖蜜声来打米酥，磨筛细细不教粗。
> 印花木壳间新样，敲得钉锤无处无。
> 　　　　　　［清］六对山人《锦城竹枝词》（百首）②

三峨樵子略注：时以诱诈恶聚人财为敲钉锤，借用于此。

---

①周芷颖. 新成都［M］. 成都复兴书局，1943：144.
②林孔翼. 成都竹枝词［M］. 增订本. 成都：四川人民出版社，1986：58.

蜂蜜沿街日叫呼，磨成米面露天腴。

钉锤声响家家闹，知是新年打米酥。

[清] 定晋岩樵叟《成都竹枝词》①

精做年糕细磨磨，巧翻面果下油锅。

米花糖并兰花豆，费得闺人十指多。

[清] 六对山人《锦城竹枝词》（百首）②

2. 豆花

豆花凉粉妙调和，日日担从市上过。

生小女儿偏嗜辣，红油满碗不嫌多。

[清] 邢锦生《锦城竹枝钞》③

不必中餐与小餐，庵前食货好摊摊。

豆花凉粉都玩过，再把红苕捡一盘。

[近代] 刘师亮《师亮诗草》④

注：食货小摊麇集"二仙庵"门口。

何韫若的《锦城旧事竹枝词》里记述了"小吃集萃"（六十一首），计有：总府街"赖汤元"；火神庙前"郭汤元"；忠烈祠西街珍珠元子；中东大街"巫醪糟儿"天鹅蛋；守经街"陈包子"与发糕；华西坝蛋烘糕；"大可楼"海式包子；铁箍井街米花糖；盐道街花生糖；安乐寺炒三合泥；青羊宫花会"三大炮"；牛市口"甜板馍"；焦家巷口烧红苕；丝棉街"八号花生米"；"协盛隆"糕点；"味虞

①林孔翼. 成都竹枝词 [M]. 增订本. 成都：四川人民出版社，1986：62.

②林孔翼. 成都竹枝词 [M]. 增订本. 成都：四川人民出版社，1986：58.

③林孔翼. 成都竹枝词 [M]. 增订本. 成都：四川人民出版社，1986：165.

④林孔翼. 成都竹枝词 [M]. 增订本. 成都：四川人民出版社，1986：102.

轩"焦桃片、白米酥;"盘飧市"卤菜;"王胖鸭店"烧鹅鸭;夫妻肺片儿;暑袜南街口砂仁肘子;上升街口鲜花饼;"三义园"牛肉焦饼儿;街头蒸蒸糕;街头椥椥糕;街头卤肥肠;街头椒盐粽子;街头香油卤兔儿;街头醪糟儿担;街头醋豆花儿;街头卖油糕;街头卖茶汤;街头卖丁丁糖;上中东大街虾羹汤;府城隍庙肥肠豆汤;"治德号"小笼蒸牛肉;"廿四春"蒸饺与"麦丘"烧麦;"矮子斋"抄手;"忙休来"水饺;"稷雪"鳝鱼面与洋芋饼;"五芳斋"面点;"耀华"口蘑面及咖喱牛肉面;铜井巷素面、甜水面;北门城隍庙前凉粉儿;荔枝巷荞面;长顺街"张麻子"担担儿面;北门大桥头肠肠儿粉;华兴街"冒饭";"竹林小餐"白肉;"邱佛子"饭铺;祠堂街"努力餐"饭馆;总府街"雅典"饭堂;梓潼桥正街"长美轩"饭店;祠堂街"菜羹香"饭店;西御街"粤香村"饭馆;城守东大街"香风味"饭铺;华兴中街"荣盛"豆花儿饭铺;青石桥"王豆花儿"饭铺;万福桥"陈麻婆"豆腐;三洞桥"邹鲇鱼"。

另外,成都人还喜欢吃"炒货"零食,如花生、胡豆、豌豆、瓜子、板粟、白果和晴沙炒之,香脆爽口,香味四溢,为休闲品茗、看戏、聊天之佳佐。

> 炒和晴沙香满城,书中佳果落花生。
>
> 宜茶宜酒宜羹味,莫作灯油点不明。
>
> [清] 六对山人《锦城竹枝词》(百首)①

"身体、感觉和空间的分析联系在一起的'感官地理'"②。成都的食街,始终散发着各种诱人的香味。"尚滋味,喜游乐"的民风让成都人最喜欢在吃中玩,玩中吃。

---

①林孔翼. 成都竹枝词 [M]. 增订本. 成都:四川人民出版社,1986:56.

②加里·布里奇,索菲·沃森. 城市概论 [M]. 陈剑峰、袁胜育,等,译. 桂林:漓江出版社,2015:410.

七、成都交通竹枝词：自行车子遍街驰

本篇专述竹枝词中成都交通民俗

周询《芙蓉话旧录》记述：

城内代步，惟轿、马两种，总督、将军之轿，例用八人合舁，司道以迄州县皆四人。

……

车则只有独轮者，中作倚式，后有长木柄二，如燕尾形，车夫以两手持之前推。车上无帷障，雨则张盖或荷笠乘之。车行时，轮响呜呜如鸡鸣，俗呼曰"鸡公车"。然皆乡间用之，除运米入城，城中无乘此者。又光绪季年，城内曾一度创作人力车，当时呼为"东洋车"，嗣因街面狭隘，殊苦摩击，不久复废。①

（一）独轮车（鸡公车）

独轮车俗称"鸡公车"，木结构形制，独轮居车身中下部位，因形似双翅后耸的公鸡，推行时会发出"伊呀"的响声而得名。在近现代交通运输工具普及之前，它是一种轻便的运物、载人工具。

过去的独轮车，车轮为木制，有大有小。小者车盘平；大者高于车盘，将车盘分成左右两边，可载物，也可坐人，但两边须保持平

---

①周询. 芙蓉话旧录（卷二）[M]. 成都：四川人民出版社，1987：27.

衡。在两车把之间，挂"车绊"，驾车时搭在肩上，两手持把，以助其力，独轮车一般为一人往前推，但也有大型的独轮车用以载物，前后各有双把，前拉后推，称作"二把手"。由于车子只是凭一只单轮着地，不需要选择路面的宽度，所以窄路、巷道、田埂、木桥都能通过。这样非常适用于乡镇生产运输。又由于是单轮，车子走过地面上留下的痕迹是一条直线或曲线，所以又名"线车"。

木制小独轮车最早的图例，出现在四川渠县蒲家湾东汉无名阙背面的浮雕上，这说明独轮最早在四川出现。然而，独轮车的第一个创制人究竟是谁？《宋史》《后山丛谈》等史籍认为，木制独轮小车在汉代称为鹿车，诸葛亮在其基础上加以改进后称为木牛、流马。《三国志》记载有"木牛流马，皆出其意"的文字。宋代高承撰《事物纪原》将造独轮车之功归于诸葛亮。

民国时期作为交通工具的鸡公车

在成都平原，从乡村到城市，特别流行鸡公车，这是清末民初成都交通民俗的独特风景。

　　　　车坐鸡公价不奢，周围一转布篷遮。
　　　　车夫揽客殊堪笑，不喊先生喊老爷。
　　注：是时尚无马路，多以鸡公车载客。
　　刘师亮《成都青羊宫花市竹枝词》三十首（民国十二年春日作）[1]

――――――――――

[1]林孔翼. 成都竹枝词［M］. 增订本. 成都：四川人民出版社，1986：96.

成都女儿颜如花，成都城外鸡公车。

跨上车来胜骑马，一回抖罢一回麻。

《成都花会竹枝词》①

柳荫一线傍城南，骑马溜溜皆少年。

稳当鸡公车最好，不求快速求平安。

何韫若《溜溜马与鸡公车》②

出城偶坐鸡公车，晃晃悠悠似二麻。

路偶刀棱突起跳，我自安然赏采花。

注：民国初年，鸡公车尚许入城，其后新修马路，以其铁轮损坏
路面，始在四处城门严加禁止。但鸡公车在城乡之间以及各乡场镇之
间，仍能发挥其运载作用。于城里人而言，偶然下乡办事，或每年清
明节及冬至节前下乡上坟，老弱与妇女亦多赖以代步。虽车上颠簸，
不甚舒适，然免却步履高低凹凸不平之苦，亦得大于失。二麻，方言
常用以形容饮酒将醉未醉之状。"麻"，谓恍惚，"二"则表示程度尚
略有不及。

何韫若《锦城旧事竹枝词·交通三题》③

　　成都作家李劼人小说《死水微澜》描述，清末民初成都民间主要
交通工具为鸡公车。那时的道路多为泥石铺面，凹凸不平，加之鸡公
车为木制硬轮无减振功能，因此行车时振动大，坐车人每一回遭受抖
动，浑身就发麻一次。

①林孔翼．成都竹枝词［M］．增订本．成都：四川人民出版社，1986：266.
②何韫若．锦城旧事竹枝词［M］．北京：中国三峡出版社，2000：19.
③何韫若．锦城旧事竹枝词［M］．北京：中国三峡出版社，2000：260.

（二）轿子

二人小轿走如飞，跟得短僮着美衣。

一对灯笼红蝙蝠，官亲拜客晚才归。

[清] 定晋岩樵叟《成都竹枝词》①

成都传统的重要代步工具是轿子，古称"肩舆"，由人力肩扛而行。晚清至民初，轿子在各场合仍然使用，根据社会的等级名分，轿子也自然分成各种形制，豪门大户人家一般都自备轿子，并长雇轿夫，随时听用。

《旧唐书·舆服志》记载："兜笼，巴蜀妇人所用。今乾元以来，蕃将多著勋于朝，兜笼易于担负。"《太平广记》卷一七二《李德裕》载：德裕"乃立促召兜笼子数乘，命关连僧人对事。"

"兜笼"，即"檐子"，民间叫"滑竿"，为巴蜀地区的一种只有坐位而无轿厢的软轿，有便于山地丘陵地区担抬的优点。这样的软轿由竹杆与藤椅构成，也在成都流行。

喜门钱纸自今烧，添出游民路两条。

车有东洋藤有轿，春天不怕雨潇潇。

[清] 冯家吉《锦城竹枝词百咏》②

卫生轿子遍街抬，高帽洋装亦壮哉。

"撞背"一声犹未了，军人鞭马跑将来。

《蓉城新竹枝》③

①林孔翼．成都竹枝词 [M]．增订本．成都：四川人民出版社，1986：60.

②林孔翼．成都竹枝词 [M]．增订本．成都：四川人民出版社，1986：86.

③林孔翼．成都竹枝词 [M]．增订本．成都：四川人民出版社，1986：252.

(三) 黄包车（人力车）

黄包车又称人力车，是一种由弹簧车架、胶布车轮、木制车厢、拉车辕杆构成的人力挽行的载客车。它源于日本，故又名"东洋车"。传入中国以后，在北方称为"洋车"，在上海因其车座都漆黄，称为"黄包车"。成都的人力车因从上海传来，也沿袭叫做"黄包车"。据传是由日本人高山幸助在1870年首创。1874年，法国人米拉（Menard）将这种便捷轻巧的交通工具引入中国后，在短短的一二十年间，黄包车迅即在上海、北京等大中城市流行，成为市民出行的主要交通工具。

家用包车搭豹皮，车夫赶路好威仪。

女郎华服端然坐，不是三姨是四姨。

锦庵《成都竹枝词》①

看花先到二仙庵，买得名花莫担担。

喊架包车拖起去，载将春色过城南。

前人《续青羊宫花市竹枝词》（七十首）②

一身穷骨瘦如鸡，车坐鸡公我最宜。

羡煞拱杆似鹰爪，一声"撞倒"去如飞。

《青羊宫花会竹枝词》③

---

①林孔翼．成都竹枝词［M］．增订本．成都：四川人民出版社，1986：242.

②林孔翼．成都竹枝词［M］．增订本．成都：四川人民出版社，1986：104.

③林孔翼．成都竹枝词［M］．增订本．成都：四川人民出版社，1986：259.

"春熙"直到"鼓楼街"，无数拉车一字排。

绿女红男多有趣，隔壁犹在叫乖乖。

书痴《成都竹枝词》①

二月春风盛会开，大路直通金河街。

车车相接成一线，骤停齐声呼少来。

何韫若《黄包车》

注："少来"本拉黄包车行业惯用之语，而花会期间，以车流特长，于是一有招呼，喊声立即大作，"少来，少来"，响若春雷，蔚为壮观。②

成都最早出现黄包车是在光绪二十四年（1898年）。1898年2月，在青羊宫举行成都仿照日本造人力车展示表演，效果良好，普受欢迎。同年5月，四川省商务总局集资成立快轮车（黄包车）务公司，由商人宋云岩总务其事。在《蜀学报》刊出了该公司章程，并发咨文公告：在公司制造黄包车数批后，"拟交轿行及车夫承领。乘车者价廉，挽车者力省。车有篷帘，妇女乘之亦觉严整"。由于当时成都街面狭窄，当局还规定"城守街之内不准通行"。直至民国十四年（1925年），城内市区建了新式马路后，黄包车才入城逐渐替代了轿子。至民国二十六年（1937年）后，黄包车成为成都市主要公共交通工具，在市区与近郊已达2000辆。

据四川旅行社（1938年成立于重庆）发行的1938—1940年成都导游目录介绍："〔行〕黄包车：成都市内公共交通工具仅黄包车一种，有数千辆，平均每华里车资铜元200文至400文，如牛市口至春熙路合大洋1角左右，春熙路至少城公园1角5分。"而在同一目录介绍成都"茶馆：约有400多家，大者可容两三百人，小者可容数十

---

①林孔翼. 成都竹枝词［M］. 增订本. 成都：四川人民出版社，1986：223.

②何韫若. 锦城旧事竹枝词［M］. 北京：中国三峡出版社，2000：19.

人，茶价每杯 5 分至 2 角不等"。

另有资料记载，1906 年，成都文化商人傅樵村以官银前后购置黄包车数十辆，预备青羊宫花会之用。1909 年劝工局在城内安乐寺设造厂；1924 年有商人从上海引进 12 辆黄包车投入市场。①

在民国时期，由于成都地势平坦，人力车业特别发达。据华西协合大学文学院社会系女学生梅仲敏的毕业论文《成都市 100 个人力车夫生活调查》显示，1947 年成都市人力车 21 000 多辆，平均二人合拉一辆，其车夫则有 53 000，加上车夫家属，其数字当在 10 万左右，70 万人口的成都，其中即有七分之一的人靠拉人力车来维持生活。②

然而，人力车夫生活相当赤贫，起早贪黑，依旧食难果腹，属于城市低端人口。

苦力车夫绝可怜，拖人拖到四更天。

肚皮心想来盍饱，归去难交底子钱。

前人《成都竹枝词》（补佚)③

（四）自行车（足踏车）

自行车是近现工业时代最为典型的个人交通代步工具。

自行车子遍街驰，男性提倡女性随。

路遇泞时防失足，莫教堕涸又沾泥。

侯幼坡《成都竹枝词》④

---

①刘永禄 . 老成都的黄包车 ［J］//蒲秀政 . 走前老成都 ［M］. 成都：四川人民出版社，2008：191.

②何一民，姚乐野，袁学良，等 . 民国时期社会调查丛编 ［M］. 四川大学卷中 . 厦门：福建教育出版社，2014：301.

③林孔翼 . 成都竹枝词 ［M］. 增订本 . 成都：四川人民出版社，1986：112.

④林孔翼 . 成都竹枝词 ［M］. 增订本 . 成都：四川人民出版社，1986：206.

脚踏洋车自在行，挣钱有他老牛筋。

叽咛不是喇叭叫，定是牛筋太息声。

前人《续青羊宫花市竹枝词》（七十首）①

　　成都最早开始销售自行车的是春熙路的"交通公司"。出售的多为从英国进口的二十八英寸男式自行车，牌子是"邓禄普""三枪"等。"邓禄普"的商标是一个老人头像，不习惯说外文译音的成都人，就叫这种牌子的自行车"老人头"。不过，"三枪"牌自行车名气更大一些，据说又分英国制造的"三枪"与印度制造的"三枪"自行车。这些自行车价格奇高，大约需银元一百五十元才能买一辆。以当时成都的物价来看，一个帮工的月资也不过银元四元左右。②

　　中心城市辐射乡镇，成都的自行车新潮也影响到绵竹县城城关，民国的绵竹年画中即对此有所表现。

　　绵竹年画《骑车仕女》，所反映的为民国时期绵竹的女性风尚，一种体现着时代交替变化的风尚：女扮男装、头戴清式瓜皮帽、手执

清代绵竹年画《骑车仕女》

仕女折扇，胯下却是民国时最时髦的自行车。以这样方式"踏春"，可谓极尽时代风流，也彰显出民国四川女性文化的特点：传统与自由，保守与开放。这在同时期的其他地区的年画中是比较罕见的。

---

①林孔翼.成都竹枝词［M］.增订本.成都：四川人民出版社，1986：102.

②冯至诚.市民记忆中的老成都［M］.成都：四川文艺出版社，1999：112.

近代中国文化转型进程迅急，而其中的近代女性文化在民国年间变化尤其明显。"19 世纪，在成都市还不允许妇女进入公共活动范围，到20 世纪初开始有越来越多的成都妇女出现在只有男人出入的场所，如茶馆、戏园等，经过五四运动之后，到了 20 世纪二三十年代，妇女在公开场合露面不再新奇，公众也逐渐增加了对妇女的接受度。"①

《骑车仕女》的女扮男装，既显示出民国自五四以来女性的觉醒，也是民国新女性的象征。自行车也是民国社会新潮的符号。绵竹年画中日常休闲的女性形象，极为真实生动地记录了四川社会风尚变迁。虽说《骑车仕女》中的女性形象的服饰尚停留在清代，但是其骑自行车的行为已经表现了民国女性所具有自主、自由的新人格，传达出民国女性已从传统的从属社会地位上升为"妇女也是人"这一民国五四时期的新价值观。

（五）汽车

成都街上出现第一辆汽车，是在 1925 年。大背景为 1924 年杨森出任四川军务督理兼摄省长时，提出"建设新四川"口号，推行"新政"，其中"修建马路"与"办交通"为面子工程。

杨森委派手下师长王瓒绪担任成都市政公所督办，督修成都市区东干线和加宽四门大桥，以便行驶汽车。

1926 年元旦，成灌马路长途汽车公司宣布正式成立，推举有民国元勋声望的夏之时为董事会董事长，张氏父子为主理，实行"官督民办"，公司设在成都泡桐树街 1 号。当天，在外西车站举行通车典礼，由江防军司令黄隐剪彩。

还在成灌马路长途汽车公司筹备阶段，1925 年秋，张仲华赴上海，向美商怡昌洋行购置美制 1.25 吨福特卡车底盘 8 辆；英制 4 座软

---

①贾大泉. 四川通史（民国）[M]. 成都：四川人民出版社，2010：664.

篷奥斯汀轿车1辆。又聘请河北宛平人郑悦亭为技师，雇佣补胎工李笑夫和补工毛福章。

成灌马路长途汽车公司订购的汽车，于1925年9月从上海装轮船启运，至重庆后改用木船接运，其间途经数个防区几十道征税关卡，至10月底终于在成都外东华蓥寺码头上岸。

然而，看似进展顺利却有逆流漩涡暗涌。原来成都人力车商们早已闻讯，恐怕有损自己的商业利益，便串联各方，企图阻止汽车入城。

成灌马路总局为了谋求社会各界支持，特于10月31日在城东望江楼设宴款待各方人士，以造声势。同时，特将英制奥斯汀4座软篷轿车，被红戴彩，由张仲华亲自驾驶，沿锦江河边坎坷道路颠簸试车，然后徐缓入城，所经之处，鞭炮齐鸣，彩花缤纷，盛况空前。时逢诸路军阀举行四川善后会议，执政当局特令这辆奥斯汀4座软篷轿车，作为会议专车迎送军政首脑，招摇过市，很有广告效应。

当时成都主流媒体《国民公报》，也连日以显著位置突出有关汽车报道。"奥斯汀"吸人眼球，风靡大街小巷，汽车话题成为成都茶馆的主要谈资。①

> 汽车声过伟人来，携眷同游亦快哉。
> 马弁跟随三五个，前呼后拥任徘徊。
> 　　陈伯怀《四月八日游望江楼竹枝词》四首之三②

> 一声鸣笛汽车来，多少游人躲不开。
> 莫怪虚荣都艳美，谁家太太暗中猜。
> 　　　　　　　　锦庵《成都竹枝词》③

①王立显. 四川公路交通史（上册）[M]. 成都：四川人民出版社，1989：211.
②林孔翼. 成都竹枝词 [M]. 增订本. 成都：四川人民出版社，1986：218.
③林孔翼. 成都竹枝词 [M]. 增订本. 成都：四川人民出版社，1986：242.

进入民国后，因经济与社会发展的不平衡，随着独轮车、轿子的式微，黄包车、足踏车、汽车这样的近现代交通工具流行于都市，成为成都市民出门的代步工具。

黄包无数任纵横，摩托汽车更自行。

演出轮回新世界，大家忙碌去投生。

唐昌觉非《锦城近况竹枝词》（跑车）①

（六）公共汽车

成都城市公共汽车，于 1926 年在成都城区营运。

还在"官督民办"的成灌长途汽车公司筹组之时，四川第一家商营汽车公司——成都华达汽车公司，也在开始谋划。华达汽车公司主要由客居成都的营山籍士绅何氏父子何羽仪、何嘉谟与天全石棉商胡又新合伙创办。华达汽车公司背后靠山是四川军阀邓锡侯，这是因为何羽仪曾为邓锡侯的部下，与邓关系密切的缘故。

何羽仪之子何嘉谟是留学法国的海归，回国后在其父所扶持下，曾在成都支矶石开了一家洋马行，专门出租英制"三枪牌"自行车。当时川省始兴的公路建设，引起了头脑灵光的何嘉谟改辙更弦的念头。洋派的何嘉谟此时又结识了来往于四川、上海之间经营石棉、云母的商人胡又新，遂说服胡又新合伙开办汽车运输公司。

1925 年，何、胡两家筹资 10 万元。正式成立华达汽车公司，何羽仪任董事长，胡又新任经理，何嘉谟为协理，公司设在成都实业街。

随后，何嘉谟赴上海，与成灌马路长途汽车公司张仲华携手并肩，向美商怡昌洋行购置美制 1·25 吨福特卡车底盘 7 辆。此举可谓成都两家汽车同业的合作，以利与美商谈价。何嘉谟押运的汽车运抵

---

①林孔翼. 成都竹枝词［M］. 增订本. 成都：四川人民出版社，1986：210.

重庆，被关卡作梗为难。何嘉谟电话急告父亲何何羽仪，何羽仪找到成都市政督办罗泽成去函疏通说明后，重庆方面才予放行，于 11 月才抵岸成都，比成灌马路长途汽车公司晚到了 1 个月。

与成灌马路长途汽车公司主营长途一样，华达汽车公司始初是准备经营成都至西康的成康公路长途。在成康马路尚未修通前，华达汽车公司计划先在成都城区开车营业。在得到邓锡侯的点头支持后，便一方面赶装汽车，一方面招收了 30 名初中毕业生培训驾驶。

1926 年 1 月 15 日，华达汽车公司获准暂行在成都城区开车营业。

1926 年 1 月，成都市政公所颁布汽车暂行章程。

华达汽车公司将城区能行驶汽车的街道，规划为东南西北中 6 条线路：

东区由东门洞到西门洞——经东大街、东西御街、祠堂街、将军衙门、长顺街、西大街，设十站；

南区由南门洞到北门洞——经南大街、红照壁、磨子街、西丁字街、青石桥、东大街、春熙路、总府街、提督街、鼓楼街、新开寺、北大街，设十站；

西区由西门洞到东门洞——经西大街、笆笆巷、青龙街、西府街、总府街、湖广馆、棉花街、纱帽街、东大街，设十站；

北区由北门洞到南门洞——经北大街、新开寺、鼓楼街、顺城街、盐市口、东西御街、三桥南街、红照壁、南大街，设九站；

中区一线，由商业场前门到实业街——经总府街、提督街、盐市口、东西御街、祠堂街、长顺街、将军衙门、实业街，设七站；

中区二线，由商业场后门到槐树街东口——经过华兴街、绵华馆、小什字、忠烈祠东西街、白丝街、玉带桥、西玉龙、羊市街、东门街，设七站。①

---

①王立显. 四川公路交通史（上册）[M]. 成都：四川人民出版社 1989：214.

每一站口都设有标志，载明经过街道名称。汽车驶经各站口，无论有无乘客，均要停站。每站车费每人铜元 100 文，车上卖票。花会期间华达汽车公司还特别开行了春熙路至百花潭的游览车。

这样的成都新式交通，让成都市民交口称便。

> 便利交通说有年，汽车今日见吾川。
> 春熙路到青羊宫，厂板才需一块钱。
> 前人《续青羊宫花市竹枝词》（七十首）①

"厂板"，指当时流通的四川地方铸造的银元。

华达汽车公司不仅是四川第一家商营汽车公司，而且是成都城市公共汽车的创始者。

【城区禁车风潮】

但是，风云突变，华达汽车公司在成都市区的营运仅维持了一个多月，便在各方的反对声中夭折了。

事出有因，当成灌、华达两家公司有汽车在城区行驶后，受到竞争威胁最大的成都人力车商们，便以汽车行驶城区屡屡出现交通事故、伤毙人命为借口，一再呼吁各方抵制。成都上层的耆绅遗老，亦随即出面支持与干预。

1926 年 1 月 6 日，在省议召开的茶话会上，省议员雷伟动议："汽车在城内行驶，迭次伤毙人命，请众讨论。"代理议长郭崇渠据此给省长赖心辉去咨文，提出：

---

①林孔翼. 成都竹枝词 ［M］. 增订本. 成都：四川人民出版社，1986：101.

成都市马路，横幅既不为阔，所行汽车容量极大，又系用于长途者，而驾御人才，多非专门，岗警尚无相当经验，伤毙人命，势所必然。

咨请省署并函市政公所、城防司令部、省会警察厅。"饬令暂行停止汽车在市内行驶。"①

成都的"五老七贤"曾奂如、徐子休、陈孟学、文海云、尹仲锡也于3月27日，联名上书督署：

平治道路，本以便利交通。如城内行驶汽车，则不便利，而最损害。盖城内面积不过10里，有何急务，如斯奔忙！且乘此汽车者，强半喜其新奇，姑一驰骋，唯因此闲游之举，而撞毙触伤之事，层见迭出，使行人于举步之惧，栗栗若坠渊谷。一入舆车，更为所制，运转稍不灵捷，立地便成路毙。

振振有词，强烈要求禁止汽车在城区行驶。

与此同时，成都媒体《民视日报》推波助澜发表评论：

成都市自改修马路以来，街衢整洁，市政一新，物质文明，颇有蒸蒸日上之势。唯因有马路，而亦有相象以生之两种恶害：一人力车夫之过受剥削，一汽车行驶之草菅人命。

……

至汽车虽为便利交通之工具，但在现时成都都市状况下，实无急切行驶长途汽车之必要。且自省垣创行汽车以来，屡次肇祸。假阜民之政，行牟利之私，市民早已视为市虎。几有谈虎色变之概！②

---

①国民公报［N］. 1927－3－19："有关动议禁止汽车行驶消息".
②《民视日报》，民国15年3月17日，"'五老七贤'上书请命，阻挠汽车在城区行驶".

"马路""汽车""市虎""人命"，一时间是最为敏感的字眼。城区禁车风波，俨然成为成都市民、议员、媒体与川康商人、军阀的一场博弈。

面对来自诸方面的压力与舆论，川康督办公署以体恤民情为名，复函道：

省城街面逼窄，现虽改建马路，而两旁人行道尤其狭窄，不易通行，行驶汽车，诸感不便。且省城市面非甚繁，既行人力车已有5000辆之多，颇有供过于求之势，更无行驶汽车之必要。况且此项市行汽车，尤属行非其地。原函拟将此项汽车移于城外，长行马路一节，实为尊重市民生命，便利群众交通起见，所虑极是，应予照准办理。

并转函省署，请饬市政公所执行。

复有议员伍鋆、公民邓毅叔等，相继请求禁止汽车入城。最终川康督办刘湘表示"尊重民意"，在与各方势力磋商平衡后，于1926年4月20日，下令城防司令部武装禁止汽车入城。

历时四月的成都城区禁车风潮，终于落幕。

《四川公路交通史》编年大事记载：

1926年

1月，华达汽车公司在市区开行公共汽车，3月被取缔开行春熙路至百花潭花会期间游览车。[1]

成都城区禁车风潮，给成都市民留下深刻印象，"市虎"一词，流行多年。

---

①王立显. 四川公路交通史（上册）[M]. 成都：四川人民出版社1989：373.

万树芙蓉绕城生，新潮高涨旧潮平。

城居却似山居样，昼夜都闻市虎声。

　　　　　侯幼坡《成都竹枝词（辛未）（1931年）》①

注：市虎：汽车，汽车伤人如虎。

（七）新马路

对于清末的成都马路，周询有如下记述：

清季开办警察时，全城四门及附郭街道，大小共五百有奇。时未改筑马路，街道最宽者为东大街，宽约三丈。次则南大街、北大街、总府街、文庙前后街，皆二丈许。其余多不及二丈，惟科甲巷最狭，阔仅数尺。各街面悉敷以石板。两旁有阶，高于街面四、五寸，阶上宽二尺内外。两旁人家屋檐悉与阶齐，雨时行人可藉檐下以避。水沟悉在阶下，平时与街面同覆以石，故俗呼"阴沟"。每岁春夏间，必启石疏濬一次。城内外各街平坦，无一陂陀。地势以中暑袜街、提督街一带为较低，遇霪雨时，恒患积水。全城沟水多汇于金水河及护城河流出，城内又有巨塘十余处，亦可受水。②

成都路政，在清末已有开端，最主要的商业街道东大街，已是新式马路了，街面为石板，街边有水沟，沟通城内金水河与护城河，这说明新马路的修建是经过规划的。

民国初年，全国路政建设进入了一个崭新阶段。

1919年，北京政府内务部公布《修筑道路章程》。

---

①林孔翼．成都竹枝词［M］．增订本．成都：四川人民出版社，1986：206.
②周询．芙蓉话旧录［M］．成都：四川人民出版社，1987：6－7.

1920 年，中华全国道路协会在上海成立，王正廷为会长，以促进全国路政和市政建设为宗旨。

1921 年，孙中山号召全国修筑百万英里公路。

1924 年，杨森督理四川军务，委林炜青为成灌马路总办兼长途汽车公司经理，并拨款数千元，资助成灌路兴建。并且排除干扰扩建成都东西大街。同年 3 月，中华全国道路协会四川分会成立，杨森为名誉会长，周道刚为会长。①

【近代成都商业第一街：春熙路】

春熙路，作为四川省会成都市第一条商业街，由当时的四川省督办杨森提议兴建。这里原有一座被废置的清代按察使衙门，占地很广，右边与南新街为邻，左边到城守街、科甲巷一带，坐北朝南，对面走马街。杨森决定将从总府街至东大街的一条土道拓宽成马路，并下令把这座衙门全部拆除。为了整齐划一，排列好看，又将所有商店住户屋檐锯去，缩进门面。

成都商民一向保守，不肯接受新事物，推成都极有名望的"五老七贤"徐子休、方鹤斋、曾鉴、尹仲锡、刘豫波等人为民意代表，到督理署向杨森陈述利弊。

斥骂的声音，一直延续到马路完工。时有成都民间文人刘师亮的一副双关语对联，上联："民房早拆尽，问将军何日才滚"；"滚"指压路机辗压，又指杨森"滚开"）；下联"马路已捶平，看督理那天开车"（"车"在四川俗语中有溜走的意思）。

不过，杨森也有犟不过的地方。春熙路最初计划得展伸笔直，但遇到总府街馥记药房老板郑少馥是法国领事馆的翻译，挟洋人以自重

---

①王立显．四川公路交通史（上册）［M］．成都：四川人民出版社 1989：371 - 372.

而死也不拆迁，杨森也奈何不得。于是春熙路孙中山广场处，至今也一个拐弯处。不过，从现代步行商业街的设计需要，也幸好这里有一个弯拐拐，从而成为东南西北交汇处纪念性休闲广场。

最早建成的"春熙路"，采纳毕业于英国牛津大学的戴顾问的"新潮设计"方案，分东、南、西、北四段，十字交叉，中间还辟了个街心花园，后塑有国父孙中山坐像一尊，成都人呼为中山广场。这个广场成为整条街的闪光点，让昏暗不明的整座城市都光鲜起来。这在当时相当前卫，引来市民赞叹与惊诧：

　　　　路到"春熙"景物妍，中山铜像独巍然。

　　　　笑他妇孺无知识，反说先生站露天。

前人《成都竹枝词》据《师亮随刊》初集合订本，《师亮谐稿》补①

新马路的出现，从此颠覆了成都自秦张若造城以来二千年不变的市政格局，让这座农耕文明的古老城池突破性地成为近现代意义上的商业城市，春熙路因此而成为民国内陆省会的时尚标志。

此时的刘师亮，对春熙路的态度有了一个一百八十度的大转弯，他在竹枝词中写道：

　　　　今年路比往年宽，从此休言蜀道难。

　　　　安得全川都筑路，大家稳步到长安。

　　　　　　　　前人《续青羊宫花市竹枝词》（七十首）②

看来春熙路的开通，的确给成都的民众带来了方便。

如登春台，时尚摩登，引领消费潮流。街道修建后，成都人对于

---

①林孔翼．成都竹枝词［M］．增订本．成都：四川人民出版社，1986：114.

②林孔翼．成都竹枝词［M］．增订本．成都：四川人民出版社，1986：107.

春熙路极为喜爱，红男绿女，乐此不疲。如此见异思迁，可以看出成都人对新事物的前后态度与文化性格。

关于春熙路的兴建，可以引用法国社会学家亨利·列斐伏尔论述："城市的建筑是城市布局的具体化。它决定了城市辖区的占有模式，也定义了在城市行政和政治权力当局作用下，城市布局是怎样被识别的。"

春熙路也可以看作近代、现代与当代的成都历史文化与行政运作的积淀与展示窗口。

最早春熙路，不叫春熙路，而叫"森威路"。因为北洋政府授予杨森以"森威将军"的头衔。如同修生祠一般，将一条马路的命名与一个武人的头衔直接挂牌，浓烈的政治意识形态决定了其从一开始就很危险。杨森在自己的发动的"统一四川"之战中，遭遇更强悍的刘湘，结果失败了。于是"森威路"，改名为"春熙路"。

"春熙"二字，用典于《道德经》二十章里："众人熙熙，如享太牢，如登春台。"译成现在的白话即为"众人都熙熙攘攘，如同享食太牢盛宴，如同登上春台游观。"又一说是取自西晋文学家潘安仁在《秋兴赋》中的名句："登春台之熙熙"。"春熙"有两层意思：一是春日和煦，熠熠光辉。唐李峤诗："莺喜春熙弄欲娇"、宋欧阳修诗："民物含春熙"、明高启诗："虚空大地皆春熙"、清乾隆帝诗："文明终古共春熙"。

成都大邑的鹤鸣山、都江堰的青城山，是中国古代道教的发源地。从古到今，西蜀文人都浸染于道家的思想。选取《道德经》中的句子，也说明了道家文化对其发源地西蜀的深深沾溉。

从地理因素来看，"春熙路"的命名，呼应了盆地蜀人对于阳光的企盼与欢欣，也对应了司马迁在《史记·货殖列传》中的："天下熙熙，皆为利来；天下攘攘，皆为利往。"的商业写照。

蜀人素有文声，天下不敢小觑。春熙路的命名，体现了符号的声音形象能指与观念所指的高度的一致性、文化性。即便于今，在中国闻名的商业步行街中，如上海的南京路、苏州的观前街、广东的北京路、天津的和平路、武汉的江汉路等，在命名上，只有成都的春熙路最具有深厚的文化意蕴。

民国时的春熙路一开街，成都的商贾便云集响应。

当街的一楼一底铺面，有一百三十九家。"上海及时钟表眼镜公司"为江浙商人于1925年开设；"老凤祥银楼"和"宝成银楼"为成都最早的金银首饰品店，也于1927年开店。老凤祥以福禄寿瓶等"九成金"工艺卓世，宝成开业，曾铸三尺高九层银楼一座作为广告招徕顾客；至于川帮商人在上世纪三十年代开业的"协和百货行"，开成都播音广告风气之先，在店铺门前架设扩音器，播放戏曲，可谓广告奇招；"公记"绸缎庄有一邓姓店员，擅长心算，快捷准确，从无差错，人称"肉算盘"，为那个时代的商界劳动模范……

除了商业以外，春熙路当年也是成都市的文化休闲中心。创刊于1929年9月1日的《新新新闻》日报，在这里设有三楼一底的报社总部，为当年春熙路最高建筑。成都最早的京剧剧场"春熙大舞台"也开设于此。1929年来自汉口的蒋家班底建成剧场后，专门请来海派名家名角一百余位，在开场三天"打头炮"，遂成梨园盛事。1930年，成都成立了摩登剧社。1931年九一八事变爆发，日本军队攻占沈阳，剧社同人深感国是日非，山河失色，认为唤起民众是当务之急，戏剧必须紧跟时代，故取名"摩登"。剧社打破陈规陋习，实行男女同台合演。是年首演剧目为《山河泪》，一出启迪民众明乎亡国之痛的爱国话剧，就在春熙大舞台公演。1924年4月，"新明影院"在此建成，是成都市最早放映无声电影的影院之一。

在饮食业方面，与大舞台毗邻的"五芳斋面点店"应运而生，专为观戏者进食服务，成为成都最早的中西饮食文化兼味的名店。还有"耀华茶点室"，由一赵姓商人所开，专售中式面点，尤其擅长口蘑面、咖喱牛肉面等西式中餐。爱慕虚荣的成都红男绿女，将在春熙路就餐视为时髦与洋盘：

十指纤纤玉笋排，"春熙路"上任徘徊。

途行屡把牙签倩，表示方才陪酒来。

前人《新式美人竹枝词》，《师亮随刊》第一百六十二期①

至于代表成都休闲业的茶馆，在这里比比皆是："漱玉茶社""来鹤茶社""春熙第一楼""益智茶楼""饮涛茶园""华华茶厅"等，其中"华华茶厅"规模最大，被誉为"西南第一茶园"。

如今被成都人消费了半个世纪以上的"凤祥楼""精益眼镜行""亨得利钟表行""胡开文笔庄"仍旧当街营业。至于更多地当年声名显赫的老字号，则成为镶嵌入街道中央地面图文兼具的黄铜质浮雕；还有当年身着民国改良旗袍的逛劝业场的摩登姊妹浮雕，被熙熙攘攘的时髦女鞋男鞋蹭得铮亮铮亮的……

今天的春熙路若以孙中山广场为中心，距离最近的最庞大的商厦是日本的跨国商企伊藤洋华堂，最远的是台湾商企太平洋百货大楼，北端街头对面是王府井百货公司及电影城，南向街对面为西南书城。还有肯德基、麦当劳、必胜客等一批欧美隐喻时代文化的快餐店。

春熙路是成都、甚至于中国步行商业街的世纪经典符号。

(八) 电话与电报

电报、电话，曾为官方专用，后亦为民用。

总统居然正式成，电传消息到"蓉城"。

老夫无事扬风雅，谱入巴渝歌舞声。

癸丑（1913 年）国庆竹枝词十二首之一②

---

①林孔翼. 成都竹枝词 [M]. 增订本. 成都：四川人民出版社，1986：116.
②林孔翼. 成都竹枝词 [M]. 增订本. 成都：四川人民出版社，1986：253.

一次摇铃五十文，特安电话利游人。

场中尽有烟霞客，误入桃源怕问津。

舣斋《成都花会竹枝词》①

注：烟禁森严，川中私吸者讳之为打电话。

光绪三十二年，在清政府推行官制改革中，谕令设立邮传部：轮船铁路电线邮政应设专司，著名为邮传部。因此电话与电报清季亦属于交通。② 按《辞海》（1999 版）释词：交通，各种运输和邮电通信的总称。即人和物的运转与输送，语言、文字、符号、图像等的传递播送。

---

①林孔翼．成都竹枝词［M］．增订本．成都：四川人民出版社，1986：188.

②谢天开．作为"信史"的《大波》与辛亥四川交通近代化［J］．中华文化论坛，2013（2）：57－59.

八、成都旅游竹枝词：深深下拜薛涛坟

本篇专述竹枝词中成都旅游习俗

（一）凭吊薛涛

"大佛寺"前放画船，"薛涛井"畔汲清泉。

回船买得薛涛酒，佛作斋公我醉仙。

［清］六对山人《锦城竹枝词》（百首）①

深深下拜薛涛坟，千古痴情见此君。

妾亦效颦花月里，可怜行雨又行云。

［近代］王蜀瑜《竹枝》②

一编《洪度》写云鬟，古井依稀照玉颜。

管领春风有高格，"枇杷门巷"漫轻攀。

黄炎培《蜀游百绝句》并序（3）③

观"薛涛井"、拜薛涛坟，为旧时成都都市风俗之一。不管是清

---

①林孔翼．成都竹枝词［M］．增订本．成都：四川人民出版社，1986：50.
②林孔翼．成都竹枝词［M］．增订本．成都：四川人民出版社，1986：200.
③林孔翼．成都竹枝词［M］．增订本．成都：四川人民出版社，1986：177.

嘉庆杨燮写的竹枝词（1803 年），还是百年后的民国黄炎培蜀游竹枝词（1936 年），都记述了这一民俗。

1. 薛涛井

薛涛井水，有三重功效：制笺、沏茶和酿酒，其中，制笺最神。

现望江公园内的薛涛井

薛涛井，旧名玉女津。水质清冽，石栏周环，昔人常在此汲水酿酒制纸。明代时此处为蜀藩王所有，有堂室数楹，令兵卒守之，汲井水仿制薛涛笺，久之玉女津便被误认为薛涛井。据明人包汝揖《南中纪闻》：

薛涛井在成都府，每年三月三日，井水泛滥，郡人携佳纸向水面拂过，辄作娇红色，鲜灼可爱，但止得十二纸，遇年闰，则十三纸，以后遂绝无颜色矣。

"但止得十二纸"，物以稀为贵。神话总有光晕。其实，一切后来的发生，在一开始就有伏笔。薛涛笺，从唐风靡至北宋，名人司马光、文彦博都有咏题彩笺诗词。到了元代，多了铁马金戈，少了风花雪月，制笺活动几乎中断。因此，明人孔迩《云蕉馆记谈》中说：

浣花溪自唐薛涛后，能以溪水造笺者绝少。

进入明朝，薛涛笺恢复生产，明人方培苟《听雨楼随笔》云：

薛涛笺久无矣，明时蜀王犹取其井水造笺，入者异于常品，是未尝绝也。

明人曹学佺在《蜀中广记》里说，在万历年间，对于薛涛笺他曾亲自做过调查：

予庚戌（万历三十八年，公元1610年）秋过此（薛涛井）询诸纸房史，云："每岁以三月三日汲此井水，造笺二十四幅，入贡十六幅，余者存留。"

这说明，明万历年间用薛涛井水制造的薛涛笺，限时限量生产，变得更为精贵。

作为地方性知识，传说中的生产制造方式成了成都独特的地方性民俗。这种民俗产生于明代，至少传承至清末。用薛涛井水制造薛涛笺，作为民间工艺技术，在整个生产过程中溢满了一种女性文化仪式与图腾的精神。

"每年三月三日，井水泛滥。"三月三，在季节上处于春暖花开、万物蓬勃的繁殖时令。水井，女阴的隐喻。唐代孟郊《烈女操》有句："波澜誓不起，妾心古井水。"民间有俗语：燥寡妇为淘枯井。《道德经》曰："玄牝之门，是谓天地之根。"使用井水制作红笺，这样手艺思想为一种女性的生态工艺意识，暗含了女阴崇拜。

"娇红色，鲜灼可爱"，用薛涛井水生产出来的笺纸色泽，可以联想到女儿红。

又"但止得十二纸"或"造笺二十四幅",与女性月事偶数暗合。

民俗由特定历史构成,而时间将建构与解构一切。到了明末清初,利用薛涛井水生产薛涛笺的工艺民俗又湮没于战乱。王士稹《池北偶谈》记录说:在他使蜀时,曾访薛涛井,时见"井旁石臼尚存,雕镂精丽",但薛涛笺"今绝响矣!"

2. 薛涛酒

> 枇杷深巷旧藏春,井水留香不染尘。
>
> 到底美人颜色好,造成佳酿最醺人。

[清] 冯家吉《锦城竹枝词百咏·薛涛酒》①

3. 薛涛坟

太和六年(832年),一代才女薛涛香消玉殒,时任剑南西川节度使的段文昌亲自撰写墓志,并题写墓碑"西川女校书薛洪度墓"。

但薛涛真正葬于何处,史料并无明确记载。毕生致力于研究薛涛的专家,原上海大公报记者张篷舟先生推测薛涛坟应在望江楼东面的锦江之滨。清季李淑熏的《记薛涛坟》中载:"江楼南去二三里,荒陇犹留土一抔。"可知薛涛墓距薛涛井最多二三里之远。《四川通志》:"薛涛墓在(华阳)县东十里。"《华阳旧志》:"薛涛墓在治东南四里黄家坝。"又《华阳新志》:"薛涛墓在县东五里薛家巷。旧志云黄家坝,亦即其地。盖乡里小名,随时异称也。"这是指明清时所见之墓,因薛涛井所在,就推测薛涛墓在其附近。

20世纪60年代以前,距望江楼公园仅一墙之隔的四川大学校园曾有薛涛墓并题有墓碑,只可惜毁于十年动乱之中,踪迹全无,为后人破解其真伪留下了无穷的遗憾。

---

①林孔翼. 成都竹枝词 [M]. 增订本. 成都:四川人民出版社,1986:95.

唐僖宗时的诗人郑谷的《蜀中三首》之一写道：

渚远江清碧簟纹，小桃花绕薛涛坟。
朱桥直指金门路，粉堞高连玉垒云。
窗下斫琴翘凤足，波中濯锦散鸥群。
子规夜夜啼巴树，不并吴乡楚国闻。

这首七律当为最早感念薛涛之作，也是一种亲在的行为，因此郑谷诗中对于薛涛坟的景象应是相当精确的叙述：小桃花，绯云粉雾，映红人面，清波碧流，朱桥虹影，城堞逶迤，白云悠悠，群鸥集翔，杜鹃夜啼，旅人惆怅。想那时薛涛墓尚有一番奇景，之后逐渐荒芜。

还是这位诗人郑谷，由对人的无限缅怀而及笺再及海棠，与花有约，数年留滞成都而不归，在《蜀中三首》的另一首中写道：

夜无多雨晓生尘，草色岚光日日新。
蒙顶茶畦千点露，浣花笺纸一溪春。
扬雄宅在唯乔木，杜甫台荒绝旧邻。
却共海棠花有约，数年留滞不归人。

凭吊薛涛坟数次最多的古人，是清代乾嘉时期西蜀大才子李调元。李调元前后有十二首诗，分别在青年、中年、老年三个时期吟咏薛涛。最后一首为他六十六岁晚年之作。

在他十八岁赴绵州涪江书院学习时，闲寄愁绪，在薛涛坟前别有一腔纯情滋味，咏薛涛云：

乌鸦啄肉纸钱飞，城里家家祭扫回。
日落烟村人不见，薛涛坟上一花开。

他在三十七岁考中进士当上了京官后，因丁忧返乡于成都时，用诗描述道：

> 人间正色夺胭脂，独有蛾眉世鲜知。
>
> 家在薛涛村里住，枇杷依旧向门垂。

这首诗映射出清乾嘉年间中年文人士大夫的审美价值取向，即不爱浓妆尚天然。清水芙蓉，薛涛在此时已经成为一个由人任意想象的女性形象符号了。

李调元在六十六岁时，曾一口气写下十首吟咏薛涛的诗，其中之一为：

> 名士从来出济南，桐轩一语更奇谈。
>
> 美人不见空留水，得饮寒泉心也甘。

这一首记述自己晚年时，同游者张桐轩崇拜薛涛，这位从宋代著名女词人李清照家乡济南来的乾嘉名士，竟然为能喝上一口薛涛井水而感到欣喜万分。这水的神奇，甘冽，流淌着唐诗韵味，直抵肺腑。距离千秋的红颜，此刻潜行而来，宛如在目前。当然，这样影影幢幢的幻觉，仰俯之间，只有性情中人才能感受，才能看见。

无独有偶，李调元另一首诗中的故事，更是令人匪夷所思：

> 才人万古总黄泉，我歇原由乏暂眠。
>
> 不识东庵有何愤，竟思哭倒拜坟前。

诗中说，李调元的另一位同游者、乾嘉名士潘东庵，一见薛涛坟，如见隔代红颜知己，顿时不能控制情感，泪水滂沱，呼天抢地，七尺男儿，银发老朽，竟然哭拜于薛涛坟前，几乎昏厥。

千年的礼教社会中，文人骚客们被压抑的性意识，在这座坟边找到了宣泄出口。一个替代的共同想象体。薛涛，已经成为一个艺妓文化的代码——大众情人，已经成为一个文人士大夫潜意识的印迹——永远的红颜知己了。

李调元进入暮年后，已将青年时待薛涛的一腔纯情、中年时的挚情，化为含蓄深沉的顾惜垂怜之意了。他写道：

> 薛坟抛在麦田中，辟草全凭刺史功。
> 生与高骈缘不断，如今酹酒又高公。

此诗中的高公，为李调元的朋友华阳县的高若愚。

李调元晚年吟咏薛涛诗共十首，共有一个长长的诗题：

> 三月初四清明，华阳高君若愚同温汉台邀张桐轩、李延亭、潘东庵、萧恒斋及余与杜耐庵出东门踏青，遂登白塔寺，至薛涛井并谒其墓，墓久芜没，华阳徐明府始为剪除，观叹久之。晚，高君置酒于真武宫，即席得诗十首

由诗题中的多个人名可知，清明踏青、探薛涛井、扫薛涛墓已成为当时成都文人士大夫们的一种雅俗了，到后来已然成为一种文化现象，而这种现象的对象化，又似乎随着历史上程朱理学的强调而愈加鲜明。从社会文化心理的角度观察，这似让薛涛的光晕膜拜价值成为历代文人性心理的一个宣泄出口，当然又是经过文学升华成为白日梦的表现形式的反映。①

---

①谢天开. 论唐代女诗人薛涛的"孔雀光晕"现象［J］. 成都师范学院学报，2016（8）：76－83.

（二）草堂人日

"石马巷"中存石马，"青羊宫"里有青羊。

"青羊宫"里休题句，隔壁诗人旧"草堂"。

[清] 六对山人《锦城竹枝词》（百首）①

两个黄鹂鸣翠柳，一行白鹭上青天。

窗含西岭千秋雪，门泊东吴万里船。

杜甫《绝句四首·之三》

现实主义诗人杜甫最灿烂的时光是在成都，因为在这里他获得了一生飘零中的短暂安宁。诗中描写的景色一片葱郁，是今世不能枯烂的向往与怀念。这朗朗上口的诗句早已咏叹为盛唐梦境，亮透千年。

如今在浣花溪游览时，猛然间一抬头，数只白鹭从头顶滑过，于成都府南河上空，在这座城市的心脏。继后，十数次地与这些曾进入杜诗里的精灵相遇，发现它们从来不是飞翔成行，也没有大雁的人字或一字队形；要么形单影只，要么参差不齐……而终于认定如今的白鹭要么失却了唐代的队形；或者在唐代根本上就没有队形，只是杜甫为了诗韵替它们排了队形。整齐划一的美学队形是从生活景象提炼出来的诗歌意象，更加逼近本质的真实。

成都的天光水色，是杜甫一生颠沛流离生活中最稳定、最滋润的记忆：新绿的成都、清新的成都、温润的成都啊！

杜甫在成都虽说前后居住约两年，却只把亮堂的喜悦留在自己的诗集里了。不然的话，一部二十卷的《杜工部集》真的要沉重得一塌糊涂！

---

①林孔翼. 成都竹枝词 [M]. 增订本. 成都：四川人民出版社，1986：45.

好雨知时节，当春乃发生。

随风潜入夜，润物细无声。

野径云俱黑，江船火独明。

晓看红湿处，花重锦官城。

杜甫《春夜喜雨》

对于自然风物，诗人总是比平常人更加敏感。当初刚来锦官城不久的杜甫，不仅晓得了成都春季特点——这是时间的把握，而且还有空间上确切："锦江春色来天地"（杜甫《登楼》），知晓成都的丰饶，完全是纯净的岷江水滔滔滋养的缘故。在对成都风物时空把握之后，他才这样对"好雨"光临的季节做出如此大喜欢的肯定："当春乃发生"。

一生未曾显达的杜甫，虽做过肃宗时代的左拾遗，后因疏救房琯得罪皇帝，被贬为华州司功参军，不久辞去官职。直到流寓成都依靠好友严武举荐，才谋得一个"节度参谋，检校工部员外郎"的幕僚闲职，但是银子甚少，囊中羞涩。因此，杜甫虽有精力但绝无财力来修筑草堂的。

原来，杜甫经营草堂全靠一班朋友和亲戚的资助。公元759年岁末，杜甫拖儿带女一家人刚来成都时，由于没有职业，连吃饭都成问题，全靠旧友彭州刺史高适送来米粮接济。在住的问题上，先是借住浣花溪边一座古寺。第二年春，当时的成都尹兼剑南节度使裴冕为杜甫在浣花溪上游选择了一块土地相赠，后由一位在成都的表弟王十五司马来访又赠送资金。有了土地和资金后，杜甫从唐肃宗上元元年（公元760年）至唐代宗宝应元年（公元762年），历时两年建成草堂。作家冯至在《杜甫传》里写道："从此这座朴素简陋的茅屋便成为中国文学史上的一块圣地，人们提到杜甫时，尽可以忽略杜甫的生地死地，却总忘不了成都的草堂。"

如今的杜甫草堂是在明弘治十三年和嘉庆十六年两次大修改建后的草堂基础上，又将原来东邻的草堂寺和西北角的一处私家花园——王家花园一块并入，总面积250亩。

当初为了草堂的营造，杜甫以诗代简，四处救援。向友人萧实请求在开春前把一百棵桃树苗送到浣花溪来；向韦续索要绵竹县的绵竹；向何邕要蜀中特有的速生树种，三年便能成荫的桤木；亲自进城到石笋街果园坊里，向徐卿索求果木秧；向韦班要松树和大邑烧制的瓷盌……

对于友人们的资助，诗人唯一能够相报答的就是笔下的诗了。《赠高使君见赠》《奉简高三十五使君》是感激高适的；《卜居》是感激裴冕的；《王十五司马表弟出郭相访遗营草堂赀》是感激表弟的。

草堂建成后，杜甫过上一生最为惬意的生活，并不断地与友人进行诗歌唱和。其中，杜甫与高适之间的"人日"酬唱诗，最为感人。

唐肃宗上元二年（761年），时任蜀州刺史的高适，写了一首"人日诗"寄赠杜甫：

> 人日题诗寄草堂，遥怜故人思故乡。
> 柳条弄色不忍见，梅花满枝空断肠。
> 身在南蕃无所预，心怀百忧复千虑。
> 今年人日空相忆，明年人日知何处？
> 一卧东山三十春，岂知书剑老风尘，
> 龙钟还忝二千石，愧尔东西南北人！
>
> 高适：《人日寄杜二拾遗》

早年李白、杜甫、高适三人曾同游梁宋齐鲁，登高赋诗，痛饮狂歌，脱略形迹。意气风发。后来，三人人生轨迹亦分亦合，三人社会地位高低悬殊，却始终有些牵牵扯扯。杜甫流浪迁徙到成都，时任剑南西川节度使的高适成为他在草堂的主要资助人之一。高适异地为官，又逢正月人日，思乡之情通过怀友的情愫表达出来，写成了《人日寄杜二拾遗》，寄给杜甫。后世公认此诗是高适晚年诗作中最出色的一首，杜甫接到此诗被感动得"泪洒行间"，因为杜甫一向珍惜友情，不忘一饭之恩。然而，很奇怪的是，杜甫没有及时唱和回复高适。

直到九年以后，杜甫离开成都，高适已经辞世。其时老病的杜甫如天地一沙鸥，飘于荆楚间。一天偶然翻检书简，重新读到故人的"人日寄诗"，想着作者已殁远矣，读者残年风烛。追念往事，人亡物在，不禁怆然涕下，于是写了《追酬故高蜀州人日见寄》七言古诗一首并序，寄给两位旧友：

序：开文书帙中，检所遗忘，因得故高常侍适往居在成都时高任蜀州刺史《人日相忆》见寄诗。泪洒行间，读终篇末。自枉诗已十馀年，莫记存殁，又六七年矣。老病怀旧，生意可知。今海内忘形故人，独汉中王王禹与昭州敬使君超先在。爱而不见，情见乎辞。大历五年正月廿一日，却追酬高公此作，因寄王及敬弟。

自蒙蜀州人日作，不意清诗久零落。
今晨散帙眼忽开，迸泪幽吟事如昨。
呜呼壮士多慷慨，合沓高名动寥廓。
叹我凄凄求友篇，感时郁郁匡君略。
锦里春光空烂熳，瑶墀侍臣已冥寞。
潇湘水国傍鼋鼍，鄂杜秋天失雕鹗。
东西南北更谁论，白首扁舟病独存。
遥拱北辰缠寇盗，欲倾东海洗乾坤。
边塞西蕃最充斥，衣冠南渡多崩奔。
鼓瑟至今悲帝子，曳裾何处觅王门。
文章曹植波澜阔，服食刘安德业尊。
长笛邻家乱愁思，昭州词翰与招魂。

这古风，吹拂在一片暗淡隐约的恩怨之间，于离乱动荡之际闪烁着珍视人间友情的温馨烂漫。临近晚境，老病念旧，追酬释怀，让人好生喟叹，这就是诗圣。

《华阳县志》（嘉庆二十一年刻本）记载的成都岁时民俗："七日，古为'人日'。彩胜、菜羹之俗，今不复闻，惟相传是日晴主人民安。"① 这表明清代嘉庆时期，成都还没有产生人日游杜甫草堂的风俗，而且原有的荆楚人日风俗亦消减。

据《荆楚岁时记》记述："正月七日为人日，以七种菜为羹，剪彩为人，或镂金箔为人，以贴屏风，亦戴之头鬓。又造华胜以相遗。登高赋诗。"这里的"羹"是用肉或菜，和以五味的汤类食物。人胜，即为纸或金箔的剪彩以为装饰。华胜，女子的首饰。②

据传正月初七是人类始生之日，故称人日。浙江一带于此日用秤称量体重，谓之称人。江南一带在立夏之日亦有此习俗，是谓防止夏瘦。③

由于清代的百年移民，成都多蜀风多承楚俗。成都草堂人日游，起端于清咸丰四年初（1854 年），时任四川学政的何绍基在果州（南充）主考竣事后，在返成都的途中拟成"锦水春风公占却，草堂人日我归来"的对联。

何绍基熟知高、杜"人日"唱和的典故，抵达成都后，径直前往草堂，因还没到初七，特宿于郊外。等到初七人日，才进到草堂题联。此被传为佳话。从此以后，成都兴起了"人日游草堂"活动，以

---

①丁世良，赵放．中国地方志民俗汇编（西南卷·上）［M］．北京：书目文献出版社，1991：5.

②［梁］宗懔撰，宋金校注．荆楚岁时记［M］．太原：山西人民出版社，1987：15－16.

③［日］中川忠英．清俗记闻［M］．方克、孙玄龄，译．北京：中华书局，2006：9.

纪念大诗人杜甫。

"人日游草堂"，可见是在清咸丰朝以后由楚俗演变而来的成都风俗。

（三）武侯祠

> 安顺桥头看画船，武侯祠里问灵签。
> 呼郎伴妾三桥去，桥底中间望四川。
>
> 吴好山《成都竹枝辞》①

> 丞相祠堂何处寻？锦官城外柏森森。
> 映阶碧草自春色，隔叶黄鹂空好音。
> 三顾频烦天下计，两朝开济老臣心。
> 出师未捷身先死，长使英雄泪满襟。

踏着诗史杜甫七律《蜀相》诗的平平仄仄，闲庭漫步于武侯祠里，那心情，那态度，那观念，不知不觉之间就有了登庙堂之高的缓慢、严肃、崇敬，还有这里的黄钟大吕，仿佛正写出令人扼腕、悲壮不已的铿锵之声。

闻名东亚的武侯祠，实际上是蜀汉三国刘备、诸葛亮君臣合庙。

史载，公元 223 年（蜀汉章武三年）4 月，刘备病卒于永安宫（今重庆奉节县），5 月诸葛亮护送灵枢回到成都；8 月，将刘备葬于惠陵，即今武侯祠中刘备墓。后来又在附近建立了刘备庙。

在唐代时，成都南郊的惠陵旁出现一座武侯祠，其主要特色便是古柏森森。这除了杜甫的《蜀相》诗外，晚唐诗人李商隐的《武侯庙古柏》诗也有所咏叹。

---

①林孔翼. 成都竹枝词［M］. 增订本. 成都：四川人民出版社，1986：77.

唐时武侯祠规模虽然不大，但已声名赫赫了。这是因为中唐的剑南西川节度使武元衡一行至武侯祠焚香祭拜。为了纪念这次祭祀，时有其幕府裴度欣然命笔，写下了盛赞诸葛亮德行的精妙文章《诸葛武侯祠堂记》，后又邀请著名书法家柳公绰援笔濡墨，再由碑刻名家鲁建镌铭石碑，遂成闻名遐迩的唐"三绝碑"。继而又有后任的剑南西川节使度段文昌的《武侯祠古柏文》文章勒石于祠内。

武侯祠最早形成君臣合庙，是明初洪武年间，朱元璋第十一子、蜀藩王朱椿对刘备庙进行大规模调整与扩展，毁掉原先独立于惠陵旁的武侯祠，将诸葛亮像与唐"三绝碑"迁于刘备庙中，从而改变了惠陵、刘备庙与诸葛亮武侯祠并列的状况，形成君臣合庙的最初布局，名"昭烈庙"，以供蜀地士民祭祀。

而后，因礼制认识不同的缘故，成都官方不断将刘备庙与武侯祠合合分分，分分合合。然而不管分合，蜀地百姓民间祭祀均以诸葛亮为主。甚至到了后来，君臣合庙的官方名称虽为"昭烈庙"，而"蜀人之口习武侯，而不复别以昭烈"。何以如此？有一首成都竹枝词道："门额大书昭烈庙，世人都道武侯祠；由来名位输勋烈，丞相功高百代思。"这称谓之争，纷纷扰扰，而天下民间自有一杆秤。诸葛亮的"鞠躬尽瘁，死而后已"的为官精神，早已成为一种"正心、诚意、修身、齐家、治国、平天下"的正能量。

一代名相的风范，犹如那森森古柏之正直、之根深、之枝叶四季长青。

武侯祠中的诸葛亮，本非神灵，然而却为民间百姓看作智慧的象征，人们敬香求签问卜于孔明，亦为民间信仰。

（四）武担山

山精曾作蜀王妃，又传望帝化催归。

明镜尚留坟上石，催归长向"武担"飞。

[明] 何白《竹枝词》①

城里登山只此山，五丁担处葬花颜。

武都土盖成都土，石镜松篁土两般。

[清] 六对山人《锦城竹枝词》（百首）②

武担山，其实就是一个土阜，但因其在坦亮的成都平原忽然隆起，让一向爱夸饰的蜀人惊呼为"山"！

武担山呈一个银元宝形状，或者说是一个马鞍的样子：中间低凹，立有一块光亮可鉴的大理石，还有尊抚琴女的塑像；两头各为一个平台。西边平台上现有一座小亭，东边有一座砖塔。植物多为黄桷树，硕壮，盘根错节，遮天蔽日。整个武担山为一个居于闹市的幽静园林。

"蚕丛及鱼凫，开国何茫然，尔来四万八千岁，不与秦塞通人烟。"诗仙李白为歌行顺口，节缩了古蜀国君王的顺序（蚕丛、柏灌、鱼凫、杜宇、开明）。武担山与开明朝君王相关，据传为开明十二世王妃墓，亦是蜀地与秦塞通人烟的最初原因。

---

① 林孔翼. 成都竹枝词 [M]. 增订本. 成都：四川人民出版社，1986 年版，第 122 页。

② 林孔翼. 成都竹枝词 [M]. 增订本. 成都：四川人民出版社，1986 年版，第 53 页.

· 115 ·

让我们回到两千多年前的开明王朝时期，去感受那一段令人心动的传说。

蜀开明十二世在位的某一天，他的王妃不能进食，奄奄一息，香魂欲散……

蜀王急得直是搓手，又团团转步，左胸那颗心跳得咚咚的。

秋风将细细纱帐一慢一慢地撩起，又落下。宫女们束手呆立。

这样的情景持续了三十天了，一切皆为天定，不晓得这是蜀王的命？还是王妃的命？

该做也做了，不该做的，蜀王硬是命令去做！

蜀王开明十二世深谙音律，在王妃病重期间，看着自己心欢的人儿，命乐工奏起自己新谱的曲子。

水土不服，绝命。面对蜀主，戴着玄色高冠冕的王宫巫医们会诊出最终结论。

闻听爱妃死讯，蜀王顿时昏厥，几乎跌倒，宫女们慌忙扶起。

蜀王旋即为王妃谱了一曲"臾邪歌"，又谱"龙归曲"，再谱"陇蜀之歌"，命宫中乐女风吟，樱口启合，丝竹金声，玉律惊秋。

又向蜀国的国有壮士五丁兄弟发布命令：即刻组织人力，从王妃的家乡，路途遥远且艰难险阻的陇西武都挑土来，在平地上垒起一座封土墓塚，以安葬蜀王妃。这简直是一道疯狂的命令！一个浩大的运输工程，需要举国之力，但是蜀王如此任性。

宫内宫外，上上下下，王公贵族，庶民百姓，都晓得这位让蜀王迷狂的王妃，本为陇西武都山的山精，其身形开始是玉面丈夫男子，后来又幻变成窈窕女子，颜色美绝，魅态阿娇。

香冢封土后，又按蜀地大石崇拜习俗，在墓前立一块光亮无比的圆形巨石，名曰"石镜"。据宋人罗泌《路史》载："镜周三丈五尺"；又《太平寰宇记》载云："镜厚五寸，经五尺，莹沏可鉴。"

武担山的故事，几近神话，却为传说。

东晋常璩《华阳国志·蜀记》：

武都有一丈夫，化为美女，蜀王开明氏纳以为妃，因不习水土而死。蜀王因遗五丁往武都担土，为妃作冢。墓地数亩，高七丈，上有石镜。今成都北角武担山是也。

相关武担山原初的传说，让历代的文人产生了浓厚兴趣，仅在唐、宋的名人名篇计有：

初唐四杰之一的王勃的短赋《晚秋游武担山寺序》；

初唐四杰之一的骆宾王《畴昔篇》；

初唐苏颋《武担山寺》；

盛唐杜甫《石镜》；

中唐薛涛《段相国游武担寺病不能从题寄》；

中唐段文昌《题武担寺西台》；

中唐姚康《和段相公登武担寺西台》；

宋人宋京《武担山》；

宋人陆游《春残》；

……

蜀王开明十二世，后因怀念蜀妃还曾修建了望妃楼。《成都古今记》："望妃楼在子城西北隅，亦名西楼；开明妃之墓在武担山，为此楼以望之。"

至于开明妃的来历，有两处文献都指示明白：一为《蜀王本纪》；一为《蜀中名胜记》。

汉代扬雄《蜀王本纪》云：

武都人有善知蜀王者，将其妻女适蜀王。居蜀之后，不习水土，欲归。蜀王爱其女，留之，乃作伊鸣之声六曲以舞之。或曰前武郡有丈夫化为女子，颜色美好，盖山之精也。蜀王取以为妻，不习水土，疾病欲归国。蜀王留之，无几物故，蜀王即发卒之武都担土，于成都郭中葬之。盖地数亩，高七丈，号曰武担。以石作镜一枚表其墓。

明代曹学佺《蜀中名胜记》明确地考证：

武都山有玉妃溪。《成都耆老传》载：妃与五丁同生，父母弃之溪，后闻呱呱声，就视，乃一女五男。女即蜀妃，男即五丁。故《华阳国志》云：武都山精化为美女也。

从武都担土来成都作蜀妃墓的封土之举流传到清代，时有举人杨燮《锦城竹枝词》踏勘考察证明道：

> 城里登山只此山，五丁担处葬花颜。
> 武都土盖成都土，石镜松篁土两般。①

蜀王武担山事迹流传到明代，冯梦龙将其记录在《情史》中。

然而，这后面可能隐蔽着一个巨大的秘密：蜀王开明十二世与武都山精，极有可能是断袖之恋。至于男子化为美女、被纳为王妃则有可能是为了掩人耳目之举罢了。

蜀王与武都山精之间的断袖之恋，疑窦丛生。其实早在宋代就被破译了，宋京《武担山》：

> 君不见蜀王妃子墓突兀，成都城中若山积。
> 墓头寒镜涩无光，妒月欺烟化为石。
> 鸿荒无根凭野史，直谓山妖化妃子。

---

①林孔翼 . 成都竹枝词［M］. 增订本 . 成都：四川人民出版社，1986：53.

临终未免怀首丘，运土山中葬于此。

山名武担锦江边，用是得名千万年。

如今佛阁倚空翠，老木盘郁摩苍天。

晴云入穴西山出，卷帘坐见岚光滴。

安得文如汲冢书，免使后人疑往昔。

诗中的"突兀""妒月欺烟"，还有相传狐狸死时总要头朝向故土的"首丘"典故，西晋出土的汲县魏襄王墓一大批先秦竹简书的"汲冢书"典故，都是指明与证明"鸿荒无根凭野史，直谓山妖化妃子"看法。

到了明代，诗人何白亦悟出此理，遂作《竹枝词》：

山精曾作蜀王妃，又传望帝化催归。

明镜尚留坟上石，催归长向武担飞。

蜀王开明十二世，如此怜惜蜀妃的事迹，也被秦惠王解读出端倪：此主爱美人不爱江山！

在此之前，秦惠王君臣早已设计，以石牛假冒金牛，诱骗蜀王令五丁在秦岭的崇山峻岭间开出了石牛道。但是，秦国还是不敢冒然伐蜀，原是惧怕五丁兄弟的能徙蜀山的千钧臂力，又设计诱杀了蜀国超级力士五丁兄弟。

扬雄《蜀王本纪》记载：

于是知蜀王好色，乃献美女五人于蜀。王爱之，遣五丁迎女，还至梓潼，见一大蛇入山穴中，一丁引其尾不能出。五丁乃共引蛇，山崩，压五丁，五丁踏蛇而大呼，秦王五女及送迎者皆上山化为石。

可能是五丁的吼叫，形成了巨大的共鸣，引发了泥石流……

常璩《华阳国志·汉中志》："梓潼县郡治有五妇山，故蜀五丁所拽蛇崩山处也。"

再以后，便是秦王发兵沿石牛道伐蜀……

清代诗人毛澂《武担山》：

> 武陵寺废近千年，楼阁虚空锁碧天。
>
> 石镜月明尘匣启，玉棺霜晓漆灯燃。
>
> 巫云也自愁神女，锦水何须怨杜鹃。
>
> 不见后来亡国恨，金牛换得蜀山川。

在历史上，开明十二世与王妃、五丁开山、石牛道开通、五丁迎秦国美女五妇相关。之后，蜀国就变成了秦国的蜀郡。

换一个视角看，秦岭不再是天堑，蜀与秦通了人烟，巴蜀文化与秦陇文化融会了。

到了三国时期，武担山曾成为家国政治的一个符号。三国蜀主刘备在此登基称帝，大赦天下，改年号为章武。《宋书》卷十六《礼三》说：蜀汉章武元年（221 年）四月建尊号于成都，是月立宗庙，祫祭高祖已下，皆绍世而起，亦未辨继何帝为祢，亦无祖宗之号。五月，立皇后（吴氏）、太子（刘禅）；六月，封儿子刘永、刘理为王。武担山虽长不过三十余丈，高不过十余丈，却为成都大城内的高台，且又临府河，与刘备的新宫，及在建的惠陵在一条中轴线上，故刘备在此山之阳，设坛行礼遵旧制。据南朝虞荔《鼎录》记载，蜀先主章武二年……又于成都武担山埋一鼎，名曰受禅鼎。

回顾武担山，闹市幽地，焕发出一派葱葱郁郁岚光，一缕缕草木青味隐隐腾升……

（五）少城公园

流莺百啭和留声，惹得游人耳尽倾。
花馥脂芳穿树出，两般香得不分明。

前人《少城公园竹枝词》①

此间水竹会平分，空气清新绝俗氛。
移座近花凉啜茗，科头闲自阅新闻。

万禾子《成都少城公园竹枝词》②

这首近人万禾子写的成都竹枝词，将旧时少城公园描述得恰如其分。"科头"，成都方言，意思是摘下帽子。坐在公园林荫间，湖光山色，两相不厌。在清新空气里享受阳光，喝盖碗茶，读报纸新闻，摆龙门阵是成都典型的休闲生活。

西风东渐，城市公园是近代才出现的新式公共空间。公园最先叫"公家花园"，以区别于传统的官家与私家花园。1907 年，清政府提倡并出资修建公园，各地兴起修建公园之风。天津、保定、常州、南京等城市都先后修建了公园。公园的兴修，一方面反映了新的城市文化设施的发展，另一方面也说明了城市市民生活方式的变化。③ 近百年历史的成都少城公园——人民公园的前身，作为成都市第一座新式城市公园，以其特殊的城市公共空间、历史纪念空间、大众文化空间、社会交流空间、社会生存空间的嬗变，影响、积淀、延续着成都民众的社会历史生活。

①林孔翼. 成都竹枝词［M］. 增订本. 成都：四川人民出版社，1986：261.
②林孔翼. 成都竹枝词［M］. 增订本. 成都：四川人民出版社，1986：224.
③郑大华，彭平一. 社会结构变迁与近代文化转型［M］. 成都：四川人民出版社，2008：363.

1. 绝处嬗变

辛亥秋保路死事纪念碑永远是成都公园的地标。如果说四川的保路运动引爆了辛亥革命，那么在旧历史与新历史的激荡交替间，也嬗变出成都市第一座新式城市公园——少城公园。

二十世纪伊始，虽说万象更新，却于新旧之间存在着一个和平过渡的艰难问题。前清最后一位成都将军玉昆找到了成都劝业道道台周善培，商议如何安顿早已存在衣食之虞的成都旗人。周善培道："在少城旧址建立满城时至今日已一百九十余年了。满汉分治，鸡犬相闻而不相往来。而今旗人生活日渐贫寒，不如开放少城，兴建公园，招引游人，再令旗人在园中开业谋生。不知将军意下如何？"玉昆将军晓得周道台考察过日本东洋，见多识广，倡导成都新政多有成效，于是委托他代为设计实施。遂在祠堂街关帝庙后的水田、荒地、正蓝旗箭厅、马厩、仓房、柴薪库以及附近旗人居住的三条胡同拆房迁户后的空地，花费了半年时间栽花植树，分别修建迎禧楼、观稼楼、松韵楼、藤花榭、湖心亭等建筑，青瓦廊柱，亦中亦西。园子初具规模，面积 50 余亩，名为少城公园。

在少城公园湖光山色相映之下，满城于绝处嬗变，感时恨别，更为溅泪惊心。辛亥革命暴风骤雨，四川军政府成立。本已隐退的清廷末代四川总督赵尔丰又唆使兵变，军政部长尹昌衡借新军一营人马入城平乱。继而推举蒲殿俊做了都督，赵尔丰身首异处，暴尸街头。

当时仇满之风炽烈，陕西、浙江诸省的满城甚至遭受血洗。风声鹤唳，成都满城也人心惶惶，深信大祸临头。当时旗人中有名叫晋昌的，原为充军来成都安置的吉林都统，甚有号召力，煽动旗人拒不缴枪，在满城城墙上布列开花洋炮，准备和革命军决一死战。而尹昌衡属下的孙兆鸾部仇满强烈，积极向满城推进。于此千钧一发之际，尹昌衡独策快马，飞奔受福门下叫开城门，稳坐城楼上，叱退了从西御街窜来的不听招呼的军队。与此同时，军政府另外两位实力人物罗纶副都督和宋学皋师长分别坐镇安阜门和延康门，以示革命军并无屠杀满城旗人之意。如此，解除了玉昆将军与满蒙将士的猜疑与不安。

20世纪40年代的少城公园大门

　　旋即，玉昆将军与尹昌衡议定了和平解决方案：满城兵工厂交由军政府接管；旗兵一律缴械归顺共和；军政府对归顺旗兵发放三个月粮饷；旗人住宅不受侵扰；可以自由买卖，废除清廷不准许旗民务农作工经商的规定，准许脱离兵籍的旗人各谋生计，并在西城根街即今上同仁路设立同仁工厂，以让旗人就业；另沿少城城墙特辟大道，以行驶鸡公车和板带铁轮的东洋车，暂归旗人专营；对于学有专长的旗人，或从政、或教书与行医，悉听其自由职业，各安生理；论罪依律，不得妄杀一人。人心定，民众悦，抚平了一场满汉人民之间的流血仇杀。玉昆将军后来被礼送离开成都。

　　干戈玉帛，绝处嬗变，蜀地多少事，都付笑谈中，关键时刻的和平解决，差不多总为成都千年战事的结局。

　　黄鹂啼新绿，夕阳几度红！少城公园成为成都一处从前未曾有过的城市公共空间。

2. 云天之下

> 保路争夸胆气豪，丰碑纪念表群劳。
> 道旁父老来相问，究竟碑功哪个高。
>
> 刘竞成《成都少城公园竹枝词》①

民国二年（1913 年）至民国三年（1914 年），为了纪念辛亥前夕四川保路运动中献身的死难者，由四川名人张澜、颜楷等联名提议，川汉铁路总公司在少城公园内修建了"辛亥秋保路死事纪念碑"。

全碑呈方锥形，砖石结构。碑高 31.86 米。10 米高的台基为月台式，碑座四面分别饰以铁轨、火车头、信号灯、转辙器和自动联接器等灰砂浮雕图案，将川人的铁路梦反映得入骨入髓；碑身高约 15 米，方柱形，四面皆镌刻"辛亥秋保路死事纪念碑"十个字，由当时名家张夔阶（东面）、颜楷（西面）、吴之英（南面）、赵熙（北面）榜书，每字约 1 平方米，书风各异。碑顶高约 6 米，上覆琉璃瓦顶，并有二龙戏珠图案及云龙和蝙蝠等装饰。

对于保路运动的意义，孙中山作过如此评价："如果没有四川保路同志军的起义，武昌革命或者要迟一年半载的。"

武昌首义成功，千年帝制终结，民国共和建立，让臣民变为国民，让天下成为世界，人民见到希望。

> 国庆于兹期已终，嗟余属望更无穷。
> 诸君努力扶民国，厥祝共和日再中。
>
> 佚名《癸丑（1913 年）国庆竹枝词》（十二首）②

云天之下，风格雄伟。保路运动引爆了辛亥革命，纪念碑的修建，让少城公园又成了一个庄重的成都历史纪念空间。

---

①林孔翼. 成都竹枝词 [M]. 增订本. 成都：四川人民出版社，1986：224.
②林孔翼. 成都竹枝词 [M]. 增订本. 成都：四川人民出版社，1986：254.

3. 戏曲电影

少城公园开园不久，1913 年，管理者将园东的关帝庙改建为蜀剧部，进行演出。1914 年，又在公园大门处修建了一座川剧场，取名"万春茶园"。著名川剧旦角陈碧秀、月月红等曾在此挂牌演出。赢得不少文人墨客交口称赞。曾任川军将领田颂尧秘书长的简阳文人方于彬，还写了两首嵌字联诗赠予陈碧秀捧场：

（其一）
碧眼净含秋水色，碧痕春草愁无际；
秀眉低带远山痕，秀骨香桃弱不禁。

（其二）
碧空莹澈孤飞鹤，碧如和氏怀中玉。
秀语缠绵百啭莺，秀似蛾眉霁后山。

对于川剧旦角的容貌与唱腔的赞誉，可以看出当时蜀中文人的兴趣与川剧的魅力。

在纪念碑南边，少城公园内的通俗教育馆，青砖楼房共七间陈列室，著名实业家卢作孚为首任馆长。继任馆长曾孝谷，曾留学日本，为我国话剧运动先驱之一。曾孝谷到任不久，即将楼房西边的一排平房改造为讲演厅兼剧场，开风气之先，曾在厅内放映了中国第一部黑白无声电影《孝妇耕》，并且演出了文明戏，即话剧和舞蹈。每周演出二至三场话剧。演出不收门票，属于"大众创造并为大众服务的"大众文化。演出单位一是"美化社"，一是成都美专学生组成的"艺术研究社"。那时的话剧多是独幕剧。由于当时还没提倡普通话，对白用的是方言，相当于现在方言剧，很受民众欢迎。没有道具、灯光和专门的服装，只有简陋的硬片布景；演出的剧本却是一流的：一部分是田汉、熊佛西等编剧的《咖啡店之夜》《刀痕》《一只马蜂》《苏州夜话》；另一部分是《威尼斯商人》《父归》《小厂主》等译作。不过当时的话剧和舞蹈多为男扮女装，如演出《葡萄仙子》舞蹈，就由音乐家叶璧和饰仙子。

> 溪水盈盈曲且流，绿荫深处隐红楼。
> 火云赤日都收敛，一出留声四座秋。
>
> 万禾子《成都少城公园竹枝词》①

在二十世纪三十年初，少城公园为了追赶时尚，增加收入，又将"万春茶园"改建为"大光明电影院"，多上映上海明星、电通、联华等公司出品的国产片和美国好莱坞出品的电影。当时的电影被叫作"活动写真"。为了照顾观众，招徕顾客，又在电影上映前用留声机播送上海百代公司制作的川剧或京剧名角的唱片。大光明影院生意好得出奇，成为少城公园内的一种都市娱乐新样式。

4. 动物博物

> 太息公园虎早亡，直教群兽发癫狂。
> 每于静处听狐说，欲假无威怎下场。
>
> 刘竞成《成都少城公园竹枝词》②

最初开园的少城公园，也曾兼为动物园与博物馆。但由于饲养不当，少城公园老虎很快就死亡了。为了装点风景，吸引眼球，少城公园又安装了西式喷泉。

---

①林孔翼. 成都竹枝词［M］. 增订本. 成都：四川人民出版社，1986：225.
②林孔翼. 成都竹枝词［M］. 增订本. 成都：四川人民出版社，1986：194.

喷水全凭压力多，冲天直射怪如何。

莲花疑是仙童化，故向荷池尿倒屙。

刘竞成《成都少城公园竹枝词》①

又开办"国术馆"，展出"瓦棺""石蛋"等。另外，少城公园又是体育场，用来踢足球：

场平草浅夕阳红，如织人来罩画中。

学子争夸腰脚健，皮球高踢入云空。

前人《少城公园竹枝词》②

丝管东墙聒耳嘈，打球人集笑声高。

横生一种郊原趣，短短篱边夹竹桃。

万禾子《成都少城公园竹枝词》③

1912 年 10 月，四川图书馆在少城公园建立，面向民众开放，此为四川建立新式图书馆之始。

开化民智，移风易俗。可以看出成都少城公园为清末民初的新式公园。少城公园在民国时兼具游览、启蒙、体育、美育与纪念功能。

5. 草长莺飞

女伴双双斗楚腰，轻衣时样著鲛绡。

蔷薇槛外逢中表，为避生人转过桥。

万禾子《成都少城公园竹枝词》④

---

①林孔翼. 成都竹枝词 [M]. 增订本. 成都：四川人民出版社，1986：195.
②林孔翼. 成都竹枝词 [M]. 增订本. 成都：四川人民出版社，1986：261.
③林孔翼. 成都竹枝词 [M]. 增订本. 成都：四川人民出版社，1986：225.
④林孔翼. 成都竹枝词 [M]. 增订本. 成都：四川人民出版社，1986：224.

这首竹枝词描绘出旖旎风光与女性身段之婀娜，衣着之"苏气"。

　　"苏气"，是当时四川最时髦的方言，因为，仅距上海滩一箭之地的苏州是中国开埠最早工商最发达的地方之一。那个年头的苏州和上海，在四川人耳朵里听来绝对是一个赛过天堂的地方，是先进文化的标杆。

　　少城公园当时为成都新女性衣着最为"苏气"的地方，最有亲和力的都市时尚生活中心。也是成都一处新式恋爱、男女相亲见面的最著名的约会地点，一处成都民众的社会交流空间。

　　民国二十九年（1940年），余中英出任成都市市长，响应蒋介石倡导的"新生活运动"，仿战前上海的集体婚礼形式，在少城公园组织了一次"集团结婚"。指定市府社会科科长钟汝为主办，少城公园第七任民教馆馆长王运明协办。登记新郎新娘共10对，礼服、婚纱与皮鞋等均统一预先订制。七月十八日正式举行。余中英亲任主婚人，王运明为总干事。婚礼开始，由军乐队奏《婚礼进行曲》。王运明为前导，10对新人男女分列款款行至公园内体育场司令台。然而，意外事故发生了，第5位新娘右脚高跟鞋的高跟崴脱了，一瘸一拐边走边骂才勉强至前台，一时全场哗然，笑声四起，一出事先没有操演的喜剧变成谐剧，婚礼只好草草结束。弄得余中英市长颜面扫地，本为新闻却变成了茶余饭后的笑资，曲终人散尽，替罪羊王运明被免去馆长职务。

九、成都放足竹枝词：今日方知天足好

本篇专述清季成都女性放足新俗

女生三五结香俦，天足徜徉极自由。

小树胶鞋新买得，归途更续踏青游。

觚斋《成都花会竹枝词》①

从缠足到放足，观念的变化与文明的进化，极大影响着农耕民族女性的身体重塑。

清季学者徐珂在《天足考略》中提出："且又自居文明，于天足众多之地辄视为野蛮，转斥其犹未进化。怀此见者，几十人而九也，是丹非素，浸成风会。"②

美国汉学家高彦颐研究发现，17世纪中国的男性精英认为缠足是"中华文明的表达"，也是"区分满汉族群界限的标志"，在那个时期，缠足的对外辐射增强了中华帝国的荣光，是区分"我们"和"他们"的文化界限。③

---

① 林孔翼. 成都竹枝词 [M]. 增订本. 成都：四川人民出版社，1986：188.

② 徐珂. 天足考略 [J] //姚灵犀. 采菲录 [M]. "考证"：22.

③ 高彦颐. 作为服饰的身体——十七世纪中国缠足意蕴的转变 [J] //张国刚，余新中. 海外中国社会史论文选译 [M]. 天津古籍出版社，2010：159、163.

不乘小轿爱街行，苏样梳装花翠明。

一任旁观闲指点，金莲瘦小不胜情。

[清] 六对山人《锦城竹枝词》（百首）①

清朝入关后，对于汉族男子执行了血腥的"留头不留发，留发不留头"的剃发令，而对于汉族女子的小脚却没有强制废除。八旗妇女皆天足，因此在满族人入关之初是反对缠足的，一再下令禁止缠足。例如在康熙三年（1664 年），就下诏禁止康熙元年（1662 年）以后出生的女子缠足，违反者拿其父母问罪。但风俗所及，一时难以禁止。到了康熙七年（1668 年），就只好罢禁。民间居然因此出现"男禁女不禁""男降女不降"

清末缠足妇女

的赞誉之声，而隐藏在缠足表象背后的，其实是汉人身份认同的文化象征。

20 世纪初，清政府实行新政期间。光绪二十七年（1901 年）末，慈禧太后颁下懿旨："汉人妇女，率多缠足，由来已久，有伤造物之和。嗣后，搢绅之家，务当婉切劝导，使之家喻户晓，以期渐除积习。断不准官吏胥役，藉词禁令，扰累民间。"② 该上谕将劝禁妇女缠足与允许满汉通婚同时提出，作为融合满汉的前提条件。中国缠足习

①林孔翼．成都竹枝词［M］．增订本．成都：四川人民出版社，1986：64.

②朱寿朋，张静庐．光绪朝东华录（第 4 册）［M］．北京：中华书局，1958：190.

俗已深入人心，断非一纸禁令能收成效，又恐如同清初禁令一样，遭至汉人反对，因此上谕强调以"婉切劝导"的方式，并以缙绅之家为先导。缙绅之家先放足，使普通民众渐知缠足之害，以收上行下效之功。谕旨的颁布对不缠足运动起了推动作用，此后，无论是报刊或是官方告示，几乎都以这一谕旨为依据来劝禁缠足。

在反缠足的开始阶段，清廷及地方政府政策较为宽松，重在"婉切劝导"。1902 年，新任川督岑春煊上任伊始，就刊发《劝戒缠足示谕》。指出缠足不仅"关系国家、关系众人的弊病"，而且关系妇女一身的弊病，希望老百姓"先字字按着想，再按着行"，认得字的说与认不得字的听，强调劝戒妇女缠足"全是当绅士的责任，要望明白人，先做与他们看样子"。①

光绪二十九年（1903 年），锡良继任川督。次年三月，锡良通饬各县刊发劝禁男子吸烟妇女缠足通俗告示，主要讲明缠足的危害：①缠足是父母害女儿，等于把女儿变成残废；②缠脚行动艰难，富贵人家的已不利操劳，贫贱女子还要耕田工作，缠足者比男子加倍辛苦；③缠脚使全身气血不通，痛比刀割而无药可医；④小脚难以逃避水火盗贼等各种灾害。告示要求"自示之后，尔等父教其子，兄训其弟，亲戚朋友时时谈论，大众齐心，并向妇女孩子们委婉开导"，劝谕妇女放足。②

在民间与官方共同倡导下，四川各地成立了近二十个不缠足团体，宣传妇女放足。

光绪二十九年（1903 年）四月初八日，省城成都文殊院成立了放足会。据张达夫回忆，这一天坐轿来放足的太太有百余人，"都是在会期前做了一双放足鞋，把足纳入鞋中塞紧，宣布开会时，有几个

①《劝戒缠足示谕》，《采菲录·劝戒》，4、8 页。
②"四川总督锡良劝禁男子吸烟妇女缠足通俗告示"，光绪三十年（1904 年）三月，南充市档案馆档案，清 1/16，91/682.

机关男职员把报上宣传放足的文章读了一遍，就宣布成立了放足会，会就散了，准备的招牌也未挂出来"。①

1904年，成都天足会在成都玉龙街成立，倡导者为外国天主教传士立得乐之妻。②

1907年，赵尔巽继锡良任川省总督。宣统元年（1909年）二月，新设立不久的巡警道奉总督令撰成劝戒妇女放足白话告示，通饬各县张贴50张。告示除开导妇女不愿放脚的想法外，还制定了新的办法："派官员绅士们，拿着册子，挨家注写：一、有女不缠脚，二、不娶缠脚之女为妻，三、已经缠的依限解放。"放脚年龄规定为40岁以下，限期为4个月。从该年闰二月起，派员分赴各区，详细演说劝导。3个月后，若有40岁以下妇女已缠的未放、未缠的缠上，省城由各街街正，乡下由各乡乡保查明上报各地方官，"放了脚的，分别记奖；不放的按户另注一册，以便随时派人再为切实劝导"。再宽限一月后，若仍有缠足者，"分别议罚"。议罚的章程另行宣布："每月月底将受罚的姓名、罚了钱的数目列成一个表，登在日报上传观。"③这一告示由巡警道来颁发，是目前所见四川官方最早提及要采取惩罚手段的反缠足告示，表明地方政府已经突破清廷重在劝谕的指示，开始采取实际的惩罚措施。④

1912年至1917年，四川官方继续进行反缠足活动。成都的大汉四川军政府成立后，于1912年3月7日由民政部部长陈龙颁发禁止妇女缠足通告，其致各县的札文说："妇女缠足，久成恶习，不惟伤残肢体，抑且有碍风俗，在前清时代即已累次告诫。无如人民程度不

①张达夫. 清末的"维新变法"在成都［J］.//成都文史资料选辑：4辑：120.
②傅崇矩. 成都通览：上册［M］. 巴蜀书社，1987：112.
③巡警道高戒妇女缠脚白话告示［J］//四川官报（1909年闰二月上旬）5册，"演说"：1-3.
④参见杨兴梅. 从劝导到禁罚：清季四川反缠足努力述略［J］. 历史研究，2000（6）。

齐，妇女已经放足者固多，而沿讹踵谬，私行缠裹者，亦所在皆有。方今民国建立，风尚一新，亟应重新申禁，以除痼疾而挽浇风。"这里非常清楚地表明，在禁止缠足方面新政府继承了"前清"政府的观念和举措。

然而，在如此世风鼓吹之下，天足作为一种新的观念仍然遭到固持传统观念者的鄙视和嘲笑。当时的韵文写道："有人提倡天足，他笑鞋大如船；有人劝他解放，他说会讨人嫌。"1914 年的《娱闲录》中说，成都"提倡天足者虽多，而顽固不化者亦复不少，每值议婚之始，必问是否天足，往往有一闻天足二字即掩耳却走者"。有的"文明女士"看似天足，却是"内缠外放，暗塞许多滥棉"，其骨子里的小足观念仍没有改变。①

习惯成自然，在缠足与天足的选择面前，女子的态度是迟疑的：

红罗绣出凤头妍，何事"蓉城"半不然。

买得街前高木底，装成三寸小金莲。

[清] 吴好山《成都竹枝辞》②

其实，深究其原因，从文化的层面来分析，小足观念几百年来，已成为汉民族的一种价值观念了，其中包含价值观、审美方式与思维方式。因此，小足的观念已然也是一种内化了的性审美观了。③

1917 年至 1935 年，在民国四川防区制时代，四川执政军阀当局继续进行反缠足努力。

1924 年杨森任四川督理后，提出"建设新四川"的口号，进而

①禁售女鞋示文 [J] //娱闲录 5 册（1914 年 9 月 16 日）"游戏文"：46 页.
②林孔翼. 成都竹枝词 [M]. 增订本. 成都：四川人民出版社，1986：75.
③参见杨兴梅. 民国初年四川的反缠足活动（1912—1917）—以官方措施为主的考察 [J]. 社会科学研究，2002（6）.

· 133 ·

主张移风易俗，提倡讲卫生，开展体育活动，妇女不缠脚等。他下令把写有"杨森说禁止妇女缠脚"的木牌钉在成都市电杆、行道树和墙壁上面。但其效果一开始并不明显，1925年初袁琴南写信给在北京任教的吴虞，讽刺性地描述成都社会生活的"八美"，小脚仍为其中之一，且"触目皆是"。①

鞋穿放足近来多，裹足缠他作甚么？

恰似方今新国体，内头专制外共和。

注：是时放足尚未盛行，顽固者每多外穿天足鞋，内缠裹足。

刘师亮《成都青羊宫花市竹枝词》②

假足装成只自夸，皮鞋内面塞棉花。

纏去纏来行几步，旁人看见脈都麻。

刘师亮《成都青羊宫花市竹枝词》③

近代四川妇女缠足，从清末起，历经北京政府时期和南京国民政府统治时期，一直遭到地方政府的劝禁。但在究竟以官力禁罚为主还是以劝导为主，以及劝导之责主要在民间士绅还是仍由官方进行等方面，在民国初年曾经出现分歧。一段时期内曾出现民间反复要求官方严禁，而官方却认为应当由士绅进行劝导的现象。与清季相比，政府的态度显得不够积极。进入防区制时代后，政府的努力日渐突出，担负起劝和惩的主要责任。这是当时四川不缠足运动的主要特点之一。④

金莲瘦小自销魂，天足争夸露本真。

①吴虞. 吴虞日记：下册［M］. 成都：四川人民出版社，1986：240.

②林孔翼. 成都竹枝词［M］. 增订本. 成都：四川人民出版社，1986：97.

③林孔翼. 成都竹枝词［M］. 增订本. 成都：四川人民出版社，1986：97.

④杨兴梅. 民国防区制时代四川的反缠足努力［J］. 四川大学学报（哲学社会科学版），2002（4）.

不是美观心未断，鞋儿底事着高跟？

前人《成都竹枝词》（补佚）①

儿家雅不喜金莲，三寸弓鞋置一边。

玉烂肤圆天足好，姗姗鸾步影翩跹。

彭哲庵《竹枝词》②

如此，从清季到民国，民间与官方联手，经过三十多年的努力，从缠足到放足，天足成为新潮进步观念，已内化为新的审美情趣。"五族共和"，满汉分界终于在天足下统一了。

天大由来不可阶，自然天足大无侪。

要知天足如何大，"十十"鞋庄请看鞋。

刘师亮《成都青羊宫花市竹枝词》③

不缠足的民国妇女

①林孔翼．成都竹枝词［M］．增订本．成都：四川人民出版社，1986：112.

②林孔翼．成都竹枝词［M］．增订本．成都：四川人民出版社，1986：193.

③林孔翼．成都竹枝词［M］．增订本．成都：四川人民出版社，1986：102.

作为一场身体的政治运动，市场商家也加入进来推波助澜。

雨淋路烂共吁嗟，无轿无车总受
今日方知天足好，取消鞋袜就回家。

前人《续青羊宫花市竹枝词》①

手挟书包口吃烟，短衣短袖发垂肩。
一双天足花鞋子，转了公园又戏园。

张效渠《竹枝词》②

①林孔翼．成都竹枝词［M］．增订本．成都：四川人民出版社，1986：105.
②林孔翼．成都竹枝词［M］．增订本．成都：四川人民出版社，1986：208.

十、成都发式竹枝词：女郎剪发遍城中

本篇专述民初成都女性发式新俗

从清季到民国，成都女性从传统到渐趋新俗，其变化是从头做起的，先是静悄悄的，继而为轰轰烈烈的，是由革命的行为转向审美的欲望，从而领引潮流。

乌丝剪去免梳妆，绿发尚留三寸长。
"双妹"老牌花露好，担心蜂蝶要分香。

化妆物品日加优，扑粉雪花茉莉油。
可怜失爱胭脂粉，无缘再上美人头。

彭哲庵《竹枝词》（四首）①

社会来年大不同，女郎剪发遍城中。
旗袍开个高高领，底事花鞋又着红。

杜仲良《社会怪象竹枝词》②

1921 年 7 月 8 日，北洋政府成都警厅的四川督军刘存厚发布一条《严禁妇女再剪发》告示通令："近日妇女每多剪发齐眉，并梳拿破

---

①林孔翼. 成都竹枝词［M］. 增订本. 成都：四川人民出版社，1986：193.
②林孔翼. 成都竹枝词［M］. 增订本. 成都：四川人民出版社，1986：195.

仑、华盛顿等头式，实属有伤风俗，应予以禁止，以挽颓风……如敢故违，定以妇女坐法并处罚家长。"白纸黑字，灼灼伤眼，在社会上引起遗老遗少的欢呼雀跃，又激起新文化派人物的尖锐批驳，楚河汉界势不两立。

平地风波，性别麻烦。一时间女子剪发问题成了一个社会问题，搅杀着成都的街头巷尾，成为成都公共空间街头文化的中心议题，也成为深巷高门大户人家饭后茶余的冷言酸语，窃窃私议。

这条禁令显示了宏观历史对于个人的身体的侵犯，也可视为中国头发风俗史上的最稀奇古怪的政府告示。

这条禁令后面的故事，也与在五四风云激荡中中国西南一隅封闭而开放的成都现代女权主义兴起相关。

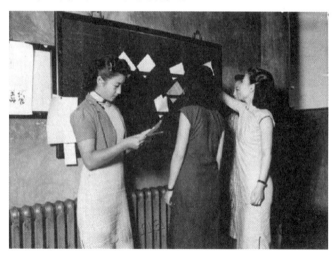

民国时期成都新女性

（一）"凡我同志，一津剪辫"

五四前夜，男子剪掉辫子已为个人生活的常态，短发是辛亥革命最直观的标志性成果。

1911 年 11 月，上海独立后，当局就满街张贴告示明令："凡我同志，一律剪辫。"

1912 年 3 月 5 日，南京民国临时政府大总统孙中山发布"剪辫令"，通告全国，限 20 日内"一律剪除净尽，有不遵者以违法论"。

1914 年 7 月，北京政府发表《内务部提倡剪发之文告》，用白话文指出了剪发的益处：一是便于劳作，能多挣钱；二是防止机器缠绕，求安全保命；三是有益卫生，不油污枕被，减少生病；四是避免旁人耻笑侮弄，以求从众自尊。

文告还在行政上规定各官署及各公立机关服务人员必须剪辫，否则停职。所用夫役不剪辫者开除，官员需劝其家属及仆从剪辫，令警察劝诫商民等剪辫，车马夫役等如不剪辫则禁止其营业。

而在内陆的成都，1911 年初，少年郭沫若插入成都分设中学丙班的一张留影还是光头留辫的。他的自传体纪实《少年时代·反正前后》（1911—1919）里还记述了：初来成都入校时，有同学奚落他因患了场重症伤寒，头发脱完了，还没有长齐，无法梳毛辫的事。

然而形势很快发生了逆转：

一九一一年的十一月二十五日，闹了四五个月的四川，终究独立了。

在那天清早，成都的南校场前，高等学堂东邻的分设中学里面，有一群早把头上的豚尾剪了的好事的学生簇涌向校长室去。承头的几人，手里是拿着剪子的。

……

学生们正在高兴着凯歌的时候，由校外又走来了一位通学生，穿的是有孝的素服。人不甚高，一脸的 Acne Vulgaris（俗称"烧疮"）和一双敏活的眼睛是他的特色。

——精公，精公！他一走进来，学生中便有人叫着他，辫子剪了吗？

· 139 ·

——唬，你们看！他把那素结子的玄青布京帽揭下来，露出了一个"拿破仑头"。

这是郭沫若在《中国左拉之待望》里回忆的成都同学们剪辫经过，还专门描述了被叫喊为"精公"的李劼人同学剪了"拿破仑头"的模样。所谓"拿破仑头"和"华盛顿头"，是那时候男子剪短发的通称。但若细分，男子短发却是多种多样的，有的只是剪去辫子，将剩下的头发剪成齐耳短发。有的则更短，只有寸许。短发又分为平头、中分、偏分、向后梳等不同发式。

成都分设中学丙班的同学合影照中，少年们已经是剪短发的了。

时有文人朱文炳的《上海光复竹枝词》（1913 年刊）道：

> 人人发样最难齐，或仿东洋或仿西。
> 还有一般朝后刷，自夸我不落恒蹊。

当时上海等大城市还出现了新式理发店，民国初年有竹枝词讽咏上海开设的新式理发店：

> 维新理发半东洋，程度谁人细品量。
> 高等文凭堪证验，还夸坐椅尽精良。

接受有"高等文凭"的东洋理发师打理头发，享受设备精良舒适的西洋座椅，成了男子新潮身份标志与追求时尚。而这场轰轰烈烈的剪辫子留短发运动，似乎只与男子相关，剪发成为男人应有之幸福。许多男子们说："民国已经十年了，我们所享的幸福，就只有把发剪了去。"

中国女子的短发革命还要等到五四新文化运动的爆发。

（二） 身体革命"从头做起"

清末民初的女子习惯，幼女留双短辫，少女梳单长辫，成年妇女挽发髻。束发结簪表示已为人妇。

因此，在五四新文化运动前夜，中国女性的发式都是在长发之上变换发型：年轻姑娘的髻式——元宝头，髻中插簪，在髻旁插满鲜花或珠花，或以金翠、珠、珊瑚、玉等制成茉莉针排列于髻端。

而到了 15 岁时，要举行笄礼，把头发盘成发髻，再插上簪子，表示成为成年人。这就是为什么古代把十五岁称为"及笄"。

以挽束发髻为主的旧女性发式，为家庭的、日出而作日落而息农耕社会特征的发式。

除了中国儒家传统认为"身体发肤，受之父母，不敢毁伤"之外，更为深刻地隐藏着男性话语权对女性发式规训："自由飘散的头发是处女的标志，而遮掩起来的头发则是已婚妇女的标记。"

在现代社会之前，男子留长发还是短发，东西方不同年代不尽相同；而女子留长发，则东西方文化则是惊人的一致。在五四新文化运动进行前后，新女性剪短发，在中国沿海城市或在北方的大城市多半是由于西风东渐，自然而然维新的结果。而在中国西南一隅的内陆都市成都竟然成为死水微澜里的轩然大波。

这种新女性的短发革命在成都爆发，与成都在五四新文化运动中空间与时间独特位置是密不可分的。

时代正在变，这是历史的契合以及地域风俗的使然。

成都五四新文化运动的直接导火索，主要是少年中国学会的几位成都青年点燃的。

在法国巴黎的周太玄与李璜开办了"巴黎通讯社"——中国现代新闻史上的一个崭新开端——并以此为平台，成了发起人。

在中国北京的王光祈，以《川报》特约记者的身份，在第一时间

· 141 ·

内，将如火如荼的北京五四运动的新闻传递到成都。而在成都的《川报》主编李劼人则以加编者按的形式，加重要版式的安排，将五四新文化运动尽力扩大化。那时，"成都真是全中国新文化运动三个重点之一"，与北京和上海同步。

作为自古就有女性反抗旧传统的成都——历史上就曾有过卓文君对抗父权与夫权、薛涛对抗皇权与男权的故事——在这个特定的时刻必定会在新女性中间弄出响动来。

远在西部，在既封闭又开放的成都，三位女子的剪发风波，将整个社会的官与民都搅进了漩涡。她们的美梦与噩梦，都从剪了短发开始。

成都新女性身体的革命一定要"从头做起"，于是新的故事必定发生：成都出现了最早剪短发的三位女子。这三位成都五四新女性分别为陈竹隐、李倩芸和秦德君。

（三）幕后推手

五四新文化运动在成都爆发得如此猛烈，主要是当时开放的新闻媒体与报刊杂志，让成都新女性与男子一样受到了新文化的资讯影响。

陈竹隐女士曾回忆说：

当时宣传活动，主要是通过社团和刊物来进行的，除了成都学生联合会和该会所主办的《四川学生潮》是属于成都青年运动总机构和喉舌外，还有1919年—1920年之间由李劼人、孙少荆、陈育安、吴又陵等人主办的《星期日》周刊；有外国语专门学校部分学生主办的《威克烈》周刊；有巴金、吴先忧、张拾遗等人组织的"半月社"，出版《半月》报；有刘先亮、王怡庵等人组织的"直觉社"，出版《直觉》旬刊（后改半月刊）。

陈竹隐、李倩芸、秦德君三人都曾为"直觉社"社员。关于剪发的原因是由于参加学生组织"直觉社"的活动，需要经常去男高师开会，为了行动方便常常女扮男装。对于女子剪发，这种在非常之时的非常之举所遭遇的非常之事，秦德君女士回忆说：

我们女同学也积极参加活动。但是人们每天天蒙蒙亮就要起床，点起油灯梳长辫子，又做早操，又上自习，再吃早饭，那太匆忙了。为了节省时间，我索性就把长辫子剪掉了。同班同寝室的杜芰裳，看见我剪掉长发以后清爽利落，十分羡慕，叫我帮她也剪掉了。没想到她的妈妈跑来又哭又闹，找我拼命。

"我的女儿不做尼姑，我的女儿要戴凤冠。"

她撒泼打滚地要我一根一根把她女儿的头发接好。后来又把杜芰裳抓回去锁在屋里不许出门。

抵制剪发的恶势力很大，借口什么"身体发肤受之父母，不敢毁伤"，家长们吵的闹的，纷纷把女儿关起来，斗争很是激烈。可是剪长辫子的女学生仍然是一天多似一天，形成了女子剪发运动。

有一回，我到学校附近理发店把头发理得整齐些，被认为"有伤风化"，市政当局居然把理发店封闭了，把为我理发的工友抓进了监牢。

女子剪发，身为新鲜活泼细胞，在陈腐朽败的社会里是要付出代价的。

不久，秦德君给北大校长蔡元培写信，请求进入初开女禁的北大。蔡元培回信说："女子实业学校学生，恐怕未必合格。"这封信被成都四川省立女子实业学校当局扣留，并借机开除了秦德君。在无望之际，成都学生联合会介绍秦德君到重庆去找搞联省自治和妇女运动的著名人物吴玉章先生。秦德君也想求他帮助到俄国去学习，于是在1921年春天，成都四川省立女子实业学校的秦德君、李倩芸和益州女校的陈竹隐三位"直觉社"的女社员结伴成行，三位新女性扮伴男装从成都东门外望江楼边，坐小木船东下渝州重庆。

岷江上游春水还没有涨，小小木船老是搁浅在沙滩边，需要背纤，一天只能走几十里地。终于到了嘉定乐山，改换帆船，天地豁然开朗，江水滔滔，顺江东下，青山挡不住。

到了重庆，在吴玉章安排下，三位成都女生暂住在重庆城内小井巷七号，川东道尹公署秘书长、《新蜀报》创始人、后来的中国少年学会发起人之一陈淯（愚生）寓中。

四川《国民公报》登载了《三女士化装东下》的消息，描述她们蓄短发、梳"拿破仑"发式、着男装的情形，引起社会各界关注。

重庆果然火热，吴玉章领导成立了"全川自治联合会"，全川100多个县，都有代表参加。有1000多个座位的重庆总商会大礼堂，是"全川自治联合会"活动基地。每场演讲都是挤得满满的，门窗外也拥挤着伫立听讲的人。吴玉章非常热忱地欢迎三位成都女学生的到来，很快安排她们三位上台演讲，宣传妇女解放。秦德君、陈竹隐、李倩芸在大会上作了关于女子剪发、妇女解放的演讲。她们的慷慨陈辞，别具一格、朴素洁雅的装束，吸引了与会者眼球，引起了极大的反响。

青丝纷纷掉地，笑声无比开心。尤其是重庆女子第二师范和巴县女中的许多女学生会后纷纷仿效剪发。水起风生，重庆女子第二师范学生自治会还组织排演了《剪发辩难》的新剧。重庆女二师七位女生剪发后，还专门到照相馆合影留念。在这张合影照片上，风华正茂的女生或坐或立做了新女性。她们大都是当时女二师学生自治会的成员，其中右起第三位女学生，就是被同学们称为钟大姐的女二师学生自治会主席钟复光。

从青春亮丽发式看，女生们所剪的两种样式，即偏分式和中分式，就是前面四川警厅在《严禁妇女再剪发》告示中提到的"拿破仑"和"华盛顿"发式，这正是当年流行的男子发样式。为什么女学生也清一色地剪理成这两种发式呢？

据秦德君和钟复光女士回忆，初剪发时，都不知该梳什么发式好，连理发店的师傅也很感为难，因从来没有设计过妇女的短发，故只好拣个现成，按当时最流行的男发样式来剪理了。

秦德君、陈竹隐、李倩芸三位十五岁的成都女生，毅然东下渝州重庆之举，让女子剪发革命取得了极其深远的影响。

她们反叛了传统，颠覆了女性的形象。一时间，昏暗的社会亮丽新鲜活泼起来。女子剪发由成都而渐次重庆，由重庆而渐次川东。

不久，陈竹隐被她父亲骗回了成都。李倩芸也返回了成都。秦德君在吴玉章的一百元现洋资助下，跟着前去北京办理少年中国会务的陈育生，奋然前行北方。

（四）渐开风气

由于报刊的宣传，新女性纷纷仿效，四川各地剪发妇女开始增多。

一些封建遗老惊呼这样下去"国将不国"，将妇女剪发视为洪水猛兽。即便稍微开明的社会贤达对于女子剪发也谩道："中国要在五十年以后或在百年以后方可做到。"

陈竹隐女士回忆说：

有一个警察厅的巡官叫汪顷波的，他在街上发现有剪短了头发的妇女行走，便诚惶诚恐地给成都警察厅上了一个呈文。内容极"妙"，大意是："女子剪发，形类优尼"……并且说，有碍"风化"甚大；建议："已剪者令其复蓄"，"未蓄长前不得在街上行走"，没有剪发的女子，叫父兄严加管束，若不遵守命令，则"罪及父兄"云云。

社会的压力、家庭的压力，最后演化成为政府的告示，即1921

年 7 月 8 日，北洋政府四川督军刘存厚的成都警厅发布的《严禁妇女再剪发》告示。

一石击起千层浪。文化青年巴金等人所办的《半月》因女子剪发问题，曾连续两期刊载了袁诗尧、吴先忧的《女子剪发与警厅》《禁止女子剪发的谬误》等文章，对警厅"告示"首先发难，进行了句句在理的批驳。

作为当事人的陈竹隐和李倩芸也在《半月》上发表文章反驳这个"通令"，诉说女子心曲。陈竹隐在"对于禁止妇女剪发者之解释"里说：

总之，这个通令，下得有理没理都没忙说。先问问我们为什么要剪发？我的解答是：

（一）时间经济。

……

（二）节省费用。

……

（三）剪发为人民应有之幸福。

……

木秀于林必摧于风。《半月》因此被查禁了，《半月》成为中国现代史上第一份遭到查封的文化刊物。然而，《半月》同仁又奋不顾身地继而办起了《警群》月刊。于是，陈竹隐她们又在《警群》继续发表反驳的文章，《警群》也终遭查封。

在这场女子剪发风波中，作为少年中国成都分会会刊《星期日》，对于相关女性问题也分别出版了《星期日·社会问题号》《星期日·妇女问题号》。所载文章有《女子剪发问题》《女子的革命运动》《贞节问题应解决的理由在那一点》《我对于女子和家庭的意见》等，宣扬新女性文化，也加以声援。其中渊默的《女子剪发问题》遥相呼应道：

（女子剪了短发）可以节省时间。十余年前出版的《女界钟》，说盘髻耽误时光的话最为深切。他说："对镜从容，颐指气使，务使波随云委，风吹不乱，钗光鬓影，灼灼鉴人，约费二三小时，而半日之光阴去矣。"者个弊病，是一般有发女子所常见的。

……

可以少费金钱。……中国二万万女子，假定爱打扮而且家中能购到"妆饰品"的占百分之一，人数二百万。再假定消耗于发上之金钱最低额，每人每年平均二元，合计每年共四百万元银币。者四百万元银币，是不是冤枉用了呢？

……

可见女子剪发在当时绝对为社会敏感话题，围绕女性身体解放的斗争又是何等的激烈！

性别的麻烦很快又演化为街头政治，风声紧了。陈竹隐她们还听说要捉捕人，也就有几天没有上街，只敢在家里待着。不过这一场女子剪发的风波不久就平息了，"告示"并没有生效，成都新女性仍然是短发，仍然在街上走着。到1921年以后，剪发的女子不仅在成都、重庆日益增多，泸州、自贡、宜宾、达县等地也能看到不少剪发的新女性了，她们短发亮丽，面庞青春，步履轻快。

近一个世纪过去了，五四新文化运动风云飘散，三位剪了短发的成都新女性的身影已经成为远逝的背影。

在这渐行渐远的背影中，陈竹隐女士曾在《四川文史资料集粹》《五四运动在四川》等文史资料里留下了消息；李倩芸女士只留下了一个名字。唯有忠县籍的成都女生秦德君，最终冲出川江天堑夔门，她在北京曾做过"少年中国学会"的小勤务、革命家的情人、著名文学家的恋人、女红色革命者……她的噩梦与美梦都是从剪了短发开始的。[1]

①谢天开.短发与女性诞生 [J]. 看历史，2010（4）. 有删改。

十一、成都婚俗竹枝词：近来婚礼翻新样

本篇专述竹枝词中成都婚俗

全凭媒妁订朱陈，八字和谐始结亲。

人未过门先摄影，任郎相对唤真真。

［近代］冯家吉《锦城竹枝词百咏》①

中国传统的婚嫁仪式为"六礼"，即为纳采、问名、纳吉、纳征、请期和亲迎。婚俗中最重要的两条特征，一是"父母之命"，《诗经·齐风·南山》云："取妻如之何，必告父母。"《诗经·郑风·将仲子》亦云："岂敢爱之？畏我父母。仲可怀也，父母之言，亦可畏也……岂敢爱之，畏我诸兄。仲可怀也，诸兄之言，亦可畏也。"二是"媒妁之言"，《诗经·卫风·氓》云："匪我愆期，子无良媒。"

清季成都旧式婚俗，除了具有一般汉族婚俗文化共有的媒妁定亲、八字和谐等民俗外，还具有自己的特色。如有未过门的新人要先摄影（摄影又称"真真"）的民俗。

鸬鹚鹅声众语哤，玻璃楼轿八人扛。

笙箫迎上阿哥背，代掷娘家筷一双。

三峨樵子注：迎亲时旗伞鼓吹外，必抱双鹅，取其类于雁也。省城楼轿上下俱画彩大块玻璃。俗于新妇出阁时，令其兄略背负上轿，

---

① 林孔翼. 成都竹枝词 ［M］. 增订本. 成都：四川人民出版社，1986：90.

手执箸一双，回头代掷之，以为抛却娘家饭碗。又呼箸为筷子，查"筷"字《康熙字典》并无"箸"字一解，然字义尚通得去，俗写筷，无此字。

［清］ 六对山人《锦城竹枝词》（百首）①

成都婚俗，新娘出阁，要坐玻璃楼轿，新娘之兄要背新娘上轿，还要代掷娘家筷一双。或者在祝拜完结后，新娘拿几双筷子，反手撒于地，寓意处处有饭可吃。

> 玻璃彩轿到华堂，扶得新娘进洞房。
> 挑去盖头饮合卺，闹房直到大天光。

［清］ 定晋岩樵叟《成都竹枝词》②

新婚古俗"合卺"，本意将瓠分成两瓢叫卺，新郎新娘各执一瓢用以饮酒，即为新婚夫妇共饮交杯酒。闹房为新婚夫妇最怕的一件事，但为客人们最高兴的事。闹房多为故意作难新婚夫妇，要新娘开口说话，或做许多难的事，尽兴之后，客人才肯散去。

> 装嫁新娘作泪痕，红毡铺轿说回门。
> 回盘礼物知多少，外搭红甘蔗几根。

前人《成都竹枝词》（《师亮诗草》初集）③

> 新娘破五转娘家，女婿随来拜岁华。
> 为说躲灯依旧例，婆经一卷舌生花。

［清］ 冯家吉《锦城竹枝词百咏》④

---

①林孔翼．成都竹枝词［M］．增订本．成都：四川人民出版社，1986：56.
②林孔翼．成都竹枝词［M］．增订本．成都：四川人民出版社，1986：61.
③林孔翼．成都竹枝词［M］．增订本．成都：四川人民出版社，1986：108.
④林孔翼．成都竹枝词［M］．增订本．成都：四川人民出版社，1986：85.

· 149 ·

姐嫁温江妹嫁绵，同回娘屋喜相连。

大家提个笾笾礼，一祝生期二拜年。

前人《成都竹枝词》，《师亮诗草》初集①

新婚女子回娘家探亲叫"归宁"，俗称"回门"。这为中原古俗。《毛诗正义》云："宁，安也，父母在，则有时归宁尔。"②《诗经·周南·葛覃》云："言告师氏，言告言归。薄污我私，薄澣我衣。害澣害否，归宁父母。"

至于新婚后"归宁"的时间，各地各代不同。宋代孟元老《东京梦华录·娶妇》云："七日则取女归。""归宁"的民俗一直传承至今，回门的时间，以婚后三天为较为普遍。③ 清季成都有婚后三日或五日内回门的民俗，新婚夫妇讲究红毡铺轿"回门"；另有女儿回娘屋为父母亲贺生与拜年的民俗。

彩亭锣鼓送南瓜，送到人家一片哗。

吃罢酒筵才散去，明年果否有娇娃？

［清］定晋岩樵叟《成都竹枝词》④

庸心偷得兴无涯，量与人间缺子家。

可惜当年邓伯道，亲朋不解送南瓜。

［清］吴好山《成都竹枝词》⑤

①林孔翼．成都竹枝词［M］．增订本．成都：四川人民出版社，1986：109.

②孔颖达．毛诗正义［M］．北京：中华书局，1980：276.

③王巍．诗经民俗文化阐释［M］．北京：商务印书馆，2004：233.

④林孔翼．成都竹枝词［M］．增订本．成都：四川人民出版社，1986：61.

⑤林孔翼．成都竹枝词［M］．增订本．成都：四川人民出版社，1986：75.

投胎要往富翁家，鼓乐纷纷此送瓜。

明岁生儿方谢客，今宵销夜算萌芽。

［清］冯家吉《锦城竹枝词百咏》①

有亲友送瓜，瓜类多瓜子，寓意送瓜祈子，并且相信在人家菜园子偷来的瓜才灵验；接着还有到娘娘庙"问子"民俗：

"大慈寺"后"广生庙"，送子催生各位神。

密意痴情都可诉，娘娘也是女人身。

［清］六对山人《锦城竹枝词》（百首）②

另有分娩时门前挂接生牌的民俗；时兴生儿三日设汤饼筵招待亲友，民间称此日为"洗三"民俗；还时兴小孩儿周岁时，摆放文具针线兵器等物，在亲友聚集见证下，让小孩儿任意抓取物品，以预卜其将来志向的"抓周"等民俗。

门前挂得接生牌，老妇神情尚不衰。

接得男娃忙万福，三朝还要喜红来。

［清］六对山人《锦城竹枝词》（百首）③

谁家汤饼大排筵，总是开宗第一篇。

亲友人来齐道喜，盆中争掷洗儿钱。

［清］冯家吉《锦城竹枝词百咏》④

---

①林孔翼.成都竹枝词［M］.增订本.成都：四川人民出版社，1986：90.

②林孔翼.成都竹枝词［M］.增订本.成都：四川人民出版社，1986：53.

③林孔翼.成都竹枝词［M］.增订本.成都：四川人民出版社，1986：60.

④林孔翼.成都竹枝词［M］.增订本.成都：四川人民出版社，1986：90.

十一、成都婚俗竹枝词：近来婚礼翻新样

孩提一岁做抓周，针线袜鞋样样收。

还有面圈与蜡烛，亲朋坐席不须留。

[清] 定晋岩樵叟《成都竹枝词》①

民国成都新式婚俗，时兴男女自由平等，自由相亲，自由恋爱。

自由平等竞欧词，蝶使蜂媒独己知。

结发夫妻期白首，泰西几个到齐眉。

[清] 冯家吉《锦城竹枝词百咏》②

红面许亲面不红，花枝吹折自由风。

笑他无限痴儿女，都在鸳鸯怪梦中。

丹岩镜湖氏《成都花会竹枝词》③

民国时期的婚车

①林孔翼．成都竹枝词［M］．增订本．成都：四川人民出版社，1986：66.
②林孔翼．成都竹枝词［M］．增订本．成都：四川人民出版社，1986：92.
③林孔翼．成都竹枝词［M］．增订本．成都：四川人民出版社，1986：217.

民国时期，时兴新式结婚，俗称"文明结婚"。新式婚礼，旧式花轿不再时兴，以坐婚车为时髦。媒婆退场，出现西式的傧相制度，并在婚礼程式上有所改变，文明婚礼，新事新办，出现了蜜月或新婚旅行。

穿街过巷似云腾，汽车四角挂红绫。
近年婚礼翻新样，不用花花轿一乘。

宝扇初开玉貌华，满头珠翠罩青纱。
迎亲男女知多少？个个胸前尽著花。

花烛烟消鼓乐阑，礼堂相聚两周旋。
只凭傧相齐传话，不拜天神并祖先。

跪拜仪文自有真，婚姻大礼出先民。
而今事事崇新式，强说文明胜昔人。

懋良《新式结婚竹枝词》四首①

民国时期，成都婚俗新潮紧跟首都南京文明婚礼，出现了集团结婚、宗教仪式结婚、登报声明式结婚、旅行结婚、公证结婚等形式，令人眼花缭乱。

---

①林孔翼．成都竹枝词［M］．增订本．成都：四川人民出版社，1986：220.

十二、成都花市竹枝词：劝工业继劝农忙

本篇专述竹枝词中成都花会新俗

（一）成都花会

碧烟如草草如烟，最好风光二月天。

都道明朝"花市"早，隔宵先办买花钱。

张理中《花市竹枝词》（1）①

停车多在"百花潭"，潭上游人酒半酣。

醉后漫从"花市"过，品茶先向"二仙庵"。

张理中《花市竹枝词》（5）②

成都花市，又称成都花会（劝业会），是从成都昔日最有名的庙会——青羊宫花会演变而来的。成都花市举办时段通常在每年农历正月末二月初，租用青羊宫、二仙庵一带农田，临时搭棚作为会场，并延展连接至百花潭。花会上"奇木珍卉，连圃接畦，异鸟佳禽，层笼累立，农耕蚕器，与夫家居必须竹木各具，儿童游弄细物，鳞萃其中。古书籍字画，真赝参半，盈摊满壁。游人场中簇拥，车马郊路喧

---

①林孔翼. 成都竹枝词［M］. 增订本. 成都：四川人民出版社，1986：213.

②林孔翼. 成都竹枝词［M］. 增订本. 成都：四川人民出版社，1986：214.

闹，往来如织，积日不衰，始终三四十日而后罢散"。①

民国时期成都二仙庵花鸟市

周询《芙蓉话旧录》中对"花会"有如下记述：

成都花会原始最早，蜀产蚕丝，三代时，每春蜀都皆有蚕丝之会，当即兹事之权舆。唐诗浣花遨头，亦尝称盛。会地例在城外之青羊宫举行。二仙庵在青羊宫间壁，故亦在会地范围内。清时当光绪季年前，皆人民自行集会，所售物品，以农具为最多，附近一、二百里购农具者，无不来此。又莳养花木者，亦皆移此求售。成都地面平阔，人家多有隙地种花，购者亦于是地云集，遂沿称曰"花会"。

此外则多售古书画及书籍者。书画赝本极多，然搜沙集金，亦有时可得售者。次则古玩、雀鸟、木器及儿童玩具。玩具皆本地所制，

①李致刚. 成都会考——即花会导游记 ［M］. 川康游踪，1943：224.

无舶来货。俗以为正会，会时香火特盛，自二月中旬起，至三月下旬止，日日倾城出游，重研摩肩，有时路为之塞。

……

光绪季年，注重工商，当道藉此会以资提倡，遂改由官督商办。自设劝业道后，则经改归劝业道专管，更其名曰"劝业会"，并于会时委州、县一员充会场提调，下设副委数人，约束而整齐之。①

成都花会，清末至民国初发生巨变，中西文化激烈碰撞，新潮旧潮水火不容。出门俱是看花人。成都花会人看人，尤其是看平时难得一见的小姐们、太太们，花枝招展，弱柳摆风，莺莺燕燕，步步金莲，惹来众多目光，上下逡巡。此刻的旧时文人，更是莫名惊诧。衣饰物态、举止行为皆领先于观念制度，传统的审美方式与思维习惯皆落后于时尚新潮。

> 劝工业继劝农忙，奔走全川大小商。
> 机械人工惟战胜，利权端的属西洋。
> 　　　　　陈宽《辛亥（1911 年）花市竹枝词》②

> 酒肆茶寮大写真，女男杂坐说维新。
> 社交已达公开日，不必场门锁鞞神。
> 　　　　　杨慕瑗《重游成都青羊宫花会竹枝词》③

当时，孕妇也敢与同伴一道逛花会：

---

①周询. 芙蓉话旧录（卷四）［M］. 成都：四川人民出版社，1987：57.
②林孔翼. 成都竹枝词［M］. 增订本. 成都：四川人民出版社，1986：150.
③林孔翼. 成都竹枝词［M］. 增订本. 成都：四川人民出版社，1986：213.

孕妇忻闻花市开，相邀同伴出城来。

肚皮跷起真危险，不怕人多挤吊胎。

刘师亮《成都竹枝词》①

（二）成都青羊宫的嘉年华

"花香叠灯影，渐迷人眼。"二十世纪中国最著名的地方民俗小说——李劼人的《死水微澜》对青羊宫的描述最为传神。"上善若水"，老子的高深哲学，涓细为成都民间的日常生活态度；历经千年流变，由时空压缩而散点透视出清末民初的青羊宫庙会的盛大场景；共时区位存在，看灯会、赶花会、摸青羊、尝名小吃、喝盖碗茶……皇家宫观青羊宫的千年香火熏陶着成都的地域民俗文化。

青羊宫成都花会五金用品棚摊

①林孔翼．成都竹枝词［M］．增订本．成都：四川人民出版社，1986：106.

十二、成都花市竹枝词：劝工业继劝农忙

1. 老子再生处

孔夫子曾赞叹道："吾今日见老子，其犹龙耶！"（《史记·老庄申韩列传》）。传说成都青羊宫就是老子出函谷关一千天后的再生处。西汉学者杨雄在《蜀王本纪》说："老子为关令尹喜著《道德经》，临别曰：'子行道千日后，于成都青羊肆寻吾。'"青羊肆，即今天的青羊宫。据文献记载，这样的传说最早见于周昭王时。青羊宫在蜀汉三国之际，名为"青羊观"；唐初更名"玄中观"；唐僖宗下诏改名为"青羊宫"。

青羊宫灵祖殿背风上有："人法地，地法天，天法道，道法自然。"此为《道德经》的经典名句。而坐在近旁林间竹下悠闲喝茶的成都人，不慌不忙、心平气和地养着精神，表情安逸闲适，摆着闲龙门阵，批量生产着坊间的八卦新闻，将高深的道家文化滋滋润润地融化在日常生活里。

由老子哲学涵养成为的顺其自然的生活态度，即使在天灾面前，也从容不迫地表现为蜀人独特的幽默乐观，积淀出一种"夸饰而幽默"的地域文化精神。

"格老子，这盘地震凶哦，一下子将老子震到了俄罗斯！"这是2008年5月四川大地震民间经典的言说之一，是由一位老成都睁眼看见俄罗斯国际救援队在围住他治疗时，脱口创作的；当时他刚从地震昏迷中醒过来，已经伤得一副大熊猫的模样。

地震后，有成都人首次看牙齿，医生问："牙齿怎么松的？""地震震松的。"那医生也不假思索地附和道："我说哪个的，大地震后看牙的人多了！"作为距地震震中最近的特大城市，主震后余震不断。不过成都人却照吃照玩不误。有短信对联道："灾区人民是在余震中等待吃喝，成都人民是在吃喝中等待余震。"

《故记》上有云：水旱从人，不知饥馑，时无荒年，天下谓之"天府"也。成都早在秦孝王时代，以李冰为太守，壅江作坝，穿郫江、检江、别支流，双过郡城，以行舟船，亦令岷江溉灌三郡，蜀地沃野千里，号为"陆海"。作为水湄之城的成都，由于有古秦李冰修建的都江堰的关照荫庇，吃喝二字，从来就是成都人最大的生活言说："各吃各，新生活。"当然，这只是成都人从容生活的表征。如果往深层次探究，这还与川蜀为中国道教的仙源圣迹相关。大邑鹤鸣山、都江堰青城山、成都青羊宫……蜀灵圣境，函谷紫气。作为本土宗教，道教文化已经浸入蜀人的骨髓里了，并不知不觉地落实在行动和言语上，而成为一种民间生活方式。这完全印证了德国著名社会学家、哲学家马克斯·韦伯在评论道教时所说的话语："以老子学说为基础的一个特殊学派的发展却受到了中国人价值取向的普遍欢迎：重视肉体生命本身，亦即重视长寿，相信死是绝对的恶，一个真正的完人应当能避免死亡。"

2. 皇家幸蜀所

青羊宫曾经接纳过唐朝二位皇帝。李唐王朝曾将道教定为国教，老子李耳被尊为先祖。天宝十五年（756年）唐玄宗为避安史之乱而幸蜀，就是住在当时的玄中观的。而李劼人在《死水微澜》中记述的成都民间传说却不是这样：

这镇市是成都北门外有名的天回镇。志书上，说它得名的由来远在盛唐。因为唐玄宗李隆基避安史之乱，由长安来南京，——成都在唐时号称南京，以其在长安之南的原故，——刚到这里，便"天旋地转回龙驭"了。皇帝在昔日以为是天之子，天子由此回銮，所以得了这个带点封建臭味的名字。

不管这传说真假如何，天回镇的豆腐每年都要作为成都名小吃进入青羊宫花会的，是成都人每年都要尝鲜回味的，传说唐明皇都夸奖过天回镇的豆腐好吃。

中和元年（881 年），唐僖宗为避黄巢之乱而奔蜀，也曾在宫观里驻跸。相传，由于太上老君显灵，他喜获古篆文玉砖，上有"太上平中和灾"字样，唐僖宗视其为吉祥之兆。返长安后特下明诏赐号玄中观为青羊宫，恩赐内外，用库钱二百万，大建殿堂屋宇。

青羊宫林木深处，竹风送爽。作为家国象征的唐王殿，最终坐落在最高处的紫金台上，祭祀唐高宗李渊夫妇和唐太宗李世民的香火袅袅，青羊宫也因此而具有皇家宫观的气象了。

二位唐皇先后幸蜀，让青羊宫两度成为全国战时文化中心，给成都带来了深远的文化影响。如唐末杰出的人物和宗教画家孙位，于唐广明元年（880 年）十二月随唐僖宗李儇从长安避难而入蜀，后定居成都，在成都昭觉寺等寺院中画过佛道教壁画。当时的人们评价他画的水"波涛汹涌，势欲飞动"，其松竹"笔墨精妙，气象雄壮"。孙位的画至今仅余国宝级文物《高逸图》，现藏上海博物馆。

作为一种文化基因的隔代浮世绘："高髻云鬟宫样妆，春风一曲杜韦娘"（刘禹锡《赠李司空妓》）、"二八蛾眉梳堕马"（李颀《缓歌行》）。唐朝诗人笔下描述的妇女发饰，天宝年间流行的偏侧和倒垂的高髻，作为当年进入成都的宫妃与命妇们的"遗留物"，唐风发饰，也不时重现成都街头。

在唐朝画师李昭道的《明皇幸蜀图》中，嫔妃们穿着胡装头戴帷帽，展示了当时的民俗。帷帽，原为居住在西北地区的游牧民族出门防风用的实用性帽子，传到中原地区后成为贵族妇女出游的时尚性装束，在唐初十分流行。朝廷曾禁止这种风尚，却越禁止越风行，以至于"则天之后，帷帽大行"。帷帽，这种唐代的高顶宽檐，檐下垂一个丝网的帽子，如今也演化为成都街头女性的时髦夏季遮阳帽。但见香腮红唇，鬓云高髻，戴垂纱帷帽，纱笼娇颜，半遮半露，骑着一匹电瓶车潇洒地出行，宛若唐代簪花仕女再现。

3. 盘龙八卦亭

在青羊宫山门、灵祖殿、混元殿、八卦亭、三清殿、斗姥殿、降生台、说法台、玉皇楼、紫金台（唐王殿）诸建筑中，八卦亭最为精美。

八卦亭重建于清同治十二年（1873年）至光绪八年（1882年），占地二百八十九平方米。台基为方坛，亭为圆形，象征道教天圆地方的宇宙观。亭有十六根巨石凿成双排擎檐柱，四点八米高，直径约五十厘米。其中，立在外檐八角角端的八根盘龙柱，为八角亭的精华所在。八十条浮雕镂空金龙，栩栩如生盘旋其上，为海内罕见的石雕艺术精品。八卦亭中，还悬挂着一条铁龙，加上亭周的八十条石龙，大小共八十一条龙，象征老君"八十一化"。另有六十四卦，是根据道教阴阳八卦学说设计的，包含着道教教理"天圆，地方，阴阳相生，八卦交配成万化"的哲学寓意，这也是"八卦亭"的命名由来。

民间传说向北对着三清殿的右首石柱上的盘龙曾经复活，企图腾空离柱，恰遇夜观天象的鲁班祖师看见，便一拳将它钉在石柱上，从此这条龙身上便留下一个拳头印痕，至今清晰可见。后来，历次培修时，工匠们都原样保留了这个"拳印"，让传说成了民间的神灵信仰。常有成都周边各县民间工匠师徒，在拜师或出师之日专程前来，伸出手掌比印，以沾溉行业祖神的灵光。成都人每年赶花会时，总有老人捋着花白胡须，指点着"拳印"，向黄毛童稚讲解这一民间传说。

4. 成都欢愉日

据《蜀典》载，成都自唐以来，就逐步形成集文化游冶与经济贸易为一体的月市，即正月灯市、二月花市、三月蚕市、四月锦市、五月扇市、六月香市、七月宝市、八月桂市、九月药市、十月酒市、冬月梅市、腊月桃符市。到了清末民初，大多数月市消失了，唯有青羊宫灯会与花会成了成都人一年一度的民俗节庆。灯会是在每年春节前后，尤其是在大年三十夜，灯市格外热闹，那是小孩子们的童话世界。而花会则从新年刚过的农历二月十五日，一直要闹热到三月下旬。据传农历二月十五日即是花朝节，又是道教始祖老子的生日，两个节日搅和在一天，于是青羊宫的庙会也就成了花会。

成都是水湄之城，也为花城。宋代大诗人陆游《咏梅花》诗吟：

当年走马锦城西，曾为梅花醉如泥。
二十四里香不断，青羊宫到浣花溪。

成都在五代十国时，后蜀主孟昶在花蕊夫人的怂恿下，下令满城遍植木芙蓉。于是成都有了"芙蓉城"的雅号。蜀风流香，成都民众也养成了赏爱花草的风雅。农历二月十五日，相传是百花生日，称为花朝。这一天，又传为李老君的生日。结合花市古俗，到青羊宫赶花会变成了成都的一大盛事，成为成都民众迎接春天的仪式。

仲春十六会期时，货积如山色色宜。
去向"二仙庵里"看，令人爱煞好花枝。①

这是清人吴好山的成都竹枝词，记录了青羊宫花会于每年农历二月十六日开幕的情景。

"青羊宫"接"二仙庵"，花满芳塍水满潭。
一路纸鸢飞不断，年年赛会在城南。②

上面这首清光绪年间华阳县山长冯家吉的《锦城竹枝词百咏》，

---

①林孔翼．成都竹枝词［M］．增订本．成都：四川人民出版社，1986：72.
②林孔翼．成都竹枝词［M］．增订本．成都：四川人民出版社，1986：86.

所咏叹的花会盛况，年年赛会已是成都都市民俗了。

清末民初的成都社会改革者、从日本留学回来的劝业道道台——相当于今天的商务厅长的周善培，颇有商业头脑，将本来单一地方性花会提升为经济搭台、文艺唱戏的川省劝业会。通令全省各州县的各行各业选送特色百货和特色小吃到会陈列售卖。为了便于交通，劝业道修筑了成都第一条马路，从老南门外锦江北岸到青羊宫马家花园，长三里多，这就形成了以青羊宫为主会场的近现代成都花会。

赶花会，除了看花赏花外，主要节目还有摸青羊、放风筝、观川剧、尝小吃、喝盖碗茶和看武术擂台赛"打金章"。

当时成都名人刘师亮有成都竹枝词云：

> 擂台角艺抢金章，集合江湖打打行。
> 柔术本来为国技，大家努力更提倡。①

青羊宫的武术擂台赛"打金章"，兴起于民国八年（1919年），先是由当时主持川政的四川督军熊克武卫队长李国超发起的一场民间比武擂台赛，激起了成都人对武术的兴趣。后由清末状元骆成骧联络各界人士，组织一年一度的青羊宫擂台赛。由于要发给胜者类似今日金牌的"金章"，所以又称为"打金章"。②

> 今年劝业八回开，多少英雄摆擂台。
> 手艺若潮休要去，谨防揎你下台来。③

在这首竹枝词中刘师亮还记叙了民国十七年（1928年），青羊宫

①林孔翼. 成都竹枝词 [M]. 增订本. 成都：四川人民出版社，1986：103.
②冯至诚. 市民记忆中的老成都 [M]. 成都：四川文艺出版社，1999：258.
③林孔翼. 成都竹枝词 [M]. 增订本. 成都：四川人民出版社，1986：103.

举办的四川第八次劝业会。打金章赛事继续举行。成都人说技术生疏了叫"手艺回潮"。

青羊宫摸青羊，为青羊宫独有的民俗活动，妇女儿童最为踊跃。鼠耳、牛鼻、虎爪、兔背、龙角、蛇尾、马嘴、羊须、猴颈……两只青铜怪兽集十二生肖为一身。面对混元殿前的两只青羊，一只两角，一只独角，男左女右，哪痛摸哪，据说甚为灵验，青羊的眼部与嘴部尤其被摸得精光铮亮。于是道家神仙的逍遥世界，通过那青羊，让疼痛的部位瞬间得到了抚慰，身子也得到了放松逍遥。

花会也是成都女人的节日。在清末民初新风气初开之时，官宦人家，高门大族的太太小姐们，平时难得出门，这时正好借花会露脸。她们在丫环婢女簇拥下，踏春出门看花，自身也是人面桃花，因成为花会一景而阻断了男人们的欣赏视线。可以想象在二十世纪初，社会男女大防之门尚未全开之际，红男绿女们摩肩擦踵拥挤在这动感地带，偶尔擦砸出来的闪电，那是要照亮漆黑孤独的梦乡！更有轻薄放荡之徒，会乘机挤在人群中，朝着正在专心致志触摸青羊的女人，伸出脏兮兮的指爪来悄悄地捏拿那水做的窈窕，名曰"摸欺头"或"揩油"。当然花会上有巡护队，为护花使者，专捉流氓。民国年间青羊宫二仙庵门外，还曾竖立两根"弹神桩"。"弹神"在川话中是不正派的意思，专指那些拈花惹草的流氓。"弹神"一旦被绑了，脸上被尖刀子划上"弹神"二字，那蓝靛浸染的羞辱便今生今世也擦洗不掉了。

当然，在花会上最喷香的不是花卉，而是众多的名小吃。川籍现代作家阳翰笙在《出川之前》里对名小吃"夫妻肺片"描述道："所谓肺片，并不是猪肺，而是牛嘴、牛皮、牛舌、牛肝等。刀工讲究，切得来像纸一样薄、透明。调料突出辣椒和花椒。吃后，半天之内，嘴还感到麻辣。花椒、辣椒用料极不一般。花椒是凉山地区汉源县出的大红袍，颜色鲜红，又麻又香。即是说，麻得正派，不光麻了了事，还留给香味。"

另一位川籍现代作家艾芜在《童年的故事》里，谈起家乡新繁的小吃"豆粉儿"，更是眉飞色舞："摆的青花碗红花碗，亮亮的，晃人的眼睛。中间安置一个圆圆的铜锅，隔成三格，一格是糖水，一格是肉汤，一格是酱油和别种东西煮的香料。锅侧边有一列小小的木架子，放碗红油辣椒和一小块油浸的核桃，一碗和辣椒炒熟的牛肉臊子，一碟切得碎碎的大头菜，一碟切得细细的葱花，另外是一小竹筒胡椒粉子。这一切，看起来实在是悦目，再经江风微微一吹，散在空气里面真是香味扑鼻。"

四川盆地常年多雾，巴山夜雨温润潮湿。成都人的饮食里大多不离花椒和海椒，这正合《华阳国志·蜀志》所记载："其辰值未，故尚滋味；备在少昊。故好辛香。"

"百里不同风，千里不同俗，户异正，人殊服。"① 成都人的口味习尚，还深植到四川方言谚语里：油汤里撒花椒——你烫我，我麻你；油炸麻花——干脆；炝炒四季豆——难进油盐。

"头上晴天少，眼前茶馆多。"到青羊宫喝盖碗茶，更为成都人的休闲标志。成都老茶客手上时常托着的那一只盖碗茶，那是由茶盖、茶碗和茶托三件头组成，分别象征着天、人、地三才而成为成都民俗的经典器物。如此，青羊宫的不敢为天下先的老子哲学，成了成都人的恍兮惚兮的生活处世方式，不知不觉地融化在成都人日常生活里了。今天蜀中的杂文家流沙河先生就曾撰写谐联道："改革你喝拉罐水，守旧我吃盖碗茶。"戏谑嬉笑之间，居然存有绿色环保理念。

兴许，竹风爽爽，笑声朗朗，成都人后现代的休闲生活方式，就在这青羊宫喝盖碗茶时，闲坐在竹椅上浑然不觉地被陶铸而成了。

①［汉］应劭撰. 王利器校注. 风俗通义校注［M］. 北京：中华书局，2010：8.

十三、成都新潮竹枝词：世界文明大写真

本篇专述竹枝词中城市新潮观念

所谓"观念"，是指人用某一个（或几个）关键词所表达的思想。一旦"观念"实现社会化，就可以和社会行动联系起来。每一个"观念"均为一种力量，人们正是在"观念"的指导下组织、协调各种社会活动以实现某种目标。清末民初正是社会"观念"变革的时期，各种新潮观念层出不穷，而且因为西方近现代文化与中国传统的文化的冲突与融合，反映在语言学上，"观念"或者让老名词出现词义上的变迁，或者出现表达"观念"的新名词。

（一）卫生

"卫生"一词，最早出现在《庄子·庚桑楚篇》里，托老子之口说出的"卫生"之经，有养护生命的含义。

近代"卫生"一词的变迁，大约有三个来源：一是东洋日本；一是西洋翻译；一是北洋模仿设立近代政府卫生管理部门。

"卫生"从知识精英阶层普及至民间成为中国人的日常用语，则是在八国联军侵华之后。"庚子联军驻津设都统衙门，有卫生局属之，施设地方公共卫生成绩卓著。乱定，收回该局改称为北洋卫生局，这是中国地方卫生行政之始。中央巡警部成立，有卫生司属之，分保健、检疫、方术三科。翌年巡警部改为民政部，仍设卫生司。""卫生"术语首次出现在中国政府行为之中，这为其普及提供了可能。此

后，无论是在国人的著述，还是卫生事业的拓展中，都广泛使用"卫生"这一术语。

民国时期的"卫生"已融会了上述中西卫生的特点，呈现出"物质"与"精神""生理"与"心理"并重的新形态。1935 年 9 月，为推行卫生教育，陈果夫等在南京组织成立了"中国卫生教育社"，并提出了十条卫生原则：一、浴日光；二、畅空气；三、慎饮食；四、重整洁；五、勤劳动；六、善休息；七、适环境；八、正思虑；九、调七情；十、节嗜欲。这十条卫生原则，已包含生理卫生与心理卫生了。①

1935 年，接受戒毒的四川烟民

民国时期的卫生论述和卫生实践有以下几个特点。①一方面鼓吹国家介入卫生事业，强调政府在保护国民健康方面的责任；另一方面，因经费短缺而大力提倡个人卫生。②一方面利用现代科学知识来理解、预防和治疗疾病；另一方面，却大力弘扬中国传统卫生观念的价值。③一方面强调对环境因素施加影响以促进人群的健康；另一方面，强调心理或情志的调适，以促进个体的健康。这些看似矛盾但却

①杜志章. 论晚清民国时期"卫生"涵义的演变［J］. 史学月刊，2008（10）.

统一的观念融合，足以说明民国时期"卫生"在超越中国卫生传统和吸收西方卫生现代意蕴的基础上悄然发生了变化的事实。

> 卫生两字本流芳，写上招牌寓改良。
> 可笑东施颦惯效，花生瓜子也装腔。
>
> 冯家吉《锦城竹枝词百咏》①

这首竹枝词里"卫生"属于民国初年的新观念词汇，却被卖花生、瓜子的小贩用做了招徕买主的广告词了。近代"卫生"的词义被缩小了，有类似"干净"的意思。

> 卫生打扮顶瓜瓜，抹粉涂脂又带花。
> 马弁手扶车子走，回头笑得都脒麻。
>
> 前人《续青羊宫花市竹枝词》七十首②

在这首竹枝词的语境里，"卫生"的语义相当于"前卫""新潮"与"时髦"。

> 卫生太太自宣传，不是兼桃便续弦。
> 平等看来才两字，误她多少女青年。
>
> 前人《成都竹枝词》③

这里的"卫生太太"，又是"文明太太"的代名词。

---

①林孔翼．成都竹枝词［M］．增订本．成都：四川人民出版社，1986：91.
②林孔翼．成都竹枝词［M］．增订本．成都：四川人民出版社，1986：104.
③林孔翼．成都竹枝词［M］．增订本．成都：四川人民出版社，1986：111.

卫生轿子遍街抬，高帽洋装亦壮哉。

撞背一声犹未了，军人鞭马跑将来。

佚名《蓉城新竹枝词》①

这里的"卫生"亦为"文明"与"洁净"，还有"前卫"的意思。

（二）文明

刚柔交错，天文也。文明以止，人文也。观乎天文，以察时变。观乎人文，以化成天下。

这段话选出《易·贲卦·象传》，是关于"文明""文化"的论述。在近代，"文明""文化"作为"Civilization"和"Culture"的译词，或多或少地受到了日本的影响。②

当历史进入十九世纪，欧洲成了世界中心，欧洲人的文化和文明成为了衡量价值的标准。在中国五口通商以后，原本那个古老的、也是理所当然的"神话"彻底破灭了：天子不再是天下主宰，中国不再是天朝上国，只是"世界之中国"③ 而已。继这一"地理大发现"之后，还有不少新的"发现"，如西洋技术以及管理理论与实践，法律与文化以及政治体系。然而，所有这些并未拯救积贫积弱的中国；相反，面对西方列强，民族危机日甚一日，中国之所以还能保持名义上的独立，是因为西方列强不能就"如何瓜分这具庞大的尸体达成统一"。④

①林孔翼. 成都竹枝词 [M]. 增订本. 成都：四川人民出版社，1986：252.

②方维规. 论近现代中国"文明""文化"观的嬗变 [J]. 史林，1999（4）.

③梁启超. 中国史叙论 [J]. 饮冰室文集 [M]. 1901：12.

④霍布斯鲍姆. 帝国主义时代1875—1914 [M]. 法兰克福、纽约，1989：353.

假如说"文明""文化"这一概念正是欧洲人十九世纪之文化认同和自我炫耀的标记,那么,这一概念在中国逐渐流行,则是中国人之文化认同危机与自我反省的结果。

一般来说,在"文明""文化"概念流行之前,十九世纪的中国多半还用"声明文物""政教修明"以及"向化""文艺""文教""教化""开化""风化"之类的词来表达与欧洲近现代文明概念相应或相近的思想。

但在十九世纪九十年代之后,人们在论说先进文化时所采用的"文明"二字,显然受到了西欧"文明"概念的影响,也就是说,它已经与现代欧洲文明概念相对应,换言之,"文明"这个中国早已有之的词,已经有了新的含义和新的视角。

在梁启超那里,我们可以明显发现精神与民气在"文明"概念中的优先地位:

文明者,有形质焉,有精神焉;求形质之文明易,求精神之文明难。①

人们在那个求新求变时代喜用的"文明"概念,指的是一种带普遍意义的文明现象:既是精神的,又是物质的;既是技术的,又是社会的。

胡适于 1926 年发表了《我们对于西洋近代文明的态度》一文,开篇便提出三个"基本观念来作讨论的标准"。

第一,文明(Civilization)是一个民族应付他的环境的总成绩。

第二,文化(Culture)是一种文明所形成的生活的方式。

第三,凡一种文明的造成,必有两个因子:一是物质的(Materi-

---

①梁启超.国民十大元气论(1899)[J]//饮冰室文集:61、62.

al），包括种种自然界的势力与质料；一是精神的（Spiritual），包括一个民族的聪明才智、感情和理想。凡文明都是人们的。是智力运用自然界的质与力的作品；没有一种文明单是精神的，也没有一种文明单是物质的。①

对陈独秀来说，近世文明之主要标记便是：一、人权；二、进化论；三、社会主义。而且，只有欧洲文明才称得上近现代文明。②

> 世界文明大写真，成都花样日翻新。
> 年来人价何低落，不是拿神便齉神。
> 原注：成都市土语呼乱抓乱舞者为"拿神"，流氓为"齉神"。
> 前人《成都竹枝词》③

这里的"世界文明"，意谓"先进""精神"，特指近世的欧洲文明。

> 社交男女早公开，同校同行笑语恢。
> 这样文明真快事，中邦礼教付尘埃。
> 易耀珊《青羊宫花市竹枝词》④

国人已认为"文明"为"进步"的同义词，直接对抗旧有传统的礼教。

---

① 胡适.我们对于西洋近代文明的态度［J］//胡适文存.1928：1—2.
② 陈独秀.法兰西人与近世文明［J］//陈独秀文章选编（第一册），1984：79.
③ 林孔翼.成都竹枝词［M］.增订本.成都：四川人民出版社，1986：107.
④ 林孔翼.成都竹枝词［M］.增订本.成都：四川人民出版社，1986：215.

跪拜仪文自有真，婚姻大礼出先民。

而今事事崇新式，强说文明胜昔人。

懋良《新式结婚竹枝词》①

这里作者虽对新式结婚持否定态度，但还是将"文明"归类于"新式"。

衣衫窄窄步轻轻，故逐人丛取次行。

男女平权新世界，儿家生小爱文明。

百货横陈色色嘉，花团锦簇似云霞。

奇奇怪怪翻新样，莫把西欧著意夸。

佚名《游花市竹枝词》②

这三首游花市竹枝词，为佚名作者写于民国初年，此时"文明"最直接嘉惠于民众的便是男女平等，婚姻自由。这里不仅写了精神文明，也说了物质文明，并且对欧洲的文明还持一定的质疑态度，可以看出民国时期城市的一般民众对于"文明"观念的理解与运用。

（三）共和

帝变为民共喜欢，一年复比一年安。

纷纷举措翻新样，都是从来所未看。

杨开培《共和竹枝词》③

---

① 林孔翼. 成都竹枝词［M］. 增订本. 成都：四川人民出版社，1986：220.
② 林孔翼. 成都竹枝词［M］. 增订本. 成都：四川人民出版社，1986：255.
③ 林孔翼，沙铭璞. 四川竹枝词［M］. 成都：四川人民出版社，1989：291.

"共和"在中国原指无国王之政体的"共和政治"，故事源于中国古代周王出逃，周、召二公协力主政 14 年，史称"共和"。西洋现代"共和"观念传入中国以后，不仅在知识领域逐渐流行，而且与"革命"潮流互为推演。

梁启超在最初介绍西方政体类型时，就表明了他对共和政体的赞同倾向。1902 年 11 月，梁启超在《新民丛报》撰文批判中国的专制政体："专制政体者，实数千年来破家亡国之总根原也。"

随着"共和"观念的逐渐流行，革命派也明确采用"共和"一词来表述自己的民权革命主张。1903 年，邹容出版《革命军》一书，猛力抨击"数千年种种之专制政体"，替代的选项则是革命，号召以美国为蓝本，建立"中华共和国"。全书以两句口号结尾："中华共和国万岁！中华共和国四万万同胞的自由万岁！"随着这本书的畅销，作为"专制"对立面的"共和"概念，在中国得到了更为广泛的传播，并成为革命派的鲜明旗帜。

1903 年 12 月，孙中山在檀香山发表演说，正式提出"共和革命"纲领："我们必要倾覆满洲政府，建设民国。革命成功之日，效法美国选举总统，废除专制，实行共和""中华民族必将使其四亿人民的力量奋起并永远推翻满清王朝。然后将建立共和政体，因为中国各大行省有如美利坚合众国诸州，我们所需要的是一位治理众人之事的总统"。

1903 年年底梁启超游历美国结束，撰写了中国最早的报告文学《新大陆游记》，记载了在美国考察的感受。他特别留意到，美国共和政治发达的基础在于"市制之自治"，而中国只有"族制之自治"。他细致考察了旧金山华侨社会，结合国内人民的情况，将中国人的缺点概括如下：一是有族民资格而无市民资格；二是有村落思想而无国家思想；三是只能受专制而不能享自由；四是无高尚之目的。然而他的结论却是，从大多数人民的文化程度来看，中国当时还不具备成立共和政体的条件。

"驱除鞑虏，恢复中华，创立民国，平均地权"，是以孙中山为首的中国同盟会提出的十六字革命纲领。对此，当时中国知识界有不同构想，梁启超早在1903年就提出了"以汉人为中心"，"合汉、合满、合蒙、合回、合苗、合藏，组成一大民族"的思路。1907年，杨度亦提出"五族合一"构想；到了1911年年底，张謇等人正式提出汉、满、蒙、回、藏"五族共和"建议。在这种情况下，革命派不得不吸收这一建议，"共和"的焦点于是从武力排满变成五个族群联合建国。这样，民初的"共和"成了一个略显含混的概念，越来越偏重于共和之"名"，即无君的政体；却逐渐远离了"republic"之"实"，即公共精神的培养和宪政民主制度的完善。

"共和"一词在中国流行开来，几乎成为口头禅，但其制度和精神内涵却尚未为国人所理解，更遑论付诸实施。结果，"共和"由令人憧憬的目标，很快变成令人失望、招致质疑乃至批判的对象。1913年9月，林纾痛感于"共和"有名无实，写了一首讽刺意味的诗歌《共和实在好》："共和实在好，人伦道德一起扫！……四维五教不必言，但说造反尤专门……得了幸财犹怒嗔，托言举事为国民……全以捣乱为自由……如此瞎闹何时休。"严复也对"所谓共和"深感失望，认为"共和万万无当于中国"。守旧名士辜鸿铭干脆将民初四处奔走的政客与沿街拉客的妓女相提并论，认为"不废共和政体，国不可一日安也"。曾经的革命者、武昌起义领导人之一蔡济民也发出如下感慨："无量头颅无量血，可怜购得假共和。"到了20世纪20年代初期，就连孙中山也认为"现在的中华民国只有一块假招牌，徒有民国之名，毫无民国之实"，打算从根本处入手"把国家再造一次"。"republic（共和）"观念在晚清的传播，体现了西方共和传统与中国本土知识资源在近代中西文明交汇背景下的艰难对接。这一对接过程，既是知识领域的概念输入和转化问题，又是政治领域的行动选择问题。[①]

在处于中国西南一隅的成都人中，"共和"的观念亦极流行，然而对于"共和"的意义，却各有理解：或比喻奇妙辛辣，或用多妻制讽喻，或以世时说事。

鞋穿放足近来多，裹足缠他作甚么？

恰似方今新国体，内头专制外共和。

注：是时放足尚未盛行，顽固者每多外穿天足鞋，内缠裹足。

刘师亮《成都青羊宫花市竹枝词》（民国十二年春日作）[②]

一子群祧说共和，纵然正室又如何？

兼祧若到八房去，三四原来大得多。

前人《成都竹枝词》，《师亮诗草》初集[③]

平等人人说共和，丫头打死究如何？

任他势力神通大，索命其如众口多。

张绍先《虐死使女竹枝词》《师亮随刊》第五十五期[④]

（四）革命

《说文解字》段玉裁注："革"字上为"廿"，下为"十"，其含意为"三十年为一世而道更"，即"革"是指某种到一定时间必定发生（周期性）的更替。"命"的意思为（君主）用口下令，以形成某

是知识领域的概念输入和转化问题

①李恭忠. 晚清的"共和"表述 [J]. 近代史研究，2013（1）.
②林孔翼. 成都竹枝词 [M]. 增订本. 成都：四川人民出版社，1986：97.
③林孔翼. 成都竹枝词 [M]. 增订本. 成都：四川人民出版社，1986：111.
④林孔翼. 成都竹枝词 [M]. 增订本. 成都：四川人民出版社，1986：220.

十三、成都新潮竹枝词：世界文明大写真

· 175 ·

种秩序。"革"与"命"两字的合用，表达了某种秩序或天命的周期性变化。中国历史上的"汤武革命"有改朝换代的意思。古代以天子受天命称帝，故凡朝代更替，君主易姓，皆称为革命。近代则指自然界、社会界或思想界发展过程中产生的深刻质变。在清季民初的"革命"一词，包含了西方"revolution"的各种意义，"革命"成为新道德意识形态改造社会的象征，具有至高无上的正当性。[①]

> 全国都称革命军，谁真革命杳无闻。
> 问他命革多和少，荒草斜阳乱葬坟。
>
> 前人《成都竹枝词》[②]

真革命还是假革命?! 在乱世都无从判明。这里的竹枝词，正应了这句愤慨诘问。

> 革命招牌打共和，共和幸福亦何多。
> 这回风浪从空起，不是操戈是倒戈。
>
> 王霜菊《记壬申年（1932 年），古历十月二十三日成都巷战竹枝词》[③]

革命为招牌，共和是幻象。王霜菊女士毕业于省立女子师范学校，历任彭县延秀女校、成都淑行女校教授。著有《霜菊诗集》。作为成都知识新女性的代表，写的这首竹枝词讥讽了军阀所谓的"革命与共和"实为一种骗人的招牌，可谓一针见血。

---

①金观涛，刘青峰．观念史研究［M］．北京：法律出版社，2009：20.
②林孔翼．成都竹枝词［M］．增订本．成都：四川人民出版社，1986：111.
③林孔翼．成都竹枝词［M］．增订本．成都：四川人民出版社，1986：174.

（五）中华

中华者，中国也。亲被王教，自属中国，衣冠威仪，习俗孝悌，居身礼仪，故谓中华。

［元］王元亮《唐律疏议释文》

"中华"之得名，由来已久。"中"，意谓居四方之中。"华"，本义为光辉、文采、精粹，用于族名，蕴含文化发达之意。中华民族是中国文化创造主体。在漫长的历史年代里，随着疆域的扩大，社会的发展，中国境内各族间的联系纽带愈益强化，民族共同体诸要素（共同语言、共同地域、共同经济生活以及表现于共同文化上的共同心理素质）渐趋完备。进入近代，由于西方资本主义殖民势力的侵入，中国境内各族更增进了政治、经济、文化上整体意识，进一步形成自觉的民族观念，"中华民族"遂成为包括中国境内诸民族的共同称谓。①

流毒中华隐祸深，红闺日午傍鸳衾。

不辞典卖金钗钏，鸦片烟迷女眷心。

［清］吴好山《成都竹枝辞》②

劝君仗义救中华，急早输财可保家。

皮不存兮毛怎傅，回头猛省莫咨嗟。

王霜菊《记壬申年（1932年）古历十月二十三日成都巷战竹枝词》③

---

①张岱年，方克立，主编．中国文化概论［M］．北京：北京师范大学出版社，2004：6.

②林孔翼．成都竹枝词［M］．增订本．成都：四川人民出版社，1986：73.

③林孔翼．成都竹枝词［M］．增订本．成都：四川人民出版社，1986：175.

总统开诚发誓词，此心可使帝天知。

肇基民国成鸿业，这是中华第一期。

国庆于兹期已终，嗟余属望更无穷。

诸君努力扶民国，愿祝共和日再中。

《癸丑（1913 年）国庆竹枝词》①

武人自卫慨中华，漫说牺牲为国家。

川省出兵成画饼，惟闻"嘉定"打菩萨。

冷眼《时事竹枝词》②

（六）自由

几处丛祠竟日游，歌楼舞榭晚凉幽。

维新妙剧开风气，婚配从今得自由。

《游花市竹枝词》③

　　从清季到民国初期，中国文化在西方和日本的影响下，"自由"一词被赋予全新解释而广泛应用。

　　在世界第一部英汉—汉英对照词典《华英字典》里，编著者英国新教徒马礼逊（Robert Morrison，1782—1834）将"Freedom"（Liberty）解释为"自主之理"。这是目前发现的对"Freedom"（Liberty）的最早中文阐释。

①林孔翼．成都竹枝词［M］．增订本．成都：四川人民出版社，1986：254.

②林孔翼．成都竹枝词［M］．增订本．成都：四川人民出版社，1986：227.

③林孔翼．成都竹枝词［M］．增订本．成都：四川人民出版社，1986：256.

1850 年以后，与中国相邻的东洋日本亦被迫开放国门。日本热情学习西洋西学，他们购买多部马礼逊的《华英字典》作为学习英文的工具，而且成效颇为显著。日本对于"自由"语词的迅速接受，便为一个实例。当时的日本各种字典，开始大量借用"自由"一词对译欧美概念。1870 年左右，福泽谕吉在畅销书《西洋事情》（1866—1870）中指出："liberty，即所谓自由之义，但汉人所译自主、自专、自得、自若、自主宰、任意、宽容、从容等字，仍未尽达原词之意义。"

　　1877 年清政府派人出使日本，给了中国士大夫通过东洋文化接触西洋文化的机会。黄遵宪在 1884 年完稿的《日本国志》中，甚至对"自由"一词进行略加阐释："自由者，不为人所拘束之义也。其意谓人各有身，身各自由，为上者不能压抑之、束缚之也。"这恐怕是中国士大夫所作出的第一个现代"自由"阐释。

　　严复、梁启超为现代"自由"一词的概念形成的重要推动者。严复第一次提出了中文"自由"概念的经典定义："太平公例曰：人得自由，而以他人之自由为界""其为公之界说曰：各得自由，而以他人之自由为域"。而且，严复还对"自由"和"自主"进行了区分："身贵自由，国贵自主"，从而使"自由"一词开始朝着个人专有方向发展。

　　梁启超是严复提出的"自由"的概念的主要继承者。1900 年以后的几年，梁启超在《清议报》和《新民丛报》发表的文章，几乎都围绕"自由"语词来展开。但康有为写信给梁启超等人，令其不得在《清议报》中使用"自由"一词。

　　1900 年 4 月 1 日，梁启超在回复其师的信中表示："来示于自由之义，深恶而痛绝之，而弟子始终不欲弃此义""若夫自由二字，夫子谓其翻译不妥或尚可，至诋其意则万万不可也。自由之界说，有最要者一语，曰人人自由，而以不侵人之自由为界是矣。而省文言之，则人人自由四字，意义亦已具足。盖若有一人侵人之自由者，则必有一人之自由被侵者，是则不可谓之人人自由；以此言自由，乃真自由，毫无流弊"。

20世纪初期，从《革命军》中的"中华共和国四万万同胞的自由万岁"到女性杂志中此起彼伏的"婚姻自由万岁"，从传教士马林和中国人李玉书合译的《自由篇》到留日青年马君武翻译的《自由之理》，从"自由如面包，不可一日缺"的格言到"不自由，毋宁死"的誓言，从《孽海花》开篇的"江山吟罢精灵泣，中原自由魂断"到《负曝闲谈》虚构都要虚构《自由之理》的艺术呈现，从法律词典关于"生命、身体、自由"等权利的严肃阐释到民间打油诗中"细崽皆膨胀，姑娘尽自由"的诙谐调侃，这一切都足可以说明，"自由"语词经过近百年痛苦历练，终于从话语边缘走向了话语中心。从此以后，各方力量不管赞成还是反对，都不得不在"自由"语词的框架内"腾挪闪打"、追根溯源。①

清末民初的"自由"，是从男女恋爱开始的，最先倡导响应的社会群体是学生阶层。

> 卿卿我我乐陶陶，大抵情郎意不挠。
>
> 君是学生侬是甚，自由见识比人高。
>
> 王耜良《竹枝词》，《师亮随刊》第六集合订本（1931年）②

在清末民初成都竹枝词里，使用频率最高的为"恋爱婚姻自由"；其次为"女性身体自由""男女地位平等自由"，还有"交通方便自由"，还有"反讽国体自由""反对抱怨自由"；等等。

---

①胡其柱. 晚清"自由"语词的生成考略［J］. 中国文化研究，2008：18－31.
②林孔翼. 成都竹枝词［M］. 增订本. 成都：四川人民出版社，1986：210.

1. "恋爱婚姻自由"

自由恋爱顺潮流，男女摩肩握手游。

村妇可怜无见识，一声嗳呀好羞羞。

徐晴莺《花市竹枝词》，《师亮随刊》第八十九期（1931年）①

自由男女自由身，二八年华最好春。

如此芳情期会到，有谁不是恋花人。

李斗南《青羊花会竹枝词》②

"自由男女自由身"，这"自由"是强调男女平等的。

这首描述"自由恋爱"的竹枝词视角奇巧，借用村妇的眼光，看待"自由"，观念不同，反映自然不相同。

几处丛祠竟日游，歌楼舞榭晚凉幽。

维新妙剧开风气，婚配从今得自由。

佚名《游花市竹枝词》③

可以看出，民国初年，新式剧也在竭力鼓吹男女自由婚姻，"自由"一词逐渐深入人心。

2. "女性身体自由"

鞋穿绊线剪平头，守旧维新两自由。

既要剪头须放足，双弯原不合潮流。

前人《成都竹枝词》④

---

① 林孔翼. 成都竹枝词［M］. 增订本. 成都：四川人民出版社，1986：226.
② 林孔翼. 成都竹枝词［M］. 增订本. 成都：四川人民出版社，1986：230.
③ 林孔翼. 成都竹枝词［M］. 增订本. 成都：四川人民出版社，1986：256.
④ 林孔翼. 成都竹枝词［M］. 增订本. 成都：四川人民出版社，1986：111.

这里说的是个人的信仰或者身体的自由。

> 女生三五结香俦，天足徜徉极自由。
> 小树胶鞋新买得，归途更续踏青游。
>
> 舥斋《成都花会竹枝词》,①

这首竹枝词讲的是身体健康自由，解放女性身体。

> 女子年来尚自由，大家剪发应潮流。
> 今年赴会知多少，不见金钗鬓上留。
>
> 方略《花会竹枝词》②

身体的"自由"，体现于发鬓。清末民初，女子短发，亦为新潮。

> 红面许亲面不红，花枝吹折自由风。
> 笑他无限痴儿女，都在鸳鸯怪梦中。
>
> 丹岩镜湖氏《成都花会竹枝词》③

自由的社会风气，让相亲的女孩子也变得更加落落大方。

3. "男女地位平等自由"

> 公园啜茗任勾留，男女双方讲自由。
> 体育场中添色彩，网球打罢又皮球。
>
> 杜仲良《社会怪象竹枝词》④

---

①林孔翼. 成都竹枝词 [M]. 增订本. 成都：四川人民出版社，1986：188.
②林孔翼. 成都竹枝词 [M]. 增订本. 成都：四川人民出版社，1986：229.
③林孔翼. 成都竹枝词 [M]. 增订本. 成都：四川人民出版社，1986：217.
④林孔翼. 成都竹枝词 [M]. 增订本. 成都：四川人民出版社，1986：196.

这首竹枝词中的"男女双方讲自由",更多地是指新的女性不受家庭束缚,参加体育社交活动。而这被当时一些人视为社会之怪象。

愿教一体长相聚,肯怕双亲不主张。

何必拘泥依古礼,自由快乐胜东床。

王耜良《竹枝词》①

反对依循古礼,主张自主婚姻。此处的"自由"指心情的欢愉。

陌路相逢甚有因,儿家原是自由身。

翩翩不让佳公子,我见犹怜况那人。

佚名《成都竹枝新咏·女学生》②

女学生阶层,为民国"自由身"的社会象征。

4. "交通方便自由"

闺阁相邀早出游,恨他轿子强低头。

天街软绣嫌多事,障碍交通不自由。

《癸丑(1913 年)国庆竹枝词》③

"交通不自由",在此处的语境里,"自由"是"方便"的意思。

①林孔翼.成都竹枝词 [M].增订本.成都:四川人民出版社,1986:210.

②林孔翼.成都竹枝词 [M].增订本.成都:四川人民出版社,1986:246.

③林孔翼.成都竹枝词 [M].增订本.成都:四川人民出版社,1986:253.

5. "反讽国体自由"

自由幸福已亲尝，幸福如斯不可当。

莫谓共和无好处，一年能上十年粮。

前人《成都竹枝词》①

这首竹枝词是在反讽民国共和的国体，质问税赋太重百姓何来自由幸福。

民国时期成都要求教育经费自主的游行

6. "反对、抱怨自由"

自由平等竞欧词，蝶使花媒独己知。

结发夫妻期白首，泰西几个到齐眉。

冯家吉《锦城竹枝词百咏》，甲子（1924 年）成都研精馆刊印②

①林孔翼．成都竹枝词［M］．增订本．成都：四川人民出版社，1986：108.
②林孔翼．成都竹枝词［M］．增订本．成都：四川人民出版社，1986：92.

这首竹枝词对欧洲文化持批判态度，对于"自由"一词多取个人婚姻自主的含义。

> 只慕虚荣是病根，纷纷高唱自由婚。
> 贫儿才貌知多少，未见人家找上门。
>
> 前人《成都竹枝词》，《师亮诗草》初集①

这首竹枝词指出，虽说高唱自由婚姻，但更重要的是自身条件。

> 世道乱来没得根，尽都在讲自由婚。
> 我今不过年三七，何没人家选上门。
>
> 书痴《成都竹枝词》②

这位"书痴"对于自由婚姻，满口抱怨，不过也绕不过"自由"一词。

> 丧尽伦常讲自由，一逢美色便凝眸。
> 姻缘露水真容易，只向人丛队里求。
>
> 谢耆庆《正月十六日游百病竹枝词》③

在这首竹枝词的作者看来，很多人借"自由"之名而丧尽伦常，传统男女观念自是道统的正义！

---

①林孔翼. 成都竹枝词 [M]. 增订本. 成都：四川人民出版社，1986：111.
②林孔翼. 成都竹枝词 [M]. 增订本. 成都：四川人民出版社，1986：224.
③林孔翼. 成都竹枝词 [M]. 增订本. 成都：四川人民出版社，1986：231.

十四、成都学堂竹枝词：学生吹笛总南腔

本篇专述竹枝词中成都学堂

学堂规则甚周详，一听摇铃众便忙。

上课教师身鹄立，诸生排坐雁成行。

杨开培《共和竹枝词》①

清末推行新政，废除科举，效仿西方学校制度，举办新式学堂。

在古代文献中，"学校"与"学堂"皆指教育机构。清季新政废除科举，提倡"变科举以崇学堂，求时务以实学堂"。于是"船政""矿务""水师""武备""农商"等词皆后缀"学堂"以为新式教育机构，而"学校"则成为与科举相关的旧名。然而，"学堂"之名流行不久，人们依旧以"学校"命名教育机构。

新的文化体系与观念渐渐深入人心，传统的旧私塾与学校教育遭到嘲笑。

诗云子曰满堂声，门挂获帘街市中。

无数儿童读别字，先生原来是冬烘。

［清］定晋岩樵叟《成都竹枝词》②

---

①林孔翼，沙铭璞．四川竹枝词［M］．成都：四川人民出版社，1989：292.

②林孔翼．成都竹枝词［M］．增订本．成都：四川人民出版社，1986：65.

不善谋生始教书，雇工偏亦号师儒。

招牌背起"孔天子"，究竟《六经》见过无？

悼苍生《私塾竹枝词》①

光绪三十二年（1906 年）三月，清廷学部奏请宣示教育宗旨，议定忠君、尊孔、尚公、尚武、尚实五纲，其尚武一纲，完全为军国教育说法："所谓尚武者何也？东西各国全国皆兵"。提倡尚武，是鉴于外侮之可怖，国势之危弱。②

龙旗耀日闪金鳞，多士趋跄尘不动。

窄袖短衣身手健，果然尚武有精神。

盛世英《学堂竹枝词》③

新式学堂的教材发生了变化。旧的经史无人过问，遭到摒弃。"崇实学，增实科"，新的科学成为了主流，实用实利的西学成为新的专业知识。当然，也有认错别字的新学教员成为被嘲笑的对象。

经史无人更苦研，声光电化半红天。

教员别字真遗笑，帝虎焉乌也要钱。

冯家吉《锦城竹枝词百咏》④

清季民初，时有女教员也出现，虽遭到嘲笑，亦勇敢地在街头做广告，谋职业，撑开半边天。

---

①林孔翼. 成都竹枝词［M］. 增订本. 成都：四川人民出版社，1986：237.
②舒新城. 近代中国教育思想史［M］. 厦门：福建教育出版社，2007：87.
③林孔翼. 成都竹枝词［M］. 增订本. 成都：四川人民出版社，1986：148.
④林孔翼. 成都竹枝词［M］. 增订本. 成都：四川人民出版社，1986：92.

教员广告贴缘街，科学年龄次第排。

可笑先生称女子，谁知正着凤头鞋。

冯家吉《锦城竹枝词百咏》①

各类各级学堂中的新式知识分子，领引着新的文化潮流。新式知识分子的知识结构与价值取向、职业等等都发生了新的变化。新式教育的衍生物也向社会延伸，并影响着城市文化。

甲子年来事忙忙，修街处处拆民房。

既开通俗教育馆，又修公共体育场。

博士无聊说电影（儿），秘书有劲（儿）着洋装。

报馆论文皆北调，学生吹笛总南腔。

夏斧私《竹枝词》（二首）②

民国二十五年（1936 年）五月，清末举人、民国教育家黄炎培曾旅蜀三月，其间对蜀中教育的考察多有留心。此首竹枝词有注："军人多以办学荣。学校与其家庭间往往发生种种关系。"自辛亥革命后，四川军阀之间内战连年，各据防区，狂吸民脂民膏。然而军阀们却愿意出钱办学，尤其在"首善之区"的成都市，军阀们创办私立中学林立，且蔚然成风，似乎是群体效应。其中著名的有孙德操（孙震）办的宁夏街树德中学。杨子惠（杨森）办的正府街天府中学、刘文辉（刘自乾）办的东胜街建国中学、叶介人的苦竹林街荫唐中学、曾南夫的花牌坊街南熏中学；除此之外，亦有直接打着军阀旗号的，如锦江街蜀华中学不仅以马毓智为董事长，以向传义为校长，而且以

---

①林孔翼．成都竹枝词［M］．增订本．成都：四川人民出版社，1986：91．

②林孔翼．成都竹枝词［M］．增订本．成都：四川人民出版社，1986：277．

周子龙为代校长，便是一个突出例子。①

> 弦诵声中桑梓临，一时学校已如林。
> 春风纱幔迎桃叶，调护扶持见苦心。
>
> 黄炎培《蜀游百绝句》②

此首竹枝词有注："军人多以办学荣。学校与其家庭间往往发生种种关系。"

> 树人以德重根基，甘霖普降北东西。
> 功过平生说众口，无言桃李自成蹊。
>
> 何韫若《锦城旧事竹枝词·小学》③

成都不仅有树德中学，亦有树德小学。何韫若《锦城旧事竹枝词》记述："私立树德小学，原川军将领孙德操（孙震）创办。当时共设四所，分别以数为序。'一小'在外东杨柳堰孙家祠堂；'二小'在绵阳（据云因此地系孙防区）；'三小'在西城宁夏街；'四小'在外北簸箕中街。"

> 每见师随官去来，年年六腊战场开。
> 此名毋乃不祥甚，学海金堤要自培。
>
> 黄炎培《蜀游百绝句》④

此首竹枝词有注："护国之役，泸州、纳溪间战役为最有名，称

---

①成都市政协文史学习委员会. 成都文史资料选编. 教科文卫卷（上）[M]. 成都：四川人民出版社，2007：74.
②林孔翼，沙铭璞. 四川竹枝词 [M]. 成都：四川人民出版社，1989：305.
③何若韫. 锦城旧事竹枝词 [M]. 北京：中国三峡出版社，2000：304.
④林孔翼，沙铭璞. 四川竹枝词 [M]. 成都：四川人民出版社，1989：305.

"泸纳之战"。各校学期告终,教师相讦以争位,戏名为"六腊之战"。"泸纳"与"六腊"蜀音相近故也。"民国时,成都市中学教师,无论公立私立,皆是以实际授课时数来计算薪水的,并且实行寒暑假前,由校方计送薪水与重新聘用制度。因此每临农历的六月、腊月的寒暑假来临之际,便是教师紧张之时。为了稳住个人饭碗,相互间交换信息,进一步做到同舟共济,教师们多约定在少城公园的绿天、鹤鸣和浓荫三所茶社碰面,交头接耳,商议前程。其间或作神秘之态,或有愁肠百结,或为口蜜腹剑,或是相濡以沫,亦或择枝而栖……凡此种种,让一般人均以教育界的"六腊战争"呼之云。

民国教育家黄炎培 1936 年旅蜀三月,所闻所见,不仅包括教师每每为工作犯难,而且包括毕业学生亦为自身出路发愁:

人才正苦来源少,学子还嗟出路难。
预计两川今夏月,三千桃李定愁颜。

黄炎培《蜀游百绝句》①

此首竹枝词的注为:预计今夏川省初、高中将有毕业生三千人,不免发生出路问题,详见《留告四川青年同学书》。

①林孔翼,沙铭璞.四川竹枝词［M］.成都:四川人民出版社,1989:306.

十五、成都茶馆竹枝词：生意数他茶馆好

本篇专述竹枝词中成都茶馆

对于成都的茶事，有民谚道："一城居民半茶家"。成都茶馆作为地方的"公共空间"，在竹枝词里多咏叹。

四川茶馆兴盛，原因主要有三。其一，四川历来盛产茶叶，是中国主要的产茶区，而且由于交通闭塞，茶叶难于输出，以内销为主，价格便宜。《华阳国志》记载，古巴国与蜀国已有茶树种植。相传2000多年前，僧人普慧禅师吴理真"携灵茗之种"，来到四川蒙山，"植于五峰之中"。南宋胡仔编《苕溪渔隐丛话》称唐以前茶"唯贵蜀中所产"，又称"唐茶品虽多，亦以蜀茶为贵"。元代费著《岁华记丽谱》称成都有"茶房食肆"，人们在那里喝茶时，有歌伎演唱"茶词"。① 明代，四川一带的饮茶之风已普及民间。明代顾云农说：茶可"除烦去腻，川人因不可一日无茶"。其二，成都自古为天府之国，物阜民闲，坐茶馆为成都人的休闲民俗。民国文人周芷颖《新成都》言成都人"闲居终日，久坐茶馆"。② 其三，旧时成都道路狭窄，运输方式全靠肩挑人抬，独轮车、轿子为主要交通工具。因此在轿夫、车夫歇脚喝水处，也为茶馆。

---

①费著. 岁华纪丽谱 [J] //墨海金壶（第3函），2-4.
②周芷颖. 新成都 [M]. 复兴书局，1943：246.

（一）路边茶馆

清代乾隆时期著名文人李调元竹枝词咏道：

> 秋阳如瓿暂停车，驷马桥头唤泡茶。
> 怪道行人尽携藕，桥南无数白莲花。①

这首竹枝词，写的便是道路旁边歇脚休息的茶摊（馆）卖茶的情景。

> 文庙后街新茶馆，四时花卉果清幽。
> 最怜良夜能招客，羊角灯辉闹不休。②

这是 19 世纪初，清人定晋岩樵叟写的竹枝词，不仅道出成都人有喝夜茶的民俗，而且据学者考证，这是第一次提到"茶馆"这个词在成都的使用。羊角灯，是一种一盏两炬的油灯。

路边茶馆称为"野店"，其特点为就地开店，茶座宽敞，自然野趣。

> "大安门"外竹林深，茶店临河覆浓荫。
> 时闻蝉噪多野趣，相对无言自有情。
>
> 何韫若《北门外"野店"》③

---

①谷莺编．锦城诗粹［M］．成都：四川人民出版社，1987：301.
②林孔翼．成都竹枝词［M］．增订本．成都：四川人民出版社，1986：63.
③何韫若．锦城旧事竹枝词［M］．北京：中国三峡出版社，2000：106.

民国时期成都路边茶馆

（二）花园茶馆

成都花园（公园）也是卖茶的好地方。

　　个个花园好卖茶，牡丹园子数汤家。

　　"满城关庙"荷池放，绿树红桥一径斜。

　　　　　　　　［清］六对山人《锦城竹枝词》（百首）①

　　趁闲来吃薛涛茶，忧乐关心有万家。

　　节度风流今安在，遗阡零落小桃花。

　　　　　　　　　　　　　　［近代］者成章《竹枝》②

吃茶，第一讲究水质好。成都历来河水比井水好，只有薛涛井水

①林孔翼. 成都竹枝词［M］. 增订本. 成都：四川人民出版社，1986：47.

②冯广宏，肖矩. 成都诗览［M］. 北京：华夏出版社，2008：186.

例外，这是因为此井水为近旁的锦江水渗透过滤来的：

> "同庆阁"旁"薛涛水"，美人千古水流香。
>
> 茶坊酒肆争先汲，翠竹清风送昔阳。
>
> ［清］定晋岩樵叟《成都竹枝词》①

（三）戏园茶馆

清末民初，一些大茶馆开始把生意的重点放到地方戏上，卖茶则退居其次，它们逐渐演变为成都最早的剧院。如 1906 年开办的悦来茶园，开始时服务范围甚广，除售茶外，还有两个餐馆，即悦来中西餐馆和一家春，外加一个戏园。在清末仅在劝业场（后称商业场）一处，至少有三家茶馆戏园，即悦来、第一楼、宜春楼，相互间竞争激烈。

在民国时期，历史最长、最有影响的戏园当为悦来茶园。悦来茶园是晚清改良者周善培在成都推行"新政"的成果之一，最早上演"改良"戏，成为新娱乐之样板。由于有极好声誉，许多名角和戏班都乐意到此演出。三庆会就是在悦来茶园建立的，许多川剧名伶从这里发迹。②

> 梨园全部隶茶园，戏目天天列市垣。
>
> 卖座价钱分几等，女宾到处最销魂。
>
> ［近代］冯家吉《锦城竹枝词》③

---

①林孔翼．成都竹枝词［M］．增订本．成都：四川人民出版社，1986：63.

②王笛．茶馆、戏园与通俗教育——晚清民国时期成都的娱乐与休闲政治［J］．近代史研究 2009（5）.

③林孔翼．成都竹枝词［M］．增订本．成都：四川人民出版社，1986：91.

清末成都警察总办周善培推行新政，戏园（茶馆）遂向女宾开放。因为成都女性喜欢川剧，所以戏园生意兴隆。然而，却有顽固派认为男女混杂有伤风化，联名呈请总督出告示禁售女宾票，时四川总督赵尔巽批示照准，取消女宾座。理由为："既旷妇工，亦伤雅致。"结果引起成都女界强烈不满，并使戏园营业额大幅下降。辛亥后新派警察总监杨维又再开戏园（茶馆）女禁，准许戏园（茶馆）划设女宾专座，以示男女平等，维新改革。当时悦来茶园有两处出入口，男宾由华兴街入，女宾由梓潼桥入，秩序井然。①

成都高档茶园，也是豪门公子哥儿炫富的地方。

　　　　高楼听戏势偏豪，斑指烟瓶手惯操。
　　　　眼镜带来称玳瑁，看他俱是假风骚。
　　　　　　　　　　　　　　佚名《戏园竹枝词》②

茶馆在成都民国早期，也兼为曲艺剧场，为成都市民带来精神娱乐。

　　　　萧条市井上灯初，取次停门顾客疏；
　　　　生意数他茶馆好，满堂人听说评书。
　　　　　　　　　　邢锦生《锦城竹枝词钞》（二十首）③

茶馆评书剧场，成为民间娱乐教化场所，说书人成为民众的教育者。

---

①成都市政协文史学习委员会. 成都文史资料选编（教科文卫卷上）［M］. 成都：四川人民出版社，2007：319.
②林孔翼. 成都竹枝词［M］. 增订本. 成都：四川人民出版社，1986：250.
③林孔翼. 成都竹枝词［M］. 增订本. 成都：四川人民出版社，1986：165.

> 江畔席棚一望收，琵琶怀鼓逞歌喉。
>
> 风筝线断闻"哦呵"，一曲清音李月秋。

何韫若《新南门外茶棚清音》

原注：抗日战争爆发之年，日本飞机时来空袭成都，为便于市民疏散，于丝棉街南延外新开城门，是即成都人习称之新南门也，此门既开，南河沿岸渐次有商家在此开设饭馆、茶馆，惟皆草创，店堂均以竹木支架临时搭成棚屋，至为简陋。其间茶棚为招徕顾客，多兼作曲艺演出所，清音艺人李月秋即在此地演唱。[①]

这表明成都人对于茶馆的痴迷，即使在战时也不改饮茶听曲艺的民俗。

（四）影剧茶馆

成都茶馆与时俱进，后来又发展变化为灯影茶馆与影剧茶馆。影剧，即为电影。早期电影院一般都是茶馆与放电影合二为一，如成都民国十八年（1929 年）创办的智育电影院，院址系租总府街前群仙茶园旧地改造。影剧茶馆放电影时，观众坐在排成排的椅子上，每个椅子后面有一个铁箍，用来放杯子，堂倌穿巡于各排掺茶。民初几乎没有妇女去电影院，因为黑暗中可能被男人骚扰。在拥挤黑暗的电影院，观众出去小解不便，而且观众也不愿错过任何精彩镜头，由此一个新行当产生了：一些穷人家的小孩或老妇人提供"流动厕所"，提两个粗竹筒来回走动，轻声喊着："尿筒哦———尿筒哦!"这样观众可以就地小便而不必离开座位，所费大约相当于一个锅盔的价钱。

"茶馆是个小成都，成都是个大茶馆。"——此则民谚道明：成都是一座整天整月整年泡在茶碗里的中国城市。成都的日常生活文化离不开茶馆，成都的清闲体现在茶馆。

---

①何韫若. 锦城旧事竹枝词［M］. 北京：中国三峡出版社，2000：101.

十六、成都戏曲竹枝词：清唱洋琴赛出名

本篇专述竹枝词中成都戏曲

公元前300多年，蜀王开明（鱼凫）已作《龙归》三曲。成都地区历年出土的考古文物如战国宴乐渔猎攻战壶、汉代说书俑、女舞俑和镌绘有舞乐、百戏、角抵、假面、象人等表演形式的画像砖，表明自古以来在成都平原上已有较为成熟的歌、舞、乐等多种演、唱、奏和装扮表演的艺术形式，孕育了成都的戏曲雏形。

自汉代始，成都曲艺便成为民众精神生活的一部分。自二十世纪五十年代至九十年代，在成都陆续出土的汉代说唱俑、俳优俑、抚琴俑等陶俑便为例证。

宋代张溥《寿宁院记》载："成都大圣慈寺据圜阓之腹，商列贾次，茶炉药榜，篷占筵专，倡优杂戏之类，坌然其中。"记述在庙会里，曲艺与商市融为一体，相得益彰。

至明代，有成都新都籍状元杨慎"少时善琵琶，每自为新声度之"，所写的《廿一史弹词》，流传于当时，后改为弹词五种传世。杨慎的夫人黄娥是位才女，亦善写弹词，时有汉州竹琴艺人"齐老道"专唱她所写的唱本。

清代移民与民国抗战时期移民，更是持续地将成都曲艺推向兴盛。说类有评书、相书、相声、谐剧、双簧等；唱类有清音、扬琴、竹琴、荷叶、金钱板、花鼓、灯调、京韵大鼓等；数唱及韵诵类有方言诗朗诵、莲花闹等。

（一）川剧

川崑别调学难工，便唱皮黄亦不同。

蜀曲高亢与秦近，帮腔几欲破喉咙。

黄炎培《蜀游百绝句》之七①

川剧又称川戏，是四川的主要地方戏曲剧种，流布于四川和贵州、云南、湖北及台湾部分地区。成都是川剧的主要发祥地与繁盛区。川剧承袭巴蜀文化的历史传统，是融会了中国戏曲雅部（昆曲）和花部（弋阳腔、皮黄腔、梆子腔、吹吹腔、民间灯调）多种声腔于一台的四川地方戏曲艺术，包含昆腔、高腔、胡琴、弹戏、灯戏五种演唱形式。

见说高腔有芶莲，万头攒看万家传。

生夸彭四旦双彩，可惜斯文张士贤。

［清］六对山人《锦城竹枝词》（百首）②

川剧高腔源于江西弋阳腔，而最终成为川剧中最具代表性的声腔艺术。清嘉庆九年（1804 年）前后，资阳雁江金玉班艺人苟莲官，每至省城成都献艺高腔，观众往往人头攒动、喝彩雷动。③

---

①林孔翼．成都竹枝词［M］．增订本．成都：四川人民出版社，1986：178.

②林孔翼．成都竹枝词［M］．增订本．成都：四川人民出版社，1986：54.

③成都市地方志编纂委员会．成都市志·川剧志［M］．北京：方志出版社，1997：4.

川人终是爱高腔，几部丝弦住"老郎"。

彩凤不输陈四喜，"泰洪班"里黑娃强。

[清] 吴好山《成都竹枝辞》（九十五首）①

　　道光以降，以胡琴、弹戏并擅的泰洪班成立，长期活动于川西一带。先后出过"花脸之冠"刘锡侯，"活孔明"何里云和"花榜状元"雷泽洪等名角。②

　　川戏在生长过程中，从题材剧本、音乐诸方面考察，均属外来。它一方面接受了高腔昆曲，另一方面又接受了皮簧和梆子，然后再将这几种外来的戏，分类汇在一起，并在此基础上又发展出川戏的特有创造，如变脸等。

无数伶人东角住，顺城房屋长丁男。

五童神庙天涯石，一路芳邻近魏三。

　　三峨樵子略注：各部伶人都在"东顺城街""五童庙""天涯石""东郊场"一带地方住。魏三初在省城唱戏时，众亦不以为异，及至京都，则声名大噪矣。《燕兰小谱》云"魏三以《滚楼》一出奔走豪儿，士大夫亦为心醉。"又云："观者如堵，而六大班几无人过问，或至散去。"谓为野狐教主，信不诬也。有别宅在省城内"东较场"口，台榭颇佳。

[清] 六对山人《锦城竹枝词》（百首）③

---

①林孔翼．成都竹枝词［M］．增订本．成都：四川人民出版社，1986：72.

②成都市地方志编纂委员会．成都市志·川剧志［M］．北京：方志出版社，1997：4.

③林孔翼．成都竹枝词［M］．成都：四川人民出版社，1982：49.

在陕西梆子入川初期，乾隆三十九年（1774 年），金堂人魏长生（魏三）载艺入京，演唱梆子腔，名动京华。而在魏长生未入京前，却于成都寂寂无名。可谓墙内开花墙外香。

川戏包含范围之广大为中国任何戏所不及。其中有南曲、昆曲、梆子与皮簧等各种元素。从梆子历史推测，川戏最先接收的便是秦腔本调，这种腔与现在河南陕南一带梆子相差不远。这是因为川陕自古就有交通往来的缘故。元以后，秦腔便沿着川陕的道路进入了四川。可以说川剧便是移民的戏剧，亦为巴蜀文化圈与中原文化圈和秦陇文化圈相互交流影响的结果。

民国时期川剧演员合影

（二）洋琴

清唱洋琴赛出名，新年杂耍遍"蓉城"。

淮书一阵《莲花落》，都爱廖儿《哭五更》。

[清] 六对山人《锦城竹枝词》（百首）①

---

①林孔翼．成都竹枝词［M］．增订本．成都：四川人民出版社，1986：43.

胡琴听罢又洋琴，满日生朝客满厅。

把戏相声都觉厌，差强人意是"三星"。

［清］邢锦生《锦城竹枝词钞》（二十首）①

四川扬琴又称"四川琴书"，简称"扬琴"，因其主要伴奏乐器为扬琴而得名。扬琴原曾写为"洋琴"。相传扬琴演唱大约始于清代乾隆年间（1736－1796）。②

清代嘉庆年间杨燮所写竹枝词"清唱洋琴赛出名"，表明当时扬琴艺人间已有赛唱的形式了。后来扬琴逐渐形成"五方"的演出形式，即扬琴居中，三弦居左前，二胡居左后，盆鼓（包括檀板、木鱼或小竹鼓）居右前，京胡居右后，分生、末、净、旦、丑，每方各唱一角。扬琴的唱本也近似剧本，但它近似剧而非剧，因为它的主要特点是"坐地传情"。它不是依靠形体表演来完成剧本任务的，而是用音乐来烘托描绘环境，用声腔来塑造刻画人物的。

四川扬琴属于民间雅乐，较为高档，一般是唱堂会。李劼人小说《旧帐》有记载③：

［第一项］道光二十一年（按西历一千八百二十九年）八月十一日（按系阴历）母亲（按：记帐者仍系抄者第三位外曾祖，故作此称谓，）六旬做生用钱帐。

十七、十八日福泰班戏钱　四十千文

抄者按：福泰班是高腔班，据言，已故名伶杨素兰之师傅黄金凤，即系此班本家。当时唱堂会戏，自上午九点开锣，至夜二更止，

---

①林孔翼. 成都竹枝词［M］. 增订本. 成都：四川人民出版社，1986：165.

②成都市文化局. 成都曲艺志［M］. 川成新出内字（2006）第 171 号，54.

③李劼人. 李劼人全集·第八卷诗歌戏剧及其他［M］. 成都：四川文艺出版社，2014：252－253.

连唱夜戏在内，每本不过十二千文，即在四十四年前，抄者正十岁时，整本戏到黄昏停锣，亦只十千文，三幺台则六千文，头等名伶如杨素兰、蒋春兰等，每日分帐不过八百文耳。

初八、初十、初十一洋琴钱　四千文

这表明，在清代道光年间，扬琴已与川戏并列，都为成都市民的精神娱乐方式之一。到了民国时期，据成都老报人车辐说，四川扬琴已成为成都市民的高级娱乐享受了：

在成都这个古铜色幽静的环境中，产生洋琴这个玩意，到是非常自然的事，它可以以最经济的方法去换去两三个钟头的时光，花上一元多钱（金元），剥瓜子，抽抽香烟，"又得浮生半日闲"的情趣，便在每一个人的心中感到满足了。值此物价高昂声中，这些尤为小公务人员闲情娱乐之所。①

民国十四年（1925），成都慈惠堂瞽童教养所开办"扬琴班"，这是四川扬琴最早的科班。"洋琴社"每期约招20名盲童，按"慈、惠、大、成、发、达、永、久、勉、自、未、定、蒙、天、之、佑"字辈取艺名。关于此事，前辈学人陶亮生先生曾亲历亲见，他在《尹仲锡与慈惠堂》②一文中作了较详的记述。

慈惠堂开教瞽童，寿辰婚庆唱从容。
学来薄技堪糊口，胜它坐吃令山空。

何韫若《唱扬琴二题》（之一）③

①车辐．杂谈四川扬琴［J］．风土什志，1949，2（5）：34.
②陶亮生．尹仲锡与慈惠堂［J］//成都市政协文史学习委员会．成都文史资料选编．蓉城杂俎卷．成都：四川人民出版社：2007：277.
③何韫若．锦城旧事竹枝词［M］．北京：中国三峡出版社，2000：266.

（三）说书

评书是以方言讲说故事的民间艺术形式，并且源远流长。唐代段成式（四川节度使段文昌之子）《酉阳杂俎》续集四记载："予太和末，因弟生日，观杂戏，有市人小说……"，说明了唐时成都已有专门的说书人讲评书了，并且与杂戏合演，成为市民娱乐生活之一。

清代及民初，说书流布于成都及周边各区、县。俗称"说书""说评书"，清末宣统年间四川巡警道曾命令改"评书"为"评话"和"演说白话"，但艺人和群众口头上依然叫它"评书"。

> 说书大半爱吴遑，善拍京腔会打跹。
>
> 一日唱来闲半日，青蚨一串尚嫌廉。
>
> ［清］六对山人《锦城竹枝词》（百首）①

这首竹枝词说明了四川说书人是较为悠闲的行当。

（四）竹琴

竹琴源于道家，本是道家宣道募化时所唱的歌调，古语有云："三教所唱，各有所尚。道家唱情，僧家唱性，儒家唱理"，故称"道情"，因所用之乐器渔鼓和简板均系竹制而名"竹琴"。民间则称这种形式"打道筒""唱道筒"。清末宣统年间才开始叫"竹琴""打竹琴""唱竹琴"。

---

①林孔翼. 成都竹枝词［M］. 增订本. 成都：四川人民出版社，1986：62.

丝管从来说"锦城"，竹琴今有李联生。

莫言薄世知音少，小枝无端浪得名。

据《师亮随刊》初集合订本、《师亮谐稿》补①

（五）莲花闹

莲花闹又称莲花落，即快板。莲花闹从所用的击节乐、唱词格式到具体唱法、打法，都和快板一致的，只是不同时代不同称呼而已。

乞丐人多数"锦城"，厂中教养课功程。

从今不唱《莲花落》，免得街上大吠声。

冯家吉《锦城竹枝词百咏》②

莲花闹多为丐者所唱。在清代的传统川剧《绣襦记》中就已有丐者唱莲花闹的专门唱段《元和闹街》。《目连传》中亦有丐者唱的《十不亲》。之所以叫"莲花闹"，是因为在群口唱时，有"莲花闹，闹莲花"之类的衬词帮腔。丐帮艺丐唱莲花闹是有师承的，师传有许多唱词套子，如开场、收场及对各行各业、各色人等的应酬、恭维、祝贺、赞美之词。套子是死的，要背诵熟练后而又即兴发挥、灵活运用。莲花闹唱词口语性强，活泼自由，可以随意换韵，并且夹杂民间土语、谚子、俏皮话，因此风趣活泼。③

---

①林孔翼．成都竹枝词［M］．增订本．成都：四川人民出版社，1986：114.
②林孔翼．成都竹枝词［M］．增订本．成都：四川人民出版社，1986：91.
③成都市文化局．成都曲艺志川［M］．内部出版，2007，50.

十七、成都灯影竹枝词：西蜀镂皮制更精

本篇专述竹枝词中成都灯影

灯影称"皮影戏"或"影人戏"，是中国最古老的戏剧形式之一，源于1500余年前的中国古都长安，盛行于唐宋，至今仍在中国民间普遍流传。

皮影与手影、纸影戏统称为影戏，在宋代已有手影及纸影戏。

手影戏借光以十指弄影，起源古老，至宋代正式成为"瓦舍（坊间）众伎"之一种。南宋灌园耐得翁的《都城纪胜》中，已载"手影戏"。南宋洪迈的《夷坚志·辛坚志》曾描写过宋代"手影戏"的演出形式："华亭县普照寺僧惠明者，……尝遇手影戏者，人请之占颂，即把笔书云：'三尺生绡作戏台，全凭十指逞诙谐。有时明月灯窗下，一笑还从掌握来。'"从中可以看出，手影影窗较小，但"十指逞诙谐"已能表演简单故事。手影戏乃原始的影戏。

宋人文献记载了宋代由纸影戏向皮影戏演变的过程。《都城纪胜》中说："凡影戏乃京师人初以素纸，后用彩色装皮为之。"

《梦粱录》说得更清楚："更有弄影者，元汴京初以素纸雕簇，自后人巧工精，以羊皮雕形，用以彩色装饰。"宋代既有由素纸向水晶羊皮的发展，而纸影戏也保持了自己的进步，并自成体系。

灯影以镂刻皮革制作的人物形象，由演员手工操作，借灯光照射于素幕，结合剧情的曲折跌宕，有白有唱，载歌载舞，从而生产强烈的艺术魅力。

灯影是综合了戏剧、音乐、美术等多种艺术元素，集文人写作、

艺人刻绘与民间演唱为一体，尤其与中国戏曲密切关联的，蕴藏着极为丰富的文化艺术资源的民艺。①

皮影戏制品及表演

成都灯影戏，又叫影戏，兴起于清代乾、嘉时期，可以说是陕西戏曲艺术与四川杂交的产物。随着大量陕西商贾来川贸易，陕西流行的皮影戏也传到四川，与四川的民间艺术揉合，以四川的一些喜闻乐见的戏曲充实其内容，又受川剧的影响，借誉四川木版年画艺术，进而诞生了一种具有四川地方特色的皮影戏。

周询《芙蓉话旧录》评价说：

灯影戏各省多有，然无如成都之精备者。②

成都灯影戏的主要特色为：一是形制较大；一是富有装饰性。艺人们以四川蜀锦、蜀绣中的云纹、龙纹、花鸟虫草等纹样对戏中人物、景色进行装饰，使其鲜艳明快，产生强烈感染力。成都灯影的加

①谢天开. 民间艺术十二讲［M］. 成都：四川大学出版社，2013：126.
②周询. 芙蓉话旧录（卷四）［M］. 成都：四川人民出版社，1987：64.

工也有很大改进。艺人们用黄牛皮镂刻出人物，不仅形象大于陕西皮影戏中的人物，而且身手关节多达十三个，"头、帽、躯干一般都各自分离，视剧情需要而'张'冠'李'戴，做到一物多用。"①

　　"滦州"剪纸忆分明，西蜀镂皮制更精。

　　银幕于今呈曼衍，一般灯影绝流行。

　　　　　　　　　　　　黄炎培《蜀游百绝句》之十四

　　原注：川人镂牛皮成人物形，于灯下影演种种戏剧，名"灯影"。②

　　在电影尚未诞生的时代，与高雅的戏剧相比，灯影绝对是都市平民的主要文化娱乐消费项目，其痴迷的程度，连表演者自己也沉溺其中：

　　省城有唐某者，自少至老，提灯影数十年，得心应手，熟极而化，提者推为巨擘。寻常制一全部，所费不过千金。有宋姓者，豪于资，性酷嗜此，所制一部，雕染极称精致，除普通应有者外，以及神怪鸟兽，亦无奇不备，演时尤栩栩欲活，阅一、二年始制成，闻所费不下三、四千金。当时雇演一夜，价约三千文，连昼则倍之。③

　　成都灯影戏的内容，多为广大民众喜闻乐见的民间故事。有敬佛祭禅的，有纪念名人的，有贺生祝寿的，有求佑子孙的，等等。如遍及四川城乡的土地菩萨，虽说在神班中排不高，但各地无不受其管辖。因此，老百姓都希望自家那一方的土地神能保佑本地区五谷丰

---

①邵长林. 乡土味浓的成都皮影［N］. 成都晚报, 1989－3－31.

②林孔翼. 成都竹枝词［M］. 增订本. 成都：四川人民出版社, 1986：179.

③周询. 芙蓉话旧录（卷四）［M］. 成都：四川人民出版社, 1987：65.

登，所以不仅逢年过节要祭送香蜡供品，还形成了年年都要举行的土地会。在会期，大家以演出明快生动的灯影戏表示对土地神的酬谢。又如清代四川杏坛都尊孙思邈为药王，并在药王会中演灯影以表示对其的敬奉。另外，灯影戏还包括传统戏剧的内容。

> 一帘灯影唱高楼，宛转歌喉度曲幽。
>
> 阿堵传来神毕肖，果然皮里有春秋。
>
> ［近代］王克昌《春游竹枝词》①

成都灯影戏的上演日子，多与生产、生活节气和民间民俗相关。如每逢三月初三日，四川民间习惯于举办娘娘会，香客居士们凑份子钱请演灯影戏如《七仙姬送子》等。因为相传三月三是送子娘娘生日，人们都希望送子娘娘保佑自家生个儿子。四川民间，也有在举办婚嫁、丧事、祝贺生日时，请演皮影戏《引凤楼》《岳母刺字》等的习俗。

不过，作为城市的文化消费，成都观灯影的时间却不同于乡村：

> 灯影原宜趁夜光，如何白昼即铺张。
>
> 弋阳腔调杂钲鼓，及至灯明已散场。
>
> ［清］定晋岩樵叟《成都竹枝词》②

这首嘉庆乙丑（1805 年）新刊《成都竹枝词》，记述了作为河南洛阳人侨寓成都的定晋岩樵叟当时的疑惑：本来该夜晚演出的，为什么成都人白天就"扯场子"看灯影戏？高亢的唱腔和喧天的锣鼓热闹非凡，到了天黑灯亮时，该看戏了他们却散场回家了！

---

①林孔翼. 成都竹枝词［M］. 增订本. 成都：四川人民出版社，1986：241.
②林孔翼. 成都竹枝词［M］. 增订本. 成都：四川人民出版社，1986：63.

"福德祠"前影戏开，满街鞭炮响如雷。

　　　笑他会首醺醺醉，土偶何曾饮一杯。

［清］邢锦生《锦城竹枝词钞》①

　　街道以祭土地为名请灯影班子表演，邀街民聚餐，影戏开场，满街的爆竹，会首喝得醉醺醺的，幻邀土地公公、土地婆婆饮酒，遭邻里玩笑。

　　清代周询《芙蓉话旧录·灯影》（卷四）记述：

　　故遇寿辰喜事，力不能演剧，或须在家庆贺者，多以此娱宾。庙会中资力不及者，亦率以此剧酬神，亦成都当日娱乐场中一特色也。②

　　由此可见，成都灯影戏是大戏川剧的一个补充：想听川戏大戏班子，费用不够便用灯影戏来代替。不光庙会、街道如此，有钱人的家里也如此。结婚祝寿等喜事请皮影班子来家中唱戏，一般在客厅、祠堂，或搭彩棚演出。请灯影班川戏庆贺成为当时成都人的一种娱乐时尚。这样的都市民俗，动静影响之大，一直延续到清末。

　　李劼人在《大波》（旧版）的开篇充满寓意地描述道：

　　东玉龙街的清音戏园——这是自宣统二年上半年来，一时流行，一时鼎盛的一种灯影戏园。灯影是以生牛皮雕出人物，染以五彩，应活动之处，都有小竹杖联系着，以便演者提制。戏文与大戏班的一样，只戏台是两丈多长，五尺多高的一幅白布，演员则是二尺许长的皮人。虽不娱目，却能悦耳，布置亦复简单。在昔只是酬神时，唱不起大戏，便唱这东西，本不足以登大雅之堂的，不知是什么人，在那时忽然感觉得爱

①林孔翼．成都竹枝词［M］．增订本．成都：四川人民出版社，1986：164．

②周询．芙蓉话旧录（卷四）［M］．成都：四川人民出版社，1987：65．

十七、成都灯影竹枝词：西蜀镂皮制更精

看戏的成都人，因了可园、大观园等唱川戏的戏园，动辄正座五角，附座三角，不免太费，而去挤戏场，又太辛苦，复非中等人干的；于是便将就人家住宅的一所大厅，搭起一座灯影戏台，台前以及左右全是方桌方凳，入场票只售一角，还有一碗毛茶喝。中年以上的妇女，半成人以下的姑娘，全可入场杂坐。并物色了几个向以唱灯影著名的角色，如唱侧喉咙的李少文，如唱大花面的贾培芝，逐日演唱。这恰恰投合了那时一般萧闲度日，而又不愿花费太多娱乐费的中等人的心理。于是开创之后，就惹红了许多善做生意的人的眼睛，而清音戏园，到底是老牌子，到底算个中翘楚。——虽是那么扇子像蝴蝶似的，满园乱飞，但锣鼓胡琴，以及大花面的震耳的吼声，小旦的刺耳的尖锐声，以及观客们满意的喝采，茶堂倌的吆喝，嘈嘈杂杂，仍一直要闹到制台衙门放了二炮，全城二更锣声鞺鞺的敲起来时，方曳然而止。①

成都灯影戏所形成的的灯影文化，也为成都人增添不少相关的语词。至今成都人还常常用一些灯影话语来表情达意。如夸言别人生气的样子，就说"气得灯影儿吹胡子"；比喻受人操纵行事，叫做"灯影儿不会走路，有人提线子"；说某人身法矫健叫做"灯影儿一闪"。又如成都人的灯影歇后语："糊锅巴雕灯影儿——焦人""灯影儿抠背——牛皮子嗙痒""灯影儿抽杆杆——垮了""灯影儿作揖——下独（毒）手""灯影儿把子——扯浑（音 kǔn）了"。又如成都人的灯影谜语："远看灯火照，近看像个庙，里头人马喊，外边哈哈笑。"成都街头糖画艺人捹的糖饼儿，因取形于灯影，称为"糖灯影儿"；轻薄透明、酥脆可口的牛肉美食，又被称为"灯影儿牛肉"……

从这些灯影语词可以推断：作为川剧另类表达的成都灯影戏在清末民初非常普及，甚至成为一般市民日常生活的"消费品"。②

①李劼人. 大波 [M]. 旧版. 成都：四川文艺出版社，2012：3-4.
②罗兰秋. 清末民初成都灯影戏的消费空间与市民的灯影话语 [J]. 四川戏剧，2014（2）.

十八、成都掌故竹枝词：奴家不是乡广广

本篇专述竹枝词中成都方言掌故

民国周芷颖在 1943 年编著的《新成都》中说：

中国地理，以四川划入南方官话区。因明季川中遭流寇之灾，惨戮无数。乱平之后，人口大量移地。故方言渐与中原同化。平京沪汉人士来此者，听本地话较闽粤易于瞭解，惟相距数千里当然有其特异之点。①

这是一个奇特现象，偏处中国西南一隅的四川成都的方言，居然让抗战时入川避难的北平、上海、武汉的流民也能听懂，并且认为比福建与广东话更易听懂。

成都话为西南官话，为属于北方方言的次方言，是四川地区的权威方言。成都话与以北方方言为基础的普通话是非常接近的，是全中国最容易听懂的地方方言之一。可以这样说，只要能听懂大陆普通话的人士，就能听懂成都话。

中国的汉、唐、宋、明与辽金元清，分别为农耕民族与游牧民族的战争与和平，不同民族交替入主中原，语言语音得到不断的整合。从时间的流转上，普通话形成的过程，经过春秋时期的"雅言"、汉

---

①周芷颖. 新成都［M］. 成都复兴书局，1943：48.

· 211 ·

代的"通语"、元代的"天下通语"、明清的"官话"、民国的"国语"、新中国的"普通话"。从空间移动上，从汉朝长安"通语"至魏晋的"衣冠南渡"形成第一次大规模语言融合：中原方言与江南方言的融合。唐朝统治中心在长安与洛阳之间移动，中原方言内部亦在整合中。北宋统治中心由汴京移至南宋的统治中心临安，为第二次大规模语言融合：中原方言与江南方言的融合。辽、金、元的南下，为第三次大规模语言融合：北方方言与中原方言的融合。明朝开朝的定都南京，后明成祖迁都北京，百万官民从江南迁移北京为第四次大规模语言融合：中国南方方言与北方方言的融合。最后清代入主中原，北方方言成为官话。因此，在两千年的农耕民族与游牧民族的战争与和平的交替不断地影响下，以"北京话为标准语音、北方话为基础方言，以典范的现代白话文著作为语法规范"的普通话，便理所当然地成为中国最具有普适性的现代共同语。

从这样一个大的语言语音的历史背景下观察，在清中期以后形成的成都话有一个明显的文化特征，那就是主要为北方文化圈、荆楚文化圈与秦陇文化圈交融的结果。

清初四川移民，主要分为三路①。

一路是川东地区入川的水陆通道。长江水道入川的门户为巫山县，位于长江上游四川主干道东头，为中国"湖广填四川"移民的主要通道。清初官府奉命在夔州（今重庆奉节）设立水站，以接应管理。康熙五年（1666年）十二月二十一日兵部议覆："四川巡抚刘格疏言：'夔州为楚蜀通衢，往来差使，络绎不绝。请于云阳、奉节、巫山三县，定远、烈面二处，各设水站。'应如所请。"② 走长江水路的湖广移民多为"溯江入蜀"，而长江三峡之险峻，有泄滩、巴峡、瞿塘峡、滟滪堆等著名奇险，为商旅之患。可以想见当年移民入川路

---

①谭红. 巴蜀移民史［M］. 成都：巴蜀书社，2006：521－524.

②《圣祖仁皇帝实录》卷20，第18页。

途的艰辛历程。

一路是川北地区的川陕通道：此为陕西与甘肃两省移民入川主要途径。主要有古路洋壁道，即陕西洋州西乡县至四川壁州（今通江县）。这条路线在明清时为商旅大道，"川陕客民，挟货贸易者，往往取道于此。"①

一路是川南的川黔和川滇通道：主要为来自贵州与云南的跨省界的移民。

清代"湖广填四川"是四川历史上规模最大的一次迁徙活动。清代的"湖广"实为行省之名，元明清沿习通用，但是所管辖的境界稍有变化，清初则专指今天的湖北与湖南两省。最重要的是，在清初的移民填川中，外省入川的移民中原籍以湖广人占居首位②。

从语言的整合来看，正是川东、川北与川南的移民口音方言，构成了四川方言进而成都话的基础。而在这中间，湖北与湖南移民的口音方言构成了成都话的底子，并受到以北方方言为基础的北方官话影响，从而形成了以汉语北方方言区西南官话方言占主导的成都话。如成都话中的"揞"（读暗上声，指隐藏）、沤（读音同恶，指长时间的浸泡），原本是湘语。据成都学者黄尚军统计，1935 年湖北汉口中亚印书馆编写的《湖北麻城县志·方言》中共收录麻城方言词语 229个，就有 158 个（约占 51%）与今成都话相同。

成都话的儿化音，便是受到移居成都的清代旗人"满城腔"③ 的影响。比如萨其玛这种食品，最初属于满洲人的甜食，后随着八旗官兵落户成都。其工艺是将用冰糖、奶油和白面而制成的糯米条块码起

---

① 严如煜 . 三省边访备览·杂炽 ［J］//蓝勇 . 四川古代交通路线史 ［M］. 重庆：西南师范大学出版社，1989：75.

② 陈世松 . 四川通史（第 5 册）［M］. 成都：四川大学出版社，1993：179.

③ "满城腔"是居住于少城满蒙八旗移民的交流语言，它以北京话为主体，夹杂了少量的东北话、满语和蒙古语等语言。见周巧媛《成都方言语音问题研究》，天津师范大学研究生学位论文。

来，再切成方块。用满语说，切成方块叫"萨其非"，码起来叫"玛拉木壁"，组合起来构成"萨其玛（saqima）"这个名词，属于用汉语音译满语。老成都人念"萨其玛"总带个"儿"字尾音，还真有当年旗人说话那股京腔味道①。

对于成都方言的特点，黄尚军认为有五个：一是词汇丰富，生动形象；二是方言岛现象突出；三是虽然成都方言总体呈融合之势，但各地仍语音有异，词汇有别；四是成都方言深深地打上古蜀历史文化的烙印；五是成都方言饶有情趣，既反映了成都人之憨顽品格，也凝练了成都人的智慧②。

"语言的背后是有东西的"③。语言为文化的载体，所谓文化即为社会遗传下来的观念和信仰的总和。在成都方言中，最值得注意的古代成都民俗与古代典籍在成都方言中的保留。如"打牙祭、吃魌头、吃两头望、打丧火、挂挂钱"等属于古代成都民俗。

成都方言中"敹起"一词，本意为"用大针粗线缝缀。"敹"，字音"了彫反"。实际上"敹"是一个古词，语出《尚书．费誓》："善敹乃甲胄"，意为"好好缝缀你们的军服头盔"。④

如成都方言中的一个使用频率很高的词"皈依佛法"，或作"归依佛法"，意思为"驯服、顺从"。"皈依佛法"语出《五灯会元》卷六《白云无休禅师》："京兆府白云无休禅师，僧问：'路逢猛虎，如何降伏？'师曰：'归依佛法。'"

还如成都方言中"宝器"一词，来源于南朝宋刘义庆《世说新语·排调》："王公与朝士共饮酒，举琉璃碗谓伯仁曰：'此碗腹殊空，谓之宝器，何耶？'答曰：'此碗英英，诚为清彻，所以为宝耳。'"

---

①张绍成．上世纪四十年来成都城区方言简说（一）［M］．文史，2014（3）．

②黄尚军．成都方言词汇［M］．成都：巴蜀书社，2006：766-767．

③爱德华·萨丕尔．语言论［M］．上海：商务印书馆，1985：221．

④蒋宗福．四川方言词语考释［M］．成都：巴蜀书社，2002：466．

刘孝标注："以戏周之无能。"可见在这里"宝器"本谓贵重器物，此以腹空无物喻不学无术，似已有"傻"的寓意。

再有成都方言常将粗心，心不在焉说成"恍兮惚兮"。此典出自《老子》第二十一章："孔德之容，惟道是从。道之为物，惟恍惟惚，惚兮恍兮，其中有象；恍兮惚兮，其中有物。"王弼注："以无形始，物不系成物；成物以始，以成而不知其所以然。故曰恍兮惚兮，惚兮恍兮，其中有象也。"由此可见，成都方言中的古词由来久远矣。

人口对于语言一般有两种影响：一是复杂人口的增加，使语言中和化；二是同类人口的增加，使语言进步。成都为四川省会，自然为四川古今方言大融汇的中心。

从社会语言学看，语言是民族的重要特征之一，方言则是民系的重要特征之一。民系是民族的下位概念，即一个民族由若干民系组成。例如，汉族的下属民系有客家人、广东人、福建人、江浙人等。成都方言因为是移民方言，因此民系众多，然而在不断的融合过程中，成都方言成为一个总的移民自我认同，并成为具有特色的地方文化，或者说民系文化。

从人类学视野看，作为"族群边界"的方言，与闽语、粤语方言的"族群边界"的封闭性相比，成都方言由于"五腔共和"而具有开放性。

方言，是文化的密钥，为民俗的一部分，属于地方性知识。方言是从生活里生长出来的，方言富有质感，同时作用于眼耳鼻舌身意六识。方言是一个族群的记忆，是一个族群的私密，是一个族群的身份认同，是一个族群的想象共同体，是一个族群的根。

下文将对一些代表性的方言词汇及相关竹枝词进行解析。

（一）方言

【广广】

> 各铺奸商实是奸，平空喊价黑漫天。
> 奴家不是乡广广，就地还他一文钱。①

成都方言"广广"，既指土头土脑的乡下人，也指不熟悉情况的人。如，"我不是广广，这一套我全懂!""你不要麻广广"。其实，这也与成都移民文化有关，本指初来蜀地的粤省两广移民，不习惯食成都花椒麻味，有饮食反应。

【摸青羊】

> 闻说铜羊独出奇，摸能治病祛巫医。
> 求男更有新方法，热手摸他冷肚皮。
> [清] 刘师亮《成都青羊宫花市竹枝词》②

成都方言"摸青羊"的掌故，出自成都著名道观青羊宫三清殿门的两只铸铜青羊。一只为单角羊，是清雍正元年（1723年）大学士张鹏翮（别号信阳子），从北京购来赠送青羊宫以符其名。胸前原有隶书阴刻"藏梅阁珍玩"五字，相传是南宋左丞相贾似道"半闲堂"家藏的薰香炉。底座上铭文是"雍正元年九月十五日自京移于成都青羊宫，以补老子遗迹"。底坐上有落款为"信阳子题"的四句七言诗：

---

① 成都市民俗文化研究会. 竹枝成都 [M]. 成都：四川人民出版社，2008：279.
② 林孔翼. 成都竹枝词 [M]. 增订本. 成都：四川人民出版社，1986：99.

"京师市上得铜羊，移住成都古道场。出关尹喜如相识，寻到华阳乐未央。"这只单角羊造型为十二生肖化身，即鼠耳、牛鼻、虎爪、兔背、龙角、蛇尾、马嘴、羊胡、猴颈、鸡眼、狗腹、猪臀；单角羊造型充满丰富的想象力与浪漫的美学意味。另一只双角羊，铸造于清道光九年（1829 年），是成都张柯氏延请云南匠师陈文炳、顾体仁所制成，献给青羊宫的。双角羊造型为写实美学。两只青铜羊，长约九十厘米，高约六十厘米，其体型如真羊大小。这两只铜羊为青羊宫的镇宫之宝，在民间则视之为神羊，俗传摸羊可治百病，人体哪里不舒服，摸羊体相应部分，疼痛即可减轻。傅崇矩《成都通览·成都之迷信》"曰青羊宫摩铜羊"：

青羊宫大殿之铜羊，头有孔穴，乃古来贵人之薰炉，年湮代远，讹以传讹，遂谓摩羊能医疾痛者。①

青羊宫单角铜羊

成都民间民俗传说，旧时妇女相信摸铜羊肚子可生男孩子，这虽

①傅崇矩.成都通览（上册）［M］.成都：巴蜀书社，1987：588.

为一种语言巫术，从现代医学看来，亦为一种自我心理暗示、安慰或满足。

另一首竹枝词，也从烧香抽签的角度记载了成都民间摸青羊的民俗：

> 摩抚青羊信女流，灵签默默对神抽。
>
> 赧颜不管旁人笑，郎自烧香妾磕头。①

【挂挂钱】

> 走遍亲朋拜遍年，谁家款待最周全。
>
> 便宜唯有回娘家，儿女多收挂挂钱。
>
> ［清］筱廷《成都年景竹枝词》②

挂挂钱是铜元时代的四川旧民俗，大年三十晚上或年初，家长或长辈要将铜钱穿成一挂（一小串）作为压岁钱，赏给未婚子女，此钱称为"挂挂钱"。成都小儿一般是兴高采烈地唱着"拜年，拜年，给你一串挂挂钱"的歌谣。而在纸币时代的成都童谣则变为"拜年，拜年，红包拿来"。旧时一两银子可兑换一千文铜钱，为方便使用和保存，故多将一千文铜钱穿为一串，故又称"一串钱""一吊钱"或"一贯钱"。铸造时，因铜的比例不同，往往会导致厚薄不一，故铜钱也有优劣之分。在市场交易时，因人们的心理作用，较差的铜钱总是先用出去，多用作购买一些零碎用品。而赏给小孩的铜钱，为了便于保存和使用，便相对"一串钱""一吊钱"或"一贯钱"产生了"挂挂钱"。这种"挂挂钱"或几枚，或数十枚，或上百枚不等。因"挂

---

①成都市民俗文化研究会. 竹枝成都［M］. 成都：四川人民出版社，2008：241.
②成都市民俗文化研究会. 竹枝成都［M］. 成都：四川人民出版社，2008：124.

挂钱”是赏给未成年子女的，后引申出“因年少而不懂事”之义，故成都口语骂人多说“刘前进，挂挂钱”。（注：刘全（前）进，此即傻瓜。）①

【打平火】

三五相邀吃兴高，回锅蒸肉尽佳肴。
豪情未减酝二两，“碗底开花”醉一遭。

何韫若《打平火》②

成都人友朋相聚，常相约去餐馆饮食，事前讲明所费平均分担，称为“打平火”。又因食毕结账时，各人将自己应摊之费放于碗底，故又戏称为“碗底开花”。按明人何良俊《四友斋丛说》（卷十八）记其授业师沈人杰以举人任临颍县教谕时，其子庠生沈公勇随父在任。县中有以进士官至通显之数人，时时从学前过，则呼沈公勇曰：“沈二哥，我们大家去打个瓶伙”。即至店中，唤酒保取酒，围坐而饮。据此，则字作“打瓶伙”而不作“打平火”。字作“瓶”者，显因饮酒而言。又明人陆容《菽园杂记》（卷七），谓“唐兵制，以十人为‘火’，故俗以客商同财其聚者名‘火计’，而俗作‘伙计’者误。此后引申其义，凡二人以上共同之行为皆谓之曰“打火”。民间习称之“打平火”，则举凡平均分摊饮食之费皆可用，不限于饮酒一事，故其字不用“瓶”。酝，本义为酿酒。方言用以代指饮酒，意读如“氲”，有细细品尝之意。

①黄尚军．四川方言与民俗［M］．成都：四川人民出版社，2002，127.
②何韫若．锦城旧事竹枝词［M］．北京：中国三峡出版社，2000：263.

【撵尾字】

红绳夹票挂当门，"公益""航空"种类分。

"一趟拉伸"飞快跑，混得"缴缠"即为赢。

何韫若《撵尾字》①

诗题"撵尾字"属于民国年间新形成的成都方言。成都自清光绪三十一年（1905 年）开始发行彩票。民国四十年代中期，成都市面彩票，有"公益"与"航空"两种。每期彩票在开奖前，票商均用木夹将彩票夹于所横牵之绳上，并裁小方红纸以铅粉书写该票号码贴票下，以方便购者挑选号码。按当时中奖办法，每期除头、二、三、尾四个大奖外，凡彩票号码最后一位数字与头奖之尾号相同者，可得两倍于票值之奖金，称为"兑尾字"（"字"，方言读 zi）。因此，每值开奖之日，头奖号码一经场内唱出，即有人自场内飞奔各街巷之彩票铺，将其尚未售完彩票中与头奖尾号相同者悉数买去。此种牟利方式，关键在于快跑，抢在票商得头奖号码以前，其中时差极短，机会稍纵即逝矣。此种世象，民间称为"撵尾字"。撵，方言义为追赶。一趟拉伸，方言用以形容不顾一切飞奔之状。缴缠，方言指人基本生活之必需开销。

（二） 楚腔京话

傍"陕西街"回子窠，中间水达"满城"河。

三交界处音尤杂，京话秦腔"默德那"。

［清］六对山人《锦城竹枝词》（百首)②

---

①何韫若. 锦城旧事竹枝词［M］. 北京：中国三峡出版社，2000：269.

②林孔翼. 成都竹枝词［M］. 增订本. 成都：四川人民出版社，1986：48.

林孔翼注："正阳门"前名"回回窠"，"默德那"即回祖国，回人每称之，见尤悔庵《外国竹枝词》注。

这里的"京话秦腔"，实际上指清时成都城区存在语言的"方言岛"现象，成都的"满城腔"就为一个典例。

"满城腔"是居住于少城的满蒙八旗移民的交流语言，它以北京话为主体，夹杂了少量的东北话、满语和蒙古语等语言。从成都驻防八旗内部来看，成都八旗并非都是满族人，还有占总人数三分之一的蒙古人。语言也比较复杂，既有满语和蒙古语等少数民族语言，还有北京话和东北话等汉语方言。内部人员在交往时语言难免互相影响、互相融合。

成都满城人在刚定居成都时还保持着初来成都时的原始语言：少数民族语言（满语或蒙古语）、北京话或者东北话。按照清政府"旗民分居"、驻防部队封闭居住的规定，少城中人很难有机会与外界的成都当地人接触交流，所以外界的成都当地方言对少城内部语言的影响是微乎其微的。这时的少城还是纯正的北方话语音环境，少城人的语言融合对象还局限在北方话的范围内。北京话在少城中更占优势，所以少城内部语言逐渐演变成为以北京话为主体，夹杂东北话、满语和蒙古语的"满城腔"。这时的满城人还只会说北方话，少城仍然是一个单语环境。这种单语环境一直持续到清代末年。辛亥革命爆发后，旗人处境艰难，更是加速了其口音向成都方言语音靠拢的进程，但是早年已经学会的北京话并不会轻易地从口音中消失，所以形成了在语音上可能存在的"半京半川"的特殊口音。比如，"妹（儿）""素芬（儿）"；再比如，在"买一斤豆芽儿"中，"买一斤"是成都口音，"豆芽儿"却成了北方口音。不仅是语音中存在北京话和成都话相混的情况，在词汇中也会出现这种情况。比如成都人说"上床睡觉""扫把"，有些少城人会说"上炕睡觉""笤帚"；成都人说"今天""明天"，少城人会说"今儿个""明儿个"。这些例子都带有明显的北方方言词汇色彩①。

> 摇唇故作齿音扬，轻薄成都别有腔。
> 染得新繁新茧色，宽袍玉佩小刀长。
>
> ［清］六对山人《锦城竹枝词》（百首）②

另外，《楚辞》中的"兮"字发音，亦保留在成都话中，如"脏兮兮""瓜兮兮"等。

总之，成都话属于"楚腔"说"京话"，这与"湖广填四川"有密切关系。

---

①周巧媛．成都方言语音问题研究［D］．天津师范大学，2012.
②林孔翼．成都竹枝词［M］．成都：四川人民出版社：1982：52.

十九、成都水利竹枝词：都江堰水沃西川

本篇专述竹枝词中成都水利生产民俗

天雨知时总不忙，"都江堰"远候栽秧。

通城折柳供龙牌，要水敲锣上宪堂。

〔清〕六对山人《锦城竹枝词》（百首）①

"镇夷关"下"凤栖寨"，来往夷人竞唱歌。

莫怪麝香儿爱佩，年年番客贩来多。

〔清〕山春《灌阳竹枝词》（五首）②

柳色青青"人字堤"，一林春雨鹧鸪啼。

欲寻"花蕊夫人宅"，错到城南巷口迷。

〔清〕马莲舫《灌口竹枝词》③

"人字堤"边碧草萋，"斗鸡台"上鹧鸪啼。

春江万顷桃花水，一线涛头与岸齐。

〔清〕马光型《灌江竹枝词》④

---

①林孔翼. 成都竹枝词［M］. 增订本. 成都：四川人民出版社，1986：48.
②林孔翼，沙孟璞. 四川竹枝词［M］. 成都：四川人民出版社，1989：41.
③林孔翼，沙孟璞. 四川竹枝词［M］. 成都：四川人民出版社，1989：51.
④林孔翼，沙孟璞. 四川竹枝词［M］. 成都：四川人民出版社，1989：38.

又灌溉三郡，开稻田，于是蜀沃野千里。号为陆海。旱则引水浸润，雨则杜塞水门。故记曰：水旱从人，不知饥馑，时无荒年，天下谓之天府也。

——晋·常璩《华阳国志》

夫岷江为蜀中之利，亦即为蜀中之大害。

——清·赵世铭《都江堰堰工利病书》

将超自然、实用、理性和浪漫因素结合起来的，在这方面任何民族都不曾超过中国。

——［英］李约瑟《四川——自由中国的心脏》（1941 年）

以上竹枝词及史料皆对都江堰水利工程有极高的评价，以下部分将以都江堰为例展开对成都水利生产民俗的叙述。

（一）三星堆

淫雨、浊浪、呼啸的漩涡、黑黢黢的枯木、白生生的浮尸，天色晦暗，乌云密布，雷声隐隐，闪电切切……古蜀三星堆纵目族大祭师，身罩长长的，类似燕尾服的衣物，手持黄金法器，站立在高台上，拼命地挥舞着，蹈步着，喉结滑动发出怪禽般的尖锐声音，鼓睛暴涨地戴着夸张的青铜面具——纵目、展耳和阔嘴的狰狞，企图抗拒滔滔洪水……一旁的氏族子民匍伏在地，坐在高台一角的君主脸色苍白，嘴唇麻木。

广汉月亮湾鸭子河和马牧河的河床，早已无法约束汹涌的洪水了，三星堆整座城池也只剩余这座天然台地了，台地如同不能移动的诺亚方舟，抹拭去飞溅到脸上的浪沫，君主焦急地等待着大祭师。大祭师此刻则焦急地注视着刚被从火焰灼过，又激上冷水的大山龟龟壳，盯着裂出的冰纹占卜这个世界的吉凶。

结果终于出来了，大祭师向匍匐在地的人群又挥动了几下法器，取下青铜面目，迅速奔向国王，双目鼓胀地吐出两个字："迁都！"

今天的考古证明："原来，在马牧河南岸台地上有一道长逾百米的古城垣横截在马牧河'几'字弯道上方的台地上，这道古城垣就是现在经考古发掘被确认的三星堆遗址古城的南城墙。城墙上有两个缺口，将城垣分割为三段，因年代久远，城墙坍塌剥蚀而成堆状，这就是被后人传说为玉皇大帝撒下的三堆土，可见三星堆的历史形成确实古老。"[①]

在三星堆的考古中，没有发现任何过火的迹象。这证明，三星堆文化的消失，似乎是因为水，泛滥的洪水让古蜀文明突然中断、深陷于幽暗的泥土之里。

（二）金沙博物馆

成都金沙博物馆。旋转的太阳神鸟，金光熠熠，缓缓转动着，参观的人们由衷地发出啧啧赞叹。

玉圭、玉琮、玉璋，无法想象的加工工艺。堆积如山的象牙，参差错落的屋基。金沙与三星堆相比，这里在远古似乎是高地，干燥的高地，能够躲避洪水的侵袭。于是金沙的出土文物中，精美、细腻的金玉风韵替代了三星堆那种沉重、狰狞的青铜风格。

没有洪水的侵犯，或者说洪水的威胁减小了许多，相对安稳的岁月，悠然的时光，让古蜀人安逸了许多，悠闲了许多，人们由衷地感谢阳光，热爱太阳，于是制作了金箔剪纸艺术——"太阳神鸟"。一个超越时光，具有现代标识设计理念的图腾。与著名的中国旅游标

---

① 陈安德，魏学峰，李伟钢. 三星堆——长江上游文明中心探索［M］. 成都：四川人民出版社，2000：57.

志，甘肃武威出土的"马踏飞燕"一样，成都金沙的"太阳神鸟"依其实际尺寸成为中国文物标志，让蜀人骄傲不已。

然而，在都江堰没有兴建以前，古蜀的水患远远没有彻底解除，时时威胁与扰乱蜀人的生产与生活。这与川西地区地势相关：西北多山东南平坦，为一个扇形三角盆地。夏秋岷江暴涨，泥沙俱下，水至则沦为泽国，水退则泥石遍布……

（三）古蜀民俗

滔滔惊悸，梦魇纠缠，奋力、苦斗，却束手无策……

诗仙李白曾经喟叹："蚕丛及鱼凫，开国何茫然？"

面对旱涝无常的蜀地，古蜀的君主们，双目与五内一起翻江倒海，何等的茫茫然然！

蚕丛率族人聚居牧马山台地，而无法保持族群的繁衍昌盛……

蜀王杜宇，为了奖励治水功臣荆人鳖灵，不惜禅让以国……

2000 年，在成都商业街出土了战国中期 14 艘船棺。巨大的、已经变成了乌黑木头的船棺，以独木舟的形式，作为古蜀君王们的最后归宿。这在今天看来不可思议，船棺的古蜀民俗，意味着与世长辞的古蜀君王们，依旧心存葬身水泽鱼腹的寒颤……

渊面黑暗。船棺佐证在都江堰未曾修筑以前，蜀地处于凶吉无序的岁月，蜀人面临紊乱泛滥的岷江洪水，属于一个不确定、充满恐惧的洪荒时代……

（四）都江堰水利工程

都江堰海拔 730 米，而成都平原周边海拔约 430 米，形成了 3~6‰的自然坡降。成都平原自盆地西北边缘的岷江出山口起，如同一把神奇的巨扇，向北、东、南三个方向徐徐展开，都江堰正好处于制高点的扇柄端。天朗气清，渠首居高，为扇轴；渠道处低，为扇辐；都江堰自流灌溉让广阔的成都平原得以惠风和畅，岁月静好。

都江堰水沃西川，人到开时拥岸边。

看到马杈频撤处，欢声雷动说耕田。

[清] 山春《灌阳竹枝词》①

这柄巨扇的最后制作者秦蜀守李冰，凭借着对水性的深透认识，匠心独运地将核心工程渠首选址在岷江的弯道上，这是都江堰的原点——金刚堤的鱼嘴工程，这为一个科学与艺术高度结合的光亮点，时至今日也是熠熠闪闪。

水自"金堤"内外流，李家父子恒千秋。

"伏龙观"下人如蚁，社日刲羊五万头。

黄炎培《蜀游百绝句》②

注："岷江"至灌县"都江堰"，分内、外二江，各灌数十县农田，传秦李冰父子所凿。"金堤"在"都江堰"下。蜀民岁以羊祀李冰父子，范石湖有"刲羊五万大作社"句。

原本混沌紊乱的莽榛世界，被建构成为一个充满中国哲学秩序与结构的水利体系，被修筑成为一个充满科学理性精神的系统工程，被雕塑成为一个风光壮丽逶迤的大地艺术品：一座伟大的无坝引水、自流灌溉的生态水利工程。

都江堰的三大组成部分：金刚堤鱼嘴分水口、宝瓶口内江进水口、飞沙堰外江漫水堤，利用弯道动力学的自然规律，以四六分水的

---

① 林孔翼，沙孟璞. 四川竹枝词 [M]. 成都：四川人民出版社，1989：41.
② 林孔翼，沙孟璞. 四川竹枝词 [M]. 成都：四川人民出版社，1989：299.

比重——平时内江六成水，外江四成水；夏季洪水季节，内江四成水，外江六成水——将内江的灌溉与水运，和外江的泄洪排沙安排得妥妥贴贴，以保证成都平原的安全。并且，还巧妙地解决了至今困扰全世界水利工程的泥沙排泄问题：在进水口鱼嘴分流后，内江处于凹岸，外江处于凸岸，根据弯道的水速规律，表层水流向凹岸，底层水流向凸岸，因此随洪水而下的沙石大部分随底层流向了外江，分沙之后仍有部分泥沙流入内江，这时又利用弯道江水直冲崖壁而产生的漩流离心力，再度将下层水的泥沙沉积在凤栖窝，而上层水的泥沙则从飞沙堰甩进外江，洪水越大，沙石的排除率越高，最高竟可达90%。此外，在宝瓶口前的人字堤还有遇上大洪水时的第二次分流功能。

> 逢弯截角正抽心，水落淘滩不厌深。
> 三字留疑低作堰，旱涝四六早垂箴。
>
> 黄炎培《蜀游百绝句》①

注："二王庙"有碑，铸十四字："深淘滩，低作堰；逢弯截角，遇正抽心。"中惟"低作堰"句，似意有未完。另碑尚有"分四六，平潦旱"等语，知堰低宜有度也。

> "都江堰"外石成堆，"嘉定"城边面水开。
> "离堆"有三吾见二，"嘉陵"空自探幽回。
>
> 黄炎培《蜀游百绝句》②

注：蜀三"离堆"：一在灌县外，一为"嘉定乌尤寺"所在，一在"嘉陵江"边"新政坝"。

都江堰创了一个神话，又造了一个福祉。灵活调剂的水量黄金比

---

①林孔翼，沙孟璞. 四川竹枝词［M］. 成都：四川人民出版社，1989：299.
②林孔翼，沙孟璞. 四川竹枝词［M］. 成都：四川人民出版社，1989：299.

例，安全而奇妙。泄洪排沙的层层防范，简略而高效。都江堰所创造的生态哲学不仅适应于水利，而且在相当程度上也隐喻与转喻着整个中华文明的生存与延续。

"乘势利导，因时制宜""深淘滩，低作堰""逢正抽心，遇弯截角"，李冰将复杂的治水方略，提炼成简明口诀而显示着中华民族卓越的神性。

（五）李冰治水

他，中国古代最杰出的水利工程师，最终被神化了，成为中华道教神谱中的神。

那是一个天地人神四重世界还没有分裂的时代。李冰以对水性的深透明悟，而在人们眼里具有了某种特殊的能力，即神性。敬畏自然，崇拜英雄，为那个时代人们的普遍思维。当人们在惊讶中看见曾经暴虐的岷江水变为来自天地的一江春水，滋润大地，收获金秋时，李冰的事迹就成了传说：

> 江水为害，蜀守李冰作石犀五枚：二枚在府中；一枚在市桥下；二在渊中，在厌水精，因曰犀牛里。
>
> ——《太平御览·蜀王本纪》

汉代大儒扬雄记述的传说：在兴建都江堰时，面对岷江水患频繁，李冰曾刻制石牛五头，并在渠道的重点地段将石牛作为镇水之物。对此，唐代诗圣杜甫有诗为证：

君不见秦时蜀太守，

刻石立作五犀牛。

自古虽有厌胜法，

天生江水向东流。

蜀人矜夸一千载，

泛滥不近张仪楼。

秦代的纵横家张仪是成都城的一位规划设计师，蜀人曾修张仪楼以纪念。"泛滥不近张仪楼"，这是蜀人骄傲。明亮了，都江堰让昏朦古荒的四川盆地成了"沃野千里，水旱从人，不知饥馑，时无荒年"的天府之国。

传说是现实中的想象，神话为想象中的现实。东汉应劭《风俗通》，就将李冰描述为神：

秦昭王使李冰为蜀守，开成都县两江，溉田万顷。神须取女二人以为妇。冰自以为女与神婚，径至祠劝神酒。酒杯澹澹，因厉声责之，因忽不见。良久，有两苍牛斗于江岸。有间，轺还，流汗谓官属曰："吾斗疲极，不当相助耶？南向腰中正白者，我绶也。"主簿刺杀北面者，江神遂死。

在这则神话，李冰以自己半人半神的面目，最终勇敢地战胜了江神。李冰作为创世者连同他自己的事迹，一起成为神话。

岁暮人争看蠚龙，年年铁链换何从。

听来一笑齐东语，此辈无知是老农。

[清] 山春《灌阳竹枝词》①

"传说中的蜀国帝王包括蚕丛、柏灌、鱼凫、杜宇、开明诸代，其中开明氏统治蜀的时间最长，共传位十二世。公元前316年，开明

①林孔翼，沙孟璞．四川竹枝词 [M]．成都：四川人民出版社，1989：41.

十二世为秦所灭，蜀告灭亡，其历史前后长达 1300 年，此后蜀文化融合在汉文化中。"①

在这个千年时光里，蜀王杜宇、荆人鳖灵都为导江治水的大功臣、大专家。历史学家徐中舒曾在《古代都江堰情况探原》②中考证：都江堰工程在历史上实际为蜀人所创始，而水利建设方法应传自楚国。"李冰守蜀后，依其成法，守其规模，使川西平原成为沃野，蜀人至今，犹蒙其福利"。

然而，都江堰的荣光最终归于李冰，由他接受顶礼膜拜——这便是历史为成功者的历史的逻辑：

> 了愿酬神六月中，虔诚拜到"二王宫"。
> 人来莫向南关去，逝水推波路不通。
>
> ［清］吴好山《灌县竹枝词七首》③

> "伏龙观"起"老王祠"，庙貌重新复旧规。
> 怪得烧香人似海，楼台都盖碧玻璃。
>
> ［清］马莲舫《灌口竹枝词》④

史书经典《左传》提出了"三不朽"的标准："太上有立德，其次有立功，其次有立言，虽久不废，此之谓不朽。"李冰因修筑都江堰而立德、立功、立言，治水的大英雄超越了死亡而永垂不朽，最终成为神而永享民间世世代代的祭祀香火。

"秦王扫六合，虎视何雄哉！"正是都江堰建成后数十年间，造就

①陈安德，魏学峰，李伟钢．三星堆长江上游文明中心探索［M］．成都：四川人民出版社，2000：59．
②徐中舒．古器物中的古代文化制度［M］．北京：商务印书馆，2015：359.
③林孔翼，沙孟璞．四川竹枝词［M］．成都：四川人民出版社，1989：38.
④林孔翼，沙孟璞．四川竹枝词［M］．成都：四川人民出版社，1989：51.

了天府之国，巴蜀粮仓，为华夏的统一提供了坚实的物质基础。

诗仙李白云："九天开出一成都，万户千门入画图。"

"扬一益二"，唐朝的成都已为中国最有名的都市之一。

西哲亚里士多德说过：闲暇，是从事高级劳动的基础。有了都江堰的滋润，蜀民们就有了更多时间从事关乎生存以外的文化，做出更深的学术，创造出更美的艺术，享受更多的娱乐与美食。

"上善若水""顺其自然""优哉游哉"，都江堰蕴含的水文化，即为蜀文化的哲学根基。

"少不入川"，天府之国的一年四季翠绿得令人焦虑，外乡人的奋斗意志在金黄色的富贵之乡中倾刻瓦解，这也是从一种另类的角度对都江堰的表扬。

（六）岷江洪流

1933 年 8 月 25 日 15 时 50 分 30 秒，一个蓄积已久的瞬间意外，岷江上游茂县叠溪发生了 7.5 级地震。山崩、滑坡，最大的滑体是叠溪城和点将台之间的阶地滑坡，坡体长约 400 米，宽约 1300 米，滑坡体体积达 1.5 亿立方米。以此为核心形成一连串大大小小的地震堰塞湖，在昏白的阳光下，粼粼诡谲，沦陷于混沌迷茫。

在 45 天内，叠溪堰湖群以下的岷江，江水逐渐细弱，江岸阴风惨惨，江心乱石嶙峋。都江堰鱼嘴已无水可分，宝瓶口下唯余伏龙潭的一泓积水。激荡的江水失去了往日的喧嚣，一切静悄悄得令人窒息，成都平原头上顶着一盆巨大的覆水，生死攸关，空气凝固。

45 天后，同年 10 月 9 日深夜 10 点左右，上游的地震堰塞湖群的部分土石方突然崩塌了，狂暴的洪水呼啸而下，第二天就抵达都江堰，数丈高的水头，气势汹汹，黑夜暴涨，铺天盖地。这一年 10 月 13 日的成都《新新新闻》报道："岷江壅塞积水澎湃，灌县罹大水灾，为近二十年来所仅见。"据统计，叠溪地震及地震引起的水灾共计造成了约万人死亡；其中地震堰塞湖溃决引起的灾难，除去灌县境内捞获尸体4000余具之外，而在都江堰下游的成都平原灌区如崇宁、郫县、温江、双流、崇庆、新津等地共计死亡人数仅约2500人。①

一切迹象证明，是都江堰拯救了天府之国。

岷江滔滔洪流在都江堰堰首工程鱼嘴第一次大分流为外江与内江后，"水分各属，万派千支，难以备载。"② 如此这样，渠、堰、堤、坝，密如经络穴位的都江堰水系，似太极推手一般，绵裹而刚强，将来势汹汹的洪水一分二、二分为三，三为无数。

都江堰水利工程

以柔克刚，顺势而为，化强暴为柔顺，解暴烈以细微。虽说此次洪水裹带的泥石断木冲坏了鱼嘴、毁坏了飞沙堰，却尚保留亘古不变的外江与内江格局，金刚堤依然坚固，宝瓶口依然屹立，都江堰以一个白鹤亮翅的漂亮姿态，再次呵护了天府之国。

---

①党跃武. 川大记忆——校史文献选辑第三辑：叠溪地震与四川大学 ［M］. 成都：四川大学出版社，2011：180.

②曾寅亮. 四川成都府水利全图说 ［O］ //冯广宏主编. 都江堰文献集成·历史文献卷（先秦至清代）［M］. 成都：巴蜀书社，2007：763.

（七）泽被后世

回顾世界历史，四川盆地的古蜀文明与两河流域的美索不达米亚文明，两地都建立了世界上最古老的人工水利自流灌溉系统：一为都江堰大型水利工程，一为"汉谟拉比—万民之福"大运河。前者哺育了天府之国，后者滋润了苏美尔文明的"新月平原"。

然而，伴随着苏美尔文明已经成为历史陈旧的一页，"汉谟拉比—万民之福"大运河人工灌溉系统亦早已为风沙遗迹；而都江堰虽历两千多年却风雨不老，万古常青，而且还在生长：控灌面积从秦汉时的八十多万亩，增加到了今天的一千万亩以上。

"都江"三月堰初开，雪浪云涛滚滚来。

待得灌田春水足，万畦秧子一齐栽。

邢锦生《锦城竹枝词钞》①

两千二百多年以来，在都江堰示范之下，原为水泽之国的巴蜀，成了水利之郡：通济堰、张公堰、火烧堰、永济堰、古佛堰、惠泽堰、百公堰等等，繁若群星的水利工程与都江堰连成一串，千秋万代福佑着天府之国。

以现代科学的眼光观察，都江堰虽然位于四川龙门山地震大断裂带却存在了两千多年，最大奥秘在于都江堰的无坝引水，对于万古奔流的岷江只是随体赋形，顺势而为，绝没有人为诱发地震的种种因素存在。都江堰工程的科学与生态的中华哲学理念至今也具有深远的启迪意义。

诗史杜甫有句："锦江春来天地，玉垒浮云变古今。"

都江堰为世界水利工程展示了一个独特的中华智慧范本：顺其自然的无坝引水的生态水利工程，大音稀声地诠释着中华文化"天人合一"的核心哲理。

---

①林孔翼，沙孟璞．四川竹枝词［M］．成都：四川人民出版社，1989：164.

总论：成都竹枝词与成都城市文化

成都竹枝词的复兴与城市空间及文化的嬗递

清季与民初成都竹枝词的复兴，应为成都城市历史文化的因缘承继与重建的结果。唐代、清代及民国，成都城市物质空间的定型、毁建及巨变，关联到成都竹枝词诗体流行与扩布；文化重建既是对成都城市物质空间的重建，亦是在面临城市文化断层与嬗递时，城市精英与大众对传统诗学文化样式的选择与确定。

（一）唐代成都城市定型与竹枝词传入

"四川虽属山国，而成都实为泽国。"① 从邻水到亲水，唐代是成都城市物质空间的定型时期。自秦代张若筑龟城以来，成都便是邻水型城市格局，即城市依托河流，郫江（内江）、检江（外江）从都江堰由西北向东南与秦城城垣擦肩而过。

成都城由邻水型转为亲水型的标志，是晚唐剑南西川节度使高骈领衔成都军民所筑的罗城。然而，这一转向最初却起因于中晚唐时期防御南诏侵蜀的军事防御。成都罗城最大特点，除了军事上的防御功能外，在于改变了成都城市风貌，最终完成了一座亲水型城市的布局：将外江的下游锦江（濯锦江、锦水）与新开凿的清远江形成"二江环城抱流，

---

①傅崇矩. 成都通览（上册）[M]. 成都：巴蜀书社，1987：8.

溪水穿城而过",加之城内的金水河与解玉溪,合称为罗城四江。

除了河流外,成都城内人工湖泊众多。《水经注》载:"初,张仪筑城取土处,去城十里,因以养鱼,今万顷池是也。"①《华阳国志·蜀志》:"城北又有龙坝池,城东有千秋池,城西有柳池,其园囿因之。"② 可见,成都城内的湖泊在具有园林特色的同时,也兼具循环农渔生态经济,更体现了"天人合一"的人文观念。

隋朝时期,在成都城内有一泓五百亩的水体,名叫摩诃池。摩诃池,为隋代蜀王杨秀展筑子城南、西二隅,取土后形成的人工湖,自此强化了成都开凿人工湖的文化传承。唐朝,摩诃池畔不仅为官署建筑所在,也为成都游览胜地,其意义相当于唐长安城的曲池,而为成都大城典型园林观景,兼具城市湿地生态。在隋唐时期,成都城内亦分布"合江园""崇勋园""皇花园""中园"等多处宫苑园林与私家园林。

因此,与唐长安城的规矩方格状(棋盘式)不同,唐朝时期的成都城市格局为二江环抱自然椭圆状,加之西岭雪山等自然景象的呈现,兼之成都的园林、屋舍与街道的整洁,使成都作为"城市容器"而具有诗学的物质空间特质,而让人获得一种具体的审美体验:"九天开出一成都,万户千门入画图。"

一般来说,"城市化水平"即为"衡量城市化发展程度的数量指标,一般用一定地域内城市人口占总人口的比例来表示。"③ 在成都城市史上,第一次人口显著于全国,当属唐代。诗史杜甫《水槛遣心二首》对成都人口记述道:"城中十万户,此地二三家。"中唐薛涛《上王尚书》:"十万人家春日长。"两位诗人都一致明确了当时成都城市人口为"十万人家",可作为今天推测唐时成都人口依据。唐时

---

① 郦道元:《水经注.江水》(卷三十三)。
② 常璩:《华阳国志·蜀志》(卷三)。
③ 中华人民共和国建设部.城市规划基本术语标准[S].北京:中国建筑工业出版社,1999:3.

成都人口，仅次于长安，为全国第二位。据统计："唐太宗贞观十三年（639 年），全国每户的平均口数为 4.31 人，剑南道则为 4.90 人，居全国首位""太宗时期，益州的户数高达 117889 户，仅次于京兆府，居全国第二位"。①

成都更大的物质空间背景，是位于中国地理大势第一阶梯与第二阶梯过渡地带、生成于龙门山脉与龙泉山脉之间的岷江冲积扇区，于周遭崇山峻岭的四川盆地内最为丰腴肥阜：

> 沃野千里，水旱从人，不知饥馑，时无荒年。②

具有诗意的成都城市的物质文化空间，不断吸引着"自古诗人例到蜀"。据统计，唐及五代来到成都的诗人有 150 人，创作诗 1194 篇，成都也自此成为一座具有历史性的诗城③，人杰地灵而让成都文化造极于唐代。

"竹枝词"作为民间民歌，亦是在唐代传入成都的。竹枝词研究者任二北（半塘）先生论述道：

> 七言之歌多发于民间风俗，竹枝最着，乃盛于蜀中。至中唐，得刘禹锡之倡导，声文并茂，媲美于屈原《九歌》，于民歌中，所处最高。④

中唐诗人顾况有长句《露青竹枝歌》，起句为："鲜于仲通正当年，章仇兼琼在蜀川。约束蜀儿采马鞭，蜀儿采鞭不敢眠……"顾况

---

①李敬洵．四川通史·两晋南北朝隋唐［M］．成都：四川人民出版社，2010：3.
②常璩：《华阳国志·蜀志》（卷三）。
③张仲裁．唐五代文人入蜀编年史稿［M］．成都：巴蜀书社，2011：336.
④任半塘．成都竹枝词·序［J］//林孔翼．成都竹枝词［M］．增订本．成都：四川人民出版社，1986：1.

的竹枝较刘禹锡约早七十年。中唐诗人刘禹锡，亦有两首《竹枝词》与成都关联：

山桃红花满上头，蜀江春水拍山流。
花红易衰似郎意，水流无限似侬愁。

日出三竿春雾消，江头蜀客驻兰桡。
凭寄狂夫书一纸，家住成都万里桥。

这两首被认为是描述成都最早的竹枝词。"蜀江春水拍山流"，描述了成都远山近水的城市景色。"凭寄狂夫书一纸，家住成都万里桥"，描述了唐时成都水驿传书的民俗。

唐朝的成都作为文化容器，因以唐代众多诗人或游历、或流寓，而成为唐诗创作中心，为成都富集了丰厚绵长的诗学文化精神空间。具有民歌味的竹枝词虽说没有在唐时流行于坊间里巷，而且在以后的宋、元、明三代也只是对其因袭与复制，而没有被广泛传播与接受。尽管如此，唐代传入成都的竹枝词诗体所具有的不拘平仄，方言俚语；状写风土，琐细诙谐；生机活泼等纪实风格特质的诗学基因，却为清季与民初竹枝词的复兴收藏与贮存了因缘种子。

（二）清代成都城市毁建与竹枝词复兴

从毁城到建城，清代是成都城市物质空间的重建时期。明末清初，因为战祸，成都经历了建城史上最惨烈的毁坏，先为张献忠屠城与毁城；继而吴三桂的"祸蜀六年"，其结果为"数被兵革，地荒民流"①。成都在唐朝便是有十万户人家的大城，在清康熙三年（1664

①徐干学：《儋园文集》（卷二十三）。

年），城中仅有残民"数百家"①。城垣败颓，昏鸦四起荒草乱蓬，虎狼出没。康熙十一年（1672 年），清初著名诗人王士禛奉命入川巡视，所见的成都城及其郊县"千余里名都大邑，鞠为茂草""即颓墉废堑，虎迹纵横"②。

康熙二十年（1681 年），四川全境肃清，实行招抚流亡、轻徭薄赋政策。康熙二十九年（1690 年），清廷批准川陕总督葛思泰优待外省移民的奏疏，规定凡在四川纳粮当差的"流寓之民"，除"将地亩永给为业"外，其子弟还可以"在川一体考试"③。康熙三十一年（1692 年）开始出现大规模的移民在川垦殖的记载。从清顺治至乾隆的近百年的"湖广填四川"移民潮，使成都的社会经济竟然奇迹般地复苏。根据嘉庆《成都县志》和《华阳县志》④记载两县户口合计为118 490 户，人口 592 058 人。而清嘉庆《四川通志》的户口统计，成都核心区域成都与华阳两县，当时户数为 297 432 户，人口数为776 053 人（男 434 108 人、女 341 945 人）⑤。嘉庆《成都县志》《华阳县志》与嘉庆《四川通志》的记载虽然出入甚大，但是都说明当时人口与唐代成都人口相当，并未曾大幅超过。

对于作为中心城市的成都民生恢复的景象，清雍正时期四川布政使窦启英曾著文描述道：

百余年间，海宇升平，人民乐业，向之川土荒芜者今皆已垦辟，向之川民凋瘵者今皆已生聚，熙熙然，郁郁然享太平之福矣。惟是成都虽为沃野，其余州县之田，有岁岁耕种者，有休一岁或休二岁或三岁更耕之者。⑥

---

①康熙《成都府志·贡赋》（卷十）。
②王士禛：《蜀道驿程记》（卷下）。
③《大清会典事例·田赋·开垦一》（卷一六六）。
④嘉庆《成都县志》（卷一）、《华阳县志》（卷七）。
⑤嘉庆《四川通志·户口》（卷六五）。
⑥雍正《四川通志·序》（首卷）。

清代的成都五方萃处，互通婚姻，形成了一个崭新的并且以荆楚地域湖广移民为主的移民社会。对于成都移民构成，清末学者傅樵村说："故现今之成都人，原籍皆外省也。"据他的统计，各省原籍占成都居民的比例分别为："湖广籍占二十分之五分。河南山东籍占二十分之一分。陕西籍占二十分之二分。云贵籍占二十分之三分。江西籍占二十分之三分。安徽籍占二十分之一分。江浙籍占二十分之二分。广东广西籍占二十分之二分。福建山西甘肃占二十分之一分。"①

清代竹枝词人杨燮在《锦城竹枝词》中写道：

> 大姨嫁陕二姨苏，大嫂江西二嫂湖。
> 戚友初逢问原籍，现无十世老成都。②

再生的成都大城，物质空间在城市商业、交通方面超过前代；文化空间上兼容各路移民文化。在城市建设的规划上，延续百年的大城重建工程，又新建满城，清代的成都最终再现了唐朝成都"二江合抱城"——锦江、府河、南河穿城的城市景观，并且新形成大城、少城与皇城三城相依的城市格局。城市空间以皇城为中心，城墙为城市与乡村分隔界线。兴修了市区街道并且尤其重视工商实业空间的扩大，自 1898 年开始，清廷颁布了一系列保护工商实业的章程、法规和奖励办法，激发了成都绅商投资潮，代表建筑有商办启明电灯公司、劝业场、青羊宫商品工艺展销会等。另外，重建与新建了一批市区桥梁、名胜古迹，如望江楼等。

重建的成都大城，几乎达到了后世城市文化学者所描述的理想状态："城市体现了自然环境人化以及人文遗产自然化的最大限度的可

①傅崇矩．成都通览（上册）［M］．成都：巴蜀书社，1987：109－110.
②林孔翼．成都竹枝词［M］．增订本．成都：四川人民出版社，1986：9.

能性；城市体现了前者（自然环境）以人文形态，而又以永恒的、集体形态使得后者（人文遗产）物化或者外化。"①

对于重建的成都格局，清代吴好山在《成都竹枝词》中写道：

> 本是"芙蓉城"一座，"蓉城"以内请分明。
> "满城"又共"皇城"在，三座城成一座城。②

然而，清季成都城市在人口再生产、物质再生产迅速恢复、发展的情况下，成都文化的再生产却面临着巨大的文化断层。城市的人口虽说恢复且超过前代，然而文化重建却相当滞后。如成都教育文化，远远落后于城市的经济发展与市政营造的速度。清代会试始于顺治三年（1646年），四川尚未纳入清代势力范围，无人参加。后设巡抚于阆中，在顺治十二年（1655年）始参加乙未科会试。整个清代268年间，四川共考中进士786名，约占全国总数的2.9%③，大大低于江南、齐鲁、粤闽等地区。直到光绪二十一年（1895年），资州人骆成骧在乙未科殿试中被光绪钦点为状元，成为整个清代四川唯一的状元。乾隆《雅州志》："蜀于献贼兵燹之后，又继以吴逆，疮痍未起，流亡未复，或有不耕不读之人。"④ 这是清初四川文化状况的缩影。成都的文化状况也是如此，《华阳人物志》记载，康熙初年，"时蜀遭罹兵燹，文献荡然，人罕言学"⑤。历史上"蜀学"颇盛，而在清初，由于移民多为农民和商人，整个四川的文化教育在全国范围内处在一个相当落后的水平，直到嘉庆、道光时期才见起色。

---

①刘易斯·芒福德. 城市文化［M］. 宋俊岭，李翔宁，周鸣浩，译. 郑时龄，校. 北京：中国建筑工业出版社，2009：7.

②林孔翼. 成都竹枝词［M］. 增订本. 成都：四川人民出版社，1986：44.

③四川省志·教育志（上册）［M］. 北京：方志出版社，2000：88.

④乾隆《雅州志·风俗》（卷五）。

⑤《华阳人物志·顾汝修传》（卷七）。

由此可见，清季成都城市精神空间，因其在社会文化方面呈现出因战祸、瘟疫、人口锐减、城市毁坏等诸多因素造成的文化断层而无法直接传递前一朝代的文化积累。从成都诗学史的角度观察，成都的诗脉也没有一直从唐、宋、元、明传递下来，因而需要重新复兴被毁灭的文化。

然而，重建文化的时光却很漫长。清光绪年间一位深知蜀情的老学究方旭①，直到晚年也认为蜀学还是没有恢复到前朝的水平，因作《花会竹枝词》叹息：

又到年年修禊时，采兰赠芍本风诗。

蜀风久缺无人补，聊向"花潭"唱《竹枝》。②

即便如此，近百年的移民大潮让成都成为清季中国最大的移民"城市文化容器"。因其社会经济的重塑与社会政治（晚清新政）的变革；因其"五方萃处"的都市民俗的多样等诸多因素；因其社会各阶层文化不一，相摩相激，其积累愈加广博，愈加显示城市文化的组合与开发功能。成都的民俗文化也从"各俗其俗"至"渐归齐一"。为了满足各方面各阶层移民的整体文化需求，其在文学样式上选择了宜于表达与传播的文学样式"竹枝"，从而复兴与再造了自唐以来的成都竹枝词。

"成都竹枝词"这一即兴创作，易记易诵，流传风快而具有民歌歌谣风格的诗体，不再是前朝的因袭与复制，而是重新的发现与建构。因此，具有明显地域风格的成都竹枝词，在街头巷尾大受欢迎，勃然在清季这座移民大城中传播与接受。

---

①方旭，字和斋。安徽桐城人。光绪十三年丁亥（1887 年）拔贡。选知蓬州，调署华阳，开置学校，为州县倡，擢四川提学使。寓蜀数十年，八十余卒。早期诗文多散佚，《鹤斋诗存》盖六十以后稿。
②林孔翼．成都竹枝词［M］．增订本．成都：四川人民出版社，1986：145.

（三）民国成都城市巨变与竹枝词扩布

从古代到近现代，民国初期是成都城市物质空间的转型时期。民国建立以后，成都的经济、社会、文化进入了近代化的转型时期，成都竹枝词更加欣欣向荣。这是由中西方文化碰撞与融合、社会时尚与都市民俗发生变异所致。

在这一时期，城市物质空间继续建设与扩张。近代工业、商业、学校、道路等规划格局在清季的基础上，进一步发生变化。城市空间特征主要表现为：其一，大城、少城与皇城三城合一，成为城市的有机组合；其二，商业空间扩大，如新修的春熙路为当时最宽街道，道路总长 837 米，两旁商家林立；其三，新兴大学文化区，如将四川大学从旧皇城迁移至外东望江楼侧、华西坝形成由北美教会举办的华西协合大学，抗战时又成为内迁大学合作办学区；其四，新型城市公共空间的拓展，如少城公园、中山公园、青羊宫花会等；其五，城市道路交通的大力修筑，如抗战时的东干路、南干路、北干路、西干路及环城道路的建设。对于民国成都城市空间构成，今人何韫若的《锦城旧事竹枝词》多有追述。

从晚清至民初，成都城市交通经历了三个主要发展阶段：以轿子为主的传统交通工具时期，人力车取代轿子成为城市主要交通工具的时期，汽车出现但发展缓慢的时期。近人侯幼坡《成都竹枝词》云：

> 一声鸣笛汽车来，多少游人躲不开。
> 莫怪虚荣都艳美，谁家太太暗中猜。[1]

城市市政公用事业也得到了发展。民国承继晚清新政余风，进一

---

[1] 冯广宏，肖炬. 成都诗览 [M]. 北京：华夏出版社，2004：434.

步发展电力事业与自来水业、电话邮政局等市政公用事业。计有悦来
场电灯厂、启明电灯公司；利民自来水有限公司、成都市自来水特种
股份有限公司；成都电话局、成都邮务管理局。①

总之，成都市民的生活方式与文化模式，都迥别于前代。时在成
都高等分设学堂就读的郭沫若的《商业场竹枝词》三首之二写道：

> 楼前梭线路难通，龙马高车走不穷。
> 铁笛一声飞过了，大家争看电灯红。②

"城市的主要功能是化力为形，化能量为文化，化死的东西为活
的艺术形象，化生物的繁衍为社会创造力。"③ 民初成都城市文化方方
面面的演变与转型，在表面上是从古代向近现代的演进，而在本质上
实为中西方文化的碰撞与融合，文化巨变影响了成都城市市民日常生
活。从民俗学角度观察，这样的文化巨变，引起了市民的社会生活的
变迁，具体表现为：市民的消费观念及消费内容的改变、洋货的输入
与市民消费民俗的改变。最终落实在市民们的衣食住行的生活方式的
变迁上。由此造成了城市新旧文化的互动与嬗变，如戏曲、茶馆、电
影、话剧、体育、交际舞、西洋音乐等。

近人夏斧私《竹枝词》云：

> 博士无聊说电影（儿），秘书有劲（儿）着洋装。
> 报馆论文皆北调，学生吹笛总南腔。④

---

①何一民. 成都通史·民国时期［M］. 成都：四川人民出版社，2011：151—204.
②冯广宏，肖炬. 成都诗览［M］. 北京：华夏出版社，2004：395.
③刘易斯·芒福德. 城市发展史起源、演变和前景［M］. 宋俊岭，倪文彦，译.
北京：中国建筑工业出版社，2005：582.
④林孔翼. 成都竹枝词·补佚［M］增订本. 成都：四川人民出版社，1986：277.

尤其值得注意的是，清季民初的成都作为"城市文化容器"，进入了全新的"机械复制时代"：成都传统的雕版、近代的石印技术（光绪八年涤雪斋）、铅印技术（光绪二十九年成都文伦书局）、油印技术（傅崇矩从日本引进）与胶印技术（1936年美信印刷局）等①。在不断进步的技术基础上，成都报纸、杂志、书籍广为发行，时有四川官印局开办（约1890年），文伦书局成立（约1904年），昌福印刷公司（约1904年）、聚昌印刷公司（约1905年）等具有石印机与铅印机的近现代印刷业兴办②，促进了成都报业的发达。"从清光绪二十四年（1898年）三月至1949年底的51年间，已确知在成都先后出版的月刊以内的近代报刊有700家。"③

> 纷纷报馆肆雌黄，每日街头卖几张。
> 助尔修楼成五凤，中西花样尽文章。
> 　　　　　　　　吴家吉《锦城竹枝词百咏》④

> 春秋一字一生棱，绝妙新闻日日登。
> 赶早买张《西顾报》，看他五国耍龙灯。
> 　　　　　　《辛亥（1911年）成都罢市竹枝词》⑤

　　此例说明看报读杂志早在民国初期已经成为成都市民生活习惯了。

---

①张忠. 民国时期成都出版业研究［M］. 成都：巴蜀书社，2011：114.
②成都市政协文史学习委员会. 成都文史资料选编（工商经济卷）［M］. 成都：四川人民出版社，2007：15.
③成都市地方志编纂委员会. 成都市志·报业志［M］. 成都：四川辞书出版社，2000：8.
④林孔翼. 成都竹枝词［M］. 增订本. 成都：四川人民出版社，1986：92.
⑤林孔翼. 成都竹枝词［M］. 增订本. 成都：四川人民出版社，1986：249.

由四川保路同志会创办的《西顾报》清宣统三年（1911 年）闰六月初一日创刊。"日出一大张，共四版"，铅印。报纸栏目有"社说""本省纪事""京外纪事""评刺"（后改名为"时评"）、"要件""谐薮""小说""竹头木屑""报余"，有时增辟"谕旨""外国纪事""本省记事"等。①

具有新文化的城市市民成为成都竹枝词复兴与传播的集体受众。成都竹枝词也作为一种城市文化，具有复制与交换的功效。更由于清末民初日益发达的新闻媒体技术与资讯载体，成都竹枝词传播扩布的速度与广度超过从前的任何一个时代，城内市民与外地的读者均能得到一种时空压缩的体验。民国时期，经常刊载"成都竹枝词"的书刊有《师亮随刊》与《师亮周刊》②《成都常识周刊》《游艺》，书籍有《锦城竹枝词百咏》（甲子（1924 年）成都研精馆刊印）、《竹枝词汇钞》（旧钞本）、《巴蜀杂钞》（旧钞本）。这些近代纸媒与书籍对于成都竹枝词的传播扩布，无论是在受众的范围、还是传播的速度，都是传统的个人"诗集""诗稿""诗存"不能比的。

（四）成都竹枝词的诗学承继与选择

竹枝词"发于楚，盛于蜀"。在风俗方面，是由于在清代百年移民大潮中，湖广移民在各省移民中占居多数，楚俗在四川风俗中也处在"主流"地位。"州人多楚籍，习尚沿之"③、"蜀楚接壤，俗亦近

---

① 成都市地方志编纂委员会. 成都市志·报业志［M］. 成都：四川辞书出版社，2000：14.

②《师亮随刊》民国十八年（1929 年）5 月创刊。周刊，32 开 4 页。社长刘师亮，主编阮文渊。编辑部在昌福馆，民国二十三年停刊。民国二十五年复刊，更名《师亮周刊》。（成都市地方志编纂委员会. 成都市志·报业志［M］. 成都：四川辞书出版社，2000：52.）

③《广安州新志·风俗》（卷三十四）。

似，今则天下皆然"。① 成都为四川省省会，都市民俗亦融合楚俗。

在语言方面，四川话属于北方方言区。民国学者周芷颖认为这是与清初移民分不开的："中国地理，以四川划入南方官话区，因明季川中遭流寇之灾，惨戮无数。乱平之后，人口大量移地。故方言渐与中原同化。平京沪汉人士来此者，听本地话较闽粤易于了解，惟相距数千里当然有其特异之点。"② 然而，四川话虽与北方话接近，可是亦具有"南语北音"的特点："蜀之语多南语，以自古占籍者多南人（楚粤最多，所在皆有）。而蜀之音纯北音，以蜀为北土也。"因此，四川话有本是南语而以北音说之的特点。作为四川省官话的成都话，亦多承传楚语。由此，成都竹枝词对于楚地民歌竹枝的承传，在民俗与语言上是有相同文化基因的。

"虽然大城市是人类至今创造的最好的记忆器官，在它变得太杂乱和瓦解之前，大城市也是进行辨别、比较和评价的最好机构，这不仅是因为它陈列出如此多的东西供人选择，而且也因为它同样创造出许多出类拔萃有才智的人们能处理这些东西。"③

在城市文学诗歌史上，曾经已为寻常吟咏、流播于巷口坊间的唐诗宋词，因其技术操作复杂，过分精致精美，而在成都大城移民社会的文化平台上处境窘迫，已属于阳春白雪之雅事，难以风行。在成都移民文化阶层的集体无意识的合力作用下，成都的诗歌文化，溯源而上，重返开端，最终选择了发端于楚，而在民歌所处最高的竹枝词。并且将竹枝词所具有的不拘平仄，方言俚语；亦俗亦雅，亦褒亦贬；民风民俗，生机活泼，捷便纪实的风格特质的诗学基因发扬光大。于是，竹枝词成为成都市民咏叹城市再生、巨变与讽喻社会时弊的最便

---

①道光《隆昌县志·风俗》（卷三十九）。

②周芷颖. 新成都 [M]. 成都复兴书局，1943：48.

③刘易斯·芒福德. 城市发展史：起源、演变和前景 [M]. 宋俊岭，倪文彦，译. 北京：中国建筑工业出版社，2005：574.

捷诗歌诗体，成了成都市民在清季与民初不同时期各个阶层民众中最为风行的诗歌诗体，成了成都精英与大众市民传达和表述共同生活、思想、意愿的具有集体性的文化时尚。

作为"民歌之将帅"的竹枝词，自唐宋以降流传中国各地，有元代杨维桢的《西湖竹枝词》、清代董耻夫《扬州竹枝词》、清代桐城杨米人客居北京时所作《都门竹枝词》、清代余姚叶鼎三《汉口竹枝词》等等。然而，与各朝代各地方的竹枝词相比，清季与民初的成都竹枝词数量最多，参与者具有都市各阶层的"全民性"。尤其值得注意的是，成都文化精英对于竹枝诗体，亦存在一种"本土体认"。

清代竹枝词人杨燮写道：

> 扬州老董苏州蒋，百首南风竞《竹枝》。
> 莫道北人不识唱，《竹枝》原是蜀中词。

对这首竹枝词，清代三峨樵子略注云：

《扬州竹枝词》系董竹枝作，凡一百首，末首结句云："自号扬州董竹枝。"《苏州竹枝词》系蒋申吉作，随园题词有云："百首新诗纪土风，风光写尽一年中。"王渔洋诗云："北人不识《竹枝歌》，沙碛春深牧骆驼。"盖《竹枝歌》发于楚，盛于蜀，唐刘禹锡、白居易在蜀中，皆有此诗，见本人集中，东坡《竹枝歌》序有云："夫伤二妃而哀屈原，思怀王而怜项羽，此亦楚人之意，相传而然，且其山川风俗鄙野勤苦之态，固已见于前人之作与今子由之诗"云云。《鹤林玉露》载："宋时三峡长年犹能歌之。"按长年即梢工，见古诗话。①

清代竹枝词人定晋岩樵叟亦有：

---

①林孔翼．成都竹枝词［M］．增订本．成都：四川人民出版社，1986：59.

再续《竹枝》五十余，耳濡目染不全诬。

枯肠搜尽无佳句，贻笑扬州董耻夫。①

清代成都竹枝词的复兴，有赖于民间文化精英倡导。嘉庆十八年（1813 年），蜀学大师刘沅②移居成都后，八旬时作《蜀中新年竹枝词》数十首，自序云："民俗相沿，可笑者多，愚居乡久，新正无事，就所闻见书之，或亦笑谈之一助，时年八十有一。"刘沅《蜀中新年竹枝词》集中写成都新年民俗，反映了乾隆时期成都送旧迎新风貌，内容写年节风俗和底层社会的年关窘境。

清代成都竹枝词大兴，有赖于地方官员倡导推动。成都竹枝词人杨燮创作动因为："癸亥（嘉庆八年〈1803 年〉）之年秋七月，传闻院试《竹枝词》。"锦城"生长能详说，拈出乡风一百诗。"③ 嘉庆八年，四川学政钱学宪以《锦城竹枝词》题作为考试成都古学，于是激发了学子杨燮创作欲望，竟然写了百余首竹枝词。又如四川提学使方旭有《花会竹枝词》十数首，笔触细腻生动，将成都春天花会盛况通过描绘人物的各种情态反映出来。再如成都"五老七贤"的光绪十八年壬辰科（1892）进士、授翰林院编修赵熙亦有《下里祠送杨使君之蜀》竹枝词。

清代成都竹枝词大兴，亦赖于城市平民加盟。成都竹枝词人定晋岩樵叟创作缘由为"暇日偶阅六对山人《成都竹枝词百首》，洋洋大观，不觉技痒，亦效颦作五十首"④。出于兴趣爱好，对于文化的模仿，也扩布了影响。

---

① 林孔翼．成都竹枝词［M］．增订本．成都：四川人民出版社，1986：68.

② 刘沅，字止唐，一字讷如，号青阳居士，四川双流人，生于乾隆三十三年（1768 年），卒于咸丰五年（1855 年），享年 88 岁。他创立"槐轩学派"，学坛称其"槐轩先生"，在四川学术界有深影响。

③ 杨燮．锦城竹枝词·序［J］//林孔翼．成都竹枝词［M］．增订本．成都：四川人民出版社，1986：42.

④ 定晋岩樵叟．成都竹枝词序［J］//林孔翼．成都竹枝词［M］．增订本．成都：四川人民出版社，1986：273.

（五）结　论

自清季至民初成都文化巨变，中西文化碰撞与融合。新兴的报纸杂志，不仅将成都竹枝词化为一种城市市民日常生活的诗学，更将诗歌的"兴观群怨"文学功能化为城市文化的表达与传播功能。学界与官方的如此倡导，加之城市平民文化精英的加盟，让成都竹枝词风行蜀中而成为成都社会的一种文化时尚。因此，在清代与民初，成都竹枝词作为一种流行文化，从运作主体来看，实质是城市群体的、社会的，同时亦是通过个人而运作的。成都独有的城市空间与移民族群及固有历史文化因缘，是成都竹枝词复兴的根本所在。

唐朝、清代与民国，三个时期分别标志着成都城市发展史上的文化造极、文化断层与文化巨变。在成都诗学史上也可划分为成都竹枝词的传入、流行与扩布三个时期。清代与民初成都竹枝词复兴，是成都城市的物质与精神空间作为"城市文化的容器"，成都移民社会在面临文化断层与文化巨变的嬗递情势下，因缘历史"文化影响"与面临现实"文化重建"的结果，它既为城市精英文化，亦为大众文化。

主要参考文献

［1］林孔翼．成都竹枝词［M］．增订本．成都：四川人民出版社，1986．

［2］林孔翼，沙孟璞．四川竹枝词［M］．成都：四川人民出版社，1989．

［3］何韫若．锦城旧事竹枝词［M］．北京：中国三峡出版社，2000．

［4］谭继和．竹枝成都［M］．成都：四川人民出版社，2008．

［5］傅崇矩．成都通览［M］．成都：巴蜀书社，1987．

［6］周询．芙蓉话旧录［M］．成都：四川人民出版社，1987．

［7］曾智中，尤德彦．李劼人说成都［M］．成都：四川文艺出版社，2012．

［8］谢元鲁．成都通史·两晋南北隋唐时期［M］．成都：四川人民出版社，2011．

［9］成都市建筑志编纂委员会．成都建筑志［M］．北京：中国建筑工业出版社，1994．

［10］常璩．华阳国志校注［M］．修订版．刘琳，校注．成都：成都时代出版社，2007．

［11］钟敬文，萧放，等．中国民俗史（明清卷）［M］．北京：人民出版社，2008．

［12］魏源．魏源集·湖广水利论［M］．北京：中华书局，2009．

［13］钟敬文，萧文，万建中，李少兵，等．中国民俗史（民国卷）［M］．北京：人民出版社，2008

［14］冯广宏，肖炬．成都诗览［M］．北京：华夏出版社，2008.

［15］刘易斯·芒福德．城市文化［M］．北京：中国建筑工业出版社，2009.

［16］高丙中．民俗文化与民俗生活［M］．北京：中国社会科学出版社，1994.

［17］加里·布里奇，索菲·沃森．城市概论［M］．陈剑峰、袁胜育等译．桂林：漓江出版社，2015.

［18］乌丙安．中国民俗学［M］．沈阳：辽宁大学出版社，2002.

［19］胡朴安．中国风俗［M］．北京：九州出版社，2007.